KB111987

백신애 단편소설 16선

적빈

백신애 단편소설 16선
적빈

초판 1쇄 인쇄	2015년 01월 02일
초판 1쇄 발행	2015년 01월 09일
지은이	백 신 애
엮은이	편 집 부
펴낸이	손 형 국

편집인	선 일 영	**편 집**	이소현 김진주 김아름 이탄석
디자인	이현수 김루리	**제 작**	박기성 황동현 구성우
마케팅	김회란 이희정		
펴낸곳	에세이퍼블리싱		
출판등록	2004. 12. 1(제2011-77호)		
주소	153-786 서울시 금천구 가산디지털 1로 168,		
	우림라이온스밸리 B동 B113, 114호		
홈페이지	www.book.co.kr		
전화번호	(02)2026-5777	**팩스**	(02)2026-5747

ISBN 979-11-85742-30-4 04810   978-89-6023-773-5 04810(SET)

에세이퍼블리싱은 ㈜북랩의 문학 전문 브랜드입니다.

백신애 단편소설 16선

적빈

편집부 엮음

일제강점기 한국현대문학 시리즈

029

ESSAY

일러두기

※〈일제강점기 한국현대문학 시리즈〉로 출간하는 한국 근현대 작품집은 공유 저작물로 그 작품을 집필하신 저자의 숭고한 의지를 받들어 최대한 원전을 유지하였다.

※ 오기가 확실하거나 현대의 맞춤법에 의거하여 원전의 내용 이해에 문제가 없을 정도의 선에서만 교정하였다.

※ 이 책은 현대의 표기법에 맞춰서 읽기 편하게 띄어쓰기를 하였다.

※ 이 책은 원문을 대부분 살려서 옛글의 맛과 작가의 개성을 느끼도록 글투의 영향이 없는 단어는 현대식 표기법을 따랐다.

※ 한자가 많이 들어간 글의 경우는 의미 전달이 어려운 경우에 한해서 한글 뒤에 한자를 병기하여 그 뜻을 정확히 했다.

※ 이 책은 낙장이나 원전이 글씨가 잘 안 보여서 엮은이가 찾아 볼 수 없는 경우에는 군이 추정하여 쓰지 않고 원전의 내용을 그대로 살렸다.

※ 중학생 수준의 독자가 이해하기 어려운 단어, 어휘에 대해서는 본문 밑에 일일이 각주를 달아 가독성을 높였다.

들어가는 글

올해로 8회째를 맞이하는 '백신애 문학상'은 2007년에 백신애 작가 탄생 100주년을 기념하여 처음 시행되었다. 대중에게는 아직 생소한 작가이건만, 대체 어떤 권위가 있어서 이름을 딴 문학상까지 제정하였는가.

백신애는 근대 저항의 촛불이었다. 자유와 계몽의 심지를 맹렬하게 태우면서 시대의 어둠을 밝히다가 급히 녹아 사라져 버렸다. 경북 최초의 여성 교사, 조선여성동우회·경성여성청년동맹 상임위원, 근우회 전국 순회강연 강사, 최초의 여성 신춘문에 당선 소설가. 31년의 짧은 삶 동안 그녀는 후대 여성들이 나아가야 할 길을 당당히 제시하고 떠났다.

백신애의 드라마틱한 삶은 집필 활동에도 여실히 드러난다. 조국을 떠나 시베리아를 방랑하는 조선인의 서러움을 담은 『꺼래이』, '여자'와 '어머니' 사이에서 자아를 희생당한 여성상을 폭로한 『광인수기』, 그리고 가난의 참상 가운데에서 빛나는 모성애를 그린 대표작 『적빈』 등. 그녀의 작품은 빈곤문학과 저항문학의 극치다. 일제강점기 하층민, 특히 여성의 고된 생활상을 철저하게 폭로하면서도 섬세한 풍자로 저항 의식을 이끌어낸다.

신여성으로 살았던 그녀의 선구적 묘사들은 현대를 살아가는 우리에게도 많은 생각거리를 안긴다. 자유, 평등, 개혁, 윤리, 사랑…… 인간의 보편적 가치가 보장되지 않았던 시대, 식민지 지식인의 고찰이 담긴 걸작 16편을 이 책에서 소개하고자 한다.

2015년 초입
편집부

차 례

나의 어머니

　××청년회 회관을 건축하기 위하여 회원끼리 소인극素人劇[1]을 하게 되었다. 문예부에 책임을 지고 있는 나는 이번 연극에도 물론 책임을 지지 않을 수가 없게 되었다. 시골인 만큼 여배우가 끼면 인기를 많이 끌 수가 있다고들 생각한 청년회 간부들은 여자인 내가 연극에 대한 책임을 질 것 같으면 다른 여자를 끌어내기가 편리하다고 기어이 나에게 전 책임을 맡기고야 만다. 그러니 나의 소임은 출연할 여배우를 꾀어 들이는 것이 가장 중한 것이었다. 그러나 아직 트레머리[2]가 사오 명에 불과한 시골이라 아무리 끌어내어도 남자들과 같이 연극을 하기는 죽기보다 더 부끄러워서 못하겠다는 둥, 또는 해도 관계없지만 부모가 야단을 하는 까닭에 못하겠다는 둥, 온갖 이유가 다 많아서 결국은 여자라고는 출연할 사람이 한 사람도 없게 되고 부득이 남자들끼리 하는 수밖에 없었다. 그래서 우리들은 밤마다, 밤마다 ××학교 빈 교실을 빌려서 연극 연습을 시작하게 되었다.

　연습을 시키고 있는 나는 아직 예전 그대로의 완고한 시골인 만큼 일반에게 비난을 받지나 않을까? 하는 여러 가지로 완고한 시골에서 신여성들이 취하기 어려운 행동에 대한 고려를 하지 않을 수 없어서 다른 위원들과 같이 여러 번 토론도 해 보았으나, 내가 없으면 연극을 하지 못하

---

1) 소인극: 전문가가 아닌 사람들이 연출하는 연극.
2) 트레머리: 가르마를 타지 아니하고 뒤통수의 한복판에다 틀어 붙인 여자의 머리. 1920년대 신여성 사이에서 유행.

게 되는 수밖에 없다는 다른 위원들의 간청도 있어서 나는 끝까지 주저하면서도 끝까지 일을 보는 수밖에 없었다. 오늘은 그 공연을 이틀 앞둔 날이다. 학교 사무실 시계가 열한 시를 치는 소리를 듣고서야 우리는 연습을 그쳤다.

딸자식은 으레 시집갈 때까지 친정에서 먹여주는 것이 예부터 해 오던 습관이라면 나도 아직 시집가지 않은 어머니의 하나 딸이니 놀고먹어도 아무렇지 않을 것이었지마는 오빠가 ××사건으로 감옥에 들어가고 보통학교 교원으로 있던 내가 여자청년회를 조직하였다는 이유로 학교 당국으로부터 일조에 권고사직을 당하고 나서는 그대로 할 일이 없으니 부득이 놀 수밖에 없게 되었다. 그래서 날마다 먹고는 식구가 단출한 얼마 안 되는 집안일이 끝나면 우리 어머니 말씀마따나 빈둥빈둥 놀아댄다. 어떤 때는 회관에도 나가고 또 어떤 때는 가까운 곳으로 다니며 여성단체를 조직하기에 애를 쓰기도 하고, 그렇지 않으면 하루 종일 또는 밤이 새도록 책상 앞에서 책과 씨름을 하는 것뿐이다. 한 푼도 벌어들이지는 못하지마는 어쩐지 나는 나대로 조금도 놀지 않는 것 같기도 하였다.

그러나 우리 어머니는 종종

"아까운 재주를 놀리기만 하면 어쩌느냐!"

고, 벌이 없는 것을 한탄하시기도 한다. 벌이를 하지 않으면 아까운 재주가 쓸데없는 것이라는 것이 우리 어머니 생각이다. 그러면 나는

"아이고, 바빠 죽겠는데."

하고 딴청을 들이댄다.

"쓸데없이 남의 일만 하고 다니면서 바쁘기는 무엇이 바빠!"

하며 나를 빈정대신다.

내가 밤낮 남의 일만 하고 다니는지 또는 내 할 일을 내가 하고 다니는지 그것은 둘째로 하고라도 나의 거동은 언제든지 놀고 있는 것 같아 보

이는 것도 무리가 아니라고 생각되었다.

오늘은 ××에서 '여자 ××회'를 발기하니 좀 와서 도와다오, 하니 거절할 수 없고, 오늘은 또 ××가 저희 집이 조용하다니 그곳에도 가서 하려던 얘기를 해주어야겠고, 오늘은 또 ××회로 모이는 날이니, 내가 빠지면 아니 될 것. 동무가 보내준 책이 몇 권이나 있는데 그것도 읽어야겠고, 여러 곳에서 편지가 왔으니 꼭 답을 해 주어야겠고, 이것이 모두 나에게는 바빠 못 견딜 만치 바쁘고 모두가 해야만 할 일같이 생각된다. 그러나 남의 눈에는 한 푼도 수입이 없으니 나는 날마다 놀기만 하는 것같이 보이는 것도 무리가 아니다. 더욱이 우리 어머니, 어머니에게는 하루나 이틀이 아니고 몇 해든지 자꾸 나 혼자만 바쁘고 남의 눈에는 아까운 재주를 놀리기만 하면서 먹기가 좀 어색하게 생각되지 않을 수가 없었다.

열일곱 살 때부터 교원으로서 얼마 안 되는 월급이나마 받아서 꼭꼭 어머니 살림에 보태드릴 때는 내 마음대로 무슨 일이든지 하고 싶은 대로 했었고, 또 마음으로는 하고 싶어도 그만 참고 있으면 어머니가 척척 다 해 주시기도 했었다. 말하자면 어머니는 어떻게든지 내 마음에 맞도록 해 주시려고 애를 쓰시던 것이었다.

그러나 이제는 으레 해야 할 말도 하기가 미안하고 아무리 마음에 맞지 않는 것이라도 불평을 말할 수가 없어졌다. 심지어 몸이 아플 때도 어디가 아프다는 말조차 하기가 미안해진다. 병원! 약값! 이것이 연상되는 까닭이다. 그리고 때때로

"사람이 오륙 명씩이나 모두 장정의 밥을 먹으면서 일 년 내내 한 푼도 벌이라고는 하는 인간이 없구나!"

하며 어머니 얼굴이 좋지 않아지면 나는 말할 수 없는 미안스러움과 죄송스러운 감정에 북받치고 만다. 그러면서도 어머니가 너무 심하게 구시면 어떤 때는

'아이고, 어머니도 내가 벌지 않으면 굶어 죽는가베. 아직은 그래도 먹을 것이 있는데!'

하는 야속한 생각도 난다. 그러나 이 생각도 감옥에 들어 계시는 오빠를 위하여 차입3)을 한다, 사식을 댄다, 바득바득 애를 쓰는 어머니 모양을 생각하면 그만 가슴이 어두워지고 만다.

오늘도 집으로 돌아오는 길에서

'대문이 닫혔으면 어떻게 하나. 어머니가 아직 주무시지 않으시면 어쩔까!'

하는 걱정과 함께

'지금 나에게도 무슨 돈이 월급처럼 꼭꼭 나오는 데가 있었으면……'

하는 엉터리없는 공상을 하기도 하였다. 가라앉지 않는 뒤숭숭한 가슴으로 조심스럽게 대문을 밀었다. 의외로 대문은 소리 없이 열렸다.

'옳다, 되었다.'

나는 소리 없이 살며시 대문 안에 들어서서 도적놈처럼 안방 동정을 살폈다. 안방에는 등잔불이 감스릿하게4) 낮추어져 있었다.

'어머니가 벌써 주무시는구나.'

하는 반갑고 안심되는 생각에 갑자기 가벼워진 몸으로 가만히 대문을 잠그고 들어서려니까 안방 창문에 거무스름한 어머니 그림자가 마치 지나가는 구름처럼 어른거리더니 재떨이에 담뱃대를 함부로 탁탁 때리는 소리와 함께 길게 한숨을 쉬더니

"아이고 얘야, 글쎄 지금이 어느 때냐."

하는 어머니의 꾸지람이라기보다는 앓는 소리가 흘러나왔다.

---

3) 차입(差入): 교도소나 구치소에 갇힌 사람에게 음식, 의복, 돈 따위를 들여보냄. 또는 그 물건. '넣어 줌', '옥바라지'로 순화.

4) 가무스레하다: 가무스름하다. 빛깔이 조금 감은 듯하다.

'아이고머니, 아직 안 주무셨구나.'

는 생각이 번뜩하자 나도 떨리는 한숨이 길게 나왔다. 방문을 열고 들어서니 아직 이불도 펴지 않고 어머니는 밀창5) 앞에 쭈그리고 앉아서 지금까지 애꿎은 담배만 피우며 나를 기다리신 모양이다.

무겁던 가슴이 뜨끔해졌다. 이러한 경우는 교원을 그만두게 된 후로는 수없이 당하는 것이지만 그래도 그대로 들어가 모르는 척하고 누워 잘 수는 없었다. 그렇다고 내 가슴에 받치어 그대로 엉엉 마음 풀릴 때까지 울지도 못할 것이다.

나는 문턱에 걸치고 들여다보던 반신半身을 막 방 안에 들여 놓으며 어머니 앞에 털썩 주저앉아서 하하 웃었다. 그러나 그 순간 뒤에 나는 울고 싶으리만치 괴로웠다. 내가 바라보는 어머니의 표정은 너무도 침울하였던 까닭이다.

"이런…… 어머니 어디 갔다 오셨어요? 벌써 열 시가 되어오는데."

나는 열두 시가 가까워오는 것을 다행히 조금이라도 어머니의 노기를 덜고자 일부러 열 시라고 했다.

물끄러미 등잔만 쳐다보던 거칠어진 어머니 얼굴에서 두 눈이 휘둥그레지며,

"열 시?"

하며 나에게 반문하였다. 나는 또 가슴이 뜨끔해졌다.

"열 시? 열 시가 무엇이냐? 열 시? 열 시라니! 열한 시 친지가 언제라고…… 벌써 닭 울 때가 되었단다."

나직하게 목을 빼어 어안이 막힌다는 듯이 나를 바라보며 핀잔을 주기 시작하셨다.

---

5) 밀창: 미닫이 창

나는 그만 온몸의 피가 뜨거워지는 것 같더니 그 피가 일제히 머리를 향하여 달음질쳐서 올라오는 것 같아서 진작 입이 떨어지지를 않았다.

"글쎄 지금이 어느 때라고! 네가 미쳤니? 지금까지 어디를 갔다 오노 말이다."

그 말소리는 어머니다운 애정과 애달픔과 노여움이 한데 엉킨 일종의 처참한 음조에 떨리는 그것이었다.

어리광으로 어머니 노기를 풀려고 하하 웃기 시작한 나는 어머니의 이 말소리에 몸을 어떻게 지탱할 수가 없어서 벌떡 일어나 책상에다 머리를 내던지며 주저앉았다.

"남부끄러운 줄도 어쩌면 그렇게도 모르니? 이 밤중에 어디를 갔다 오느냐 말이다. 네가 지금 몇 살이니? 응 차라리 나를 이 자리에서 당장 죽여나 주든지!"

"가기는 어디를 가요? 연극 연습 한다고 그러지 않았어요? 거기 갔었어요!"

나의 이 대답에 어머니는 기가 막힌다는 듯이 입을 벌린 그대로 얼굴이 푸르러졌다.

"연극하는 데라니? 아이고, 이 애 좀 보게. 그곳이 글쎄 네가 갈 데냐! 아무리 상것의 소생이라도 계집애가 그런 데 가는 것을 본 적이 있니? 모이는 자식들이란 모두 제 아비 제 어미는 모른다 하고 사회니 지랄이니 하고 쫓아다니는 천하 상놈들만 벅적이는데……."

"어머니, 잘못했어요. 남의 말은 하면 무엇해요. 저도 잘 알고 있지 않습니까! 그만 주무세요."

나는 덮어놓고 어머니를 재우려 했다. 나는 어찌하든지 어머니와는 도무지 말다툼을 하지 않으려 했다. 아무리 설명을 하고 이해를 시켜도 점점 어머니의 노기만 더할 뿐인 것을 나는 잘 안다. 이따금 어머니가 심심

하실 때에 이야기를 하라고 하시면 옛이야기 끝에

"성인도 시속時俗을 따르란 말이 있지요."

하며 이야기 꼬리를 멀리 돌려서 나의 입장과 행동을 변명도 하고 될 수 있는 정도까지 어머니를 깨우치려고 애를 쓴다. 그러면 그때는 나에게 감복이나 한 듯이

"너는 어떻게 그런 유식한 것을 다 아느냐."

하고 엄청나게 감복하시며 기특하고도 귀엽다는 듯이 바라보신다. 그때만은 나도 어머니의 따뜻한 사랑 속에서 숨을 쉬는 듯한 행복을 느낀다.

그러나 그것도 잠깐이다. 나면서부터 완고한 옛 도덕과 인습에 푹 싸인 어머니시라 그만 씻어버린 듯이 잊어버리고 다시 자기의 주관으로 들어간다.

그런 까닭에 나는 어머니와는 입다툼은 하지 않는다. 억지로라도 어머니를 누워 재우려고 겨우 책상에서 머리를 들었다.

"아이고 어머니! 글쎄 그만 주무세요. 정 그렇게 제가 잘못했거든 내일 아침이 또 있지 않아요? 그만 주무세요, 네?"

어머니는 획 돌아앉아 담배만 자꾸 피우신다. 그 입술은 여전히 노여움에 떨리고 있었다.

"어머니 잘못했어요. 참 잘못했습니다. 잘못한 것만 야단을 하시면 어떻게 해요. 이제부터 그러지 말라고 하셨으면 그만이지! 에로나! 주무세요. 왜 저를 사내자식으로 낳으시지 않으셨어요. 이렇게 잠도 못 주무시고 하실 것이 있습니까?"

억지로 어리광을 피우는 내 눈에는 눈물이 팽 돌았다. 나는 얼른 닦아 감추려 하였으나 차디찬 널빤지 위에서 끝없이 떨고 있을 오빠의 쓰린 생각이 문득 나며 덩달아 솟아오르는 눈물을 걷잡을 수가 없었다.

"어머니! 참 우스워 죽을 뻔했어요. 이 주사 아들이 여자가 되어서 꼭

여자처럼 어떻게 잘하는지 우스워서 뱃살이 곧을 뻔했어요. 모레부터는 돈 받고 연극을 합니다. 그때는 저녁마다 어머니는 공空구경을 시켜드리겠습니다. 참 잘해요."

아무리 나는 애를 써도 어머니 노기는 풀리지도 않았다. 오히려 점점 노기가 높아가는 것 같았다.

어머니 무릎에 손을 걸었다.

"글쎄 왜 이러느냐. 내야 잘 때가 되면 어련히 잘라구. 보기 싫다. 내 눈 앞에서 없어져라. 계집아이가 무슨 이유로 남자들과 같이 야단이냐. 이런 기막힐 창피한 꼴이 또 어디 있어."

어머니가 어디까지든지 늦게 온 나를 이상하게 의심하여 자기 마음대로 기막힌 상상을 해 가며 나를 더럽게 말하는 것이 말할 수 없이 가슴이 터져 오르나 그래도 이를 바득바득 갈면서

"어머니 잡시다!"

하고 떨치는 손을 다시 어머니 무릎에 걸었다.

"팔자가 사나우려니까 천하제일이라고 칭찬이 비 오듯 하던 자식들이…… 아이고, 내 팔자도…… 너 보는 데 좋네, 좋다 하니 내내 그러는 줄 아니? 그래도 제 집에 돌아가면 다 욕한단다. 네 오라비도 그렇게 열이 나게들 쫓아다니고 어쩌고 하더니 한 번 잡혀간 뒤로는 그만이더구나. 너도 또 추켜내다가 네 오라비처럼 감옥 속에나 보내지 별수 있을 줄 아니?"

나는 그만 도로 책상에 와 엎드렸다. 자신의 편함과 혈육을 사랑하는 것밖에 아무것도 모르고 도덕과 인습에 사무친 저 어머니의 자기 생명같이 키워놓은 단 두 오누이로 말미암아 오늘에 받는 그 고통을 생각할 때 나는 가슴이 다시금 찌르르 하고 쓰라렸다.

'저 어머니가 무엇을 알리? 차라리 꾸지람이라도 실컷 들어두자.'

하는 가엾은 생각에 죽은 듯이 엎드려 있었다.

방 안의 공기가 쌀쌀하게 움직이더니 납을 녹여 붓는 듯이 무겁게 가라앉는다.

"이 애, 밥 안 먹겠니?"

어머니 노기는 턱없이 올라가다가 풀리기도 잘한다. 그것은 마음이 약하신 어머니는 모든 짜증과 괴로움에 문득 속이 상하시다가도 그 속풀이를 하는 곳이 언제든지 얼토당토 않는 데 마주치고 만 것을 깨달으면 곧 눈물로 변해서 사라지고 만다.

언제든지 밤참을 꼭꼭 잡수시는 어머니이다. 내가 돌아오기를 기다려 지금까지 잡숫지 않은 모양이다. 나는 새삼스럽게 가슴이 차게 놀랐다. 갑자기 어떻게 대답을 해야 좋을지를 몰랐다.

"안 먹겠어요."

연극 연습을 하던 때에는 어느 정도까지 시장함을 느꼈었으나 지금은 모가지까지 무엇이 꽉 찬 것 같았다. 뒤미처

"먹지 않어? 왜 안 먹어!"

어머니는 조금 불쾌한 어조로 다시 권하셨다. 잇따라 숟가락이 쇠그릇에 칼칼스럽게[6] 마주치는 소리가 났다. 얼마 후에 또다시

"이 애, 밥 먹어라. 네 오라비는 저렇게 떨고 있으련마는 그래도 나는 이렇게, 나는 먹는다. 저 나오는 것을 보고 죽으려고……."

목이 메인 한숨과 함께 숟가락을 집어 던진다.

나는 지금까지 참았던 울음이 와락, 치받쳐 전신이 흔들렸다.

이윽고 다시 담배를 넣기 시작하시던 어머니가 지금까지의 것은 모두 잊어버린 것 같은 부드러운 말소리로 다시 권하셨다.

---

6) 화가 나서 숟가락으로 놋그릇을 마구 긁어서 내는 소리.

"배고프지! 좀 먹으렴."

나는 감격에 받쳐 다시 가슴이 찌르르해졌다.

나 까닭에 썩는 속을 오빠를 생각하여 눌러 버리고, 오빠를 생각하여 애끓는 간장을 그나마 조금 편히 곁에 앉힌 나를 위하여 억제하려는 가슴을 어머니, 나는 그 어머니의 가슴을 잘 안다. 그 괴로움을 숨 쉴 때마다 느낀다. 기어이 몸을 일으켜 다만 한 숟가락이라도 먹어 보이고 싶으리만치 내 감정은 서글펐다.

천천히 마루로 나가시던 어머니가 얼마 후에 손에 감주 한 그릇을 떠 가지고 들어오셔서 내 옆에 갖다 놓으시며

"밥 먹기 싫거든 이거나 좀 먹어라."

나는 가슴이 터져라! 하고 큰 소리로 외치고 싶었다.

가엾은 어머니! 가엾은 딸! 담배 한 대를 또 피우고 난 어머니는 허리를 재이며[7] 자리에 누우셨다. 내가 이 감주를 먹지 않으면 어머니 속이 얼마나 아프시랴! 오빠 생각에 넘어가지 않는 음식이라도 내가 먹지 않을까 해서 일부러 많이 먹는 척하시는 가엾은 어머니가 얼마나 슬퍼하실까?

나는 한입에다 그 감주를 죄다 삼켜 버리고 크게 웃어서 어머니를 안심하시게 하고 싶은 감정에 꽉 찼으나 전신은 돌과 같이 여물어졌다.

석유가 닳을까 하여 등잔불을 끄고 자리에 누웠다. 이웃집 시계가 새로 한 시를 땡! 쳤다. 어머니가 후, 한숨을 쉬셨다.

'아! 어머니! 가엾은 어머니! 지금 어머니는 내가 안타까운 어머니의 속을 알지 못하고 야속한 어머니로만 여기는 줄 아시고 그다지 괴로워하십니까. 이 몸을 어머니가 말씀하신 그 김金 가에게 바쳐 기뻐하는 어머

---

7) 재이며: 잠자리에 누워 몸이 편안한 상태를 만들기 위해 몸을 움직이며.

니 얼굴을 잠시라도 보고 싶을 만치 이 딸의 가슴은 죄송함에 떨고 있습니다. 어떻게 하면 이 세상에서 어머니를 마음 편하게 모실 수가 있을까요! 내가 사랑하는, 장래 나의 남편이 되기를 어머니 모르게 허락한 ×
×. 그도 나와 같은 울음을 우는 불행과 저주에 헤매는 가난한 신세이외다. 그러면 나는 무엇으로 어머니를 편하게 할까요. 그러나 아! 나의 어머니여, 나는 어머니가 좋아하시는 김 가에게도 이 몸을 바치지 않을 것입니다. 또 내일 밤도 빠지지 않고 가야 합니다. 가엾은 나의 어머니여.'

≪조선일보≫, 1928년

꺼래이

끌려갔습니다. 순이順伊들은 끌려갔습니다. 마치 병든 거러지 떼와도 같이……. 굵은 주먹만큼씩 한 돌멩이를 꼭꼭 짜박은 울퉁불퉁하고도 딱딱한 돌길 위로……. 오랜 감금 생활에 울고 있느라고 세월이 얼마나 갔는지는 몰랐으나 여러 가지를 미루어 생각하건대 아마도 동짓달 그믐께나 되는가 합니다.

고국을 떠날 때는 첫가을이어서 세누겹저고리에 엷은 속옷을 입고 왔으므로 아직까지 그때 그 모양대로이니 나날이 깊어가는 시베리아 냉혹한 바람에 몸뚱아리는 얼어터진 지가 오래였습니다.

순이의 늙으신 할아버지, 순이 어머니, 그리고 순이와 그 외에 조선 청년 두 사람, 중국 쿨리[1] 한 사람, 도합 여섯 사람이 끌려가는 일행이었습니다.

'뾰족삿게'를 쓰고 기다란 '만도'를 입은 군인 두 사람이 총 끝에다 날카로운 창을 끼워들고 앞뒤로 서서 뚜벅뚜벅 순이들을 몰아갔습니다.

몸뚱아리들은 군데군데 얼어 터져 물이 흐르는데 이따금 뿌리는 눈보라조차 사정없이 휘갈겨 몰려가는 신세를 더욱 애끓게 했습니다. 칼날같이 섬뜩하고 고추같이 매운 묵직한 무게 있는 바람결이 엷은 옷을 뚫고 마음대로 온몸을 어여냈습니다.[2]

---

1) 쿨리(coolie): 육체노동에 종사하는 하층 중국인, 인도인 노동자.
2) 어여내다: 에어내다. 살을 도려내듯 베다.

모든 감각을 잃어버리고 마치 로봇같이 어디를 향하여 가는 길인지 죽음의 길인지, 삶의 길인지 아무것도 모르고 얼어붙으려는 혼魂만이 가물가물 눈을 뜨고 엎어지며 자빠지며 총대에 휘몰려 쩔름쩔름 걸어갔습니다.

　"슈다!"

하면 이편 길로

　"뚜다!"

하면 저편 길로, 군인의 총 끝을 따라 희미한 삶을 안고 자꾸자꾸 걸었습니다.

　길가에 오고가는 사람들이 발길을 멈추고 애련하다는 표정으로 바라보며, 어린아이들은 어머니 팔에 매달리며 손가락질 했습니다.

　그러나 순이들은 부끄러운 줄 몰랐습니다.

　'나도 고국에 있을 그 어느 때 순사에게 묶여 가는 죄인을 바라보며 무섭고 가엾어서 저렇게 서 있었더니…….'

하는 생각이 어렴풋이 나기는 했습니다마는 얼굴을 가리며 모양 없이 웅크린 팔짱을 펴고 걷기에는 너무나 꽁꽁 언 몸뚱이였으며 너무나 억울한 그때였습니다. 그저 순이들은 바람맞이³⁾에서 가물거리는 등불을 두 손으로 보호하듯 냉각된 몸뚱어리 속에서 가물거리는 한 개의 '삶'이란 그것만을 단단히 안고 무인광야를 가듯 웅크릴 대로 웅크리고, 눈물 콧물 흘려가며 쩔름쩔름 걸어갔습니다.

　걷고 걷고 또 걸어 얼마나 걸었는지 순이 일행은 거리를 떠나 파도치듯 바닷가에 닿았습니다.

　어떻게 된 셈판인지 순이 일행은 커다란 기선 위에 기어 올라갔습니다.

---

3) 바람맞이: 바람을 잘 맞을 수 있는 곳.

어느 사이에 기선은 육지를 떠나 만경창파 위에 출렁거리기 시작했습니다.

"아이구 아빠! 우리 아빠!"

"순이 아버지, 아이고 아이고, 순이 아버지."

"순이 애비 어디 있니? 순이 애비……."

순이는 할아버지와 어머니와 서로 목을 얼싸안고 일제히 소리쳐 울었습니다.

가슴이 찢어지고 두 귀가 꽉 먹어지며 자꾸자꾸 소리쳐 불렀습니다.

"여봅쇼, 울지들 마오. 얼어 죽는 판에 눈물은 왜 흘려요."

젊은 사나이 두 사람은 순이들의 울음을 막으려고 애썼으나 울음소리조차 내지 못하는 순이 할아버지는 그대로 털썩 갑판 위에 주저앉아 작대기 든 손으로 쾅쾅 갑판을 두들기며 곤두박질하였습니다.

"여보시오, 우리 아버지가 저기서 죽었어요."

순이도 발을 구르며 소리쳤습니다.

"죽은 아들 뼈를 찾으러 온 우리를 무슨 죄로 이 모양이란 말이요."

할아버지는 자기의 하나뿐인 아들이 죽어 백골이 되어 누워 있다는 ××란 곳을 바라보며 곤두박질을 그칠 줄 몰라 했습니다.

그러나 기선은 사정없이 육지와 멀어지며 차차 만경창파 위에서 출렁거리기 시작했습니다. 그때 한 떼의 물결이 '철썩' 하며 갑판 위에 내려 덮이며 기선은 나무 잎사귀처럼 흔들리기 시작했습니다.

그 순간 일행은 생명의 최후를 느끼며 일제히 바람 의지가 될 만한 곳으로 달려가 한 뭉치가 되었습니다.

그때 중국 쿨리는 메고 왔던 짐을 끌르고 이불 한 개를 꺼내어 둘러쓰려 하였습니다.

이것을 본 젊은 사나이 한 사람이 날랜 곰같이 달려들어 그 이불을 뺏어 순이 할아버지를 둘러주려고 했습니다.

중국 쿨리는 멍하니 잠깐 섰더니 갑자기 얼굴에 꿈틀꿈틀 경련을 일으키며 누런 이빨을 내놓고 벙어리 울음같이 시작도 끝도 분별없는 소리로

"으어……."

하고 울었습니다. 그 눈에서 떨어지는 굵다란 눈물방울인지 내려 덮치는 물결 방울인지 바람결에 물방울 한 개가 순이 뺨을 때렸습니다.

순이는 한 손으로 물방울을 씻으며 한 손으로는 이불자락을 당겨 쿨리도 덮으라고 했습니다.

"아이고, 우리를 데리고 온 군인들은 어디로 갔을까?"

누구인지 이렇게 말했으므로 일행은 고개를 들어 살펴보니 과연 군인 두 사람의 흔적이 없었습니다.

"모두들 추우니까 선실 안으로 들어간 게로군. 빌어먹을 자식들."

하고 젊은 사내는 혀를 찼습니다. 그 말을 듣자

순이는 벌떡 일어나

"우리도 이러다가는 정말 죽을 테니 선실 안으로 들어갑시다."

하고 외쳤습니다.

"안 됩니다. 들어오라고도 않는데 공연히 들어갔다 봉변당하면 어찌하게."

하고 젊은 사내는 손을 흔들며 반대했습니다.

"봉변은 무슨 오라질 봉변이에요. 이러다가 죽기보담 낫겠지요. 점잖과 체면을 차릴 때입니까?"

순이는 발악을 하듯 외쳤습니다.

"쿨리에게 이불 빼앗을 때는 예사고 선실 안에 들어가는 것은 부끄럽단 말이요? 나는 죽음을 바라고 그대로 있기는 싫어요. 봉변을 주면 힘자라는 데까지 싸워 보시오."

순이는 그대로 있자는 젊은이들이 얄밉고 성이 났습니다. 자기들의 무력함을 한탄만 하고 앉아 있는 무리들이 안타까웠던 것입니다.

　순이는 기어이 혼자 선실을 향하여 달려갔습니다. 기선은 연해 출렁거리며 이따금 흰 물결이 철썩 내려 덮치곤 했습니다. 일행의 옷은 물결에 젖고 젖은 옷깃은 얼음이 되어 꼿꼿하게 나뭇가지처럼 되었습니다.

　선실로 내려가는 층층대를 순이는 굴러떨어지는 공과 같이 내려갔습니다.

　선실 안에는 훈훈한 공기가 꽉 차 있어 순이는 얼른 정신을 차릴 수가 없었습니다. 잠깐 두리벙두리벙 살펴보다가 한옆에 걸터앉아 있는 군인 두 사람을 찾아내었습니다. 순이는 번개같이 달려가 군인의 어깨를 잡아 제치며

"우리는 죽으란 말이요."

하고 분노에 떨리는 소리로 물었습니다.

　군인은 놀란 듯이 잠깐 바라본 후 웃는 얼굴을 지으며 제 나라 말로

"모두 이리 내려오너라."

라고 말했습니다.

　순이는 선실 안 사람들이 웃는 소리를 귀 밖으로 들으며 다시 갑판 위로 올라갔습니다. 풍랑은 사나울 대로 사나워 잠시라도 훈훈한 공기를 쏘인 순이 창자를 휘둘러 몸에 중심을 잡고 한 발자국도 내디디지 못하게 했습니다. 그러나 순이는 일행이 있는 곳을 바라보았습니다.

　이제는 아주 얼음덩이가 된 이불자락에다 머리를 감추고 모두 죽었는지 살았는지 움직이지도 않고 있는 것이 보였습니다.

　순이는

"모두 이리 오시요."

하고 소리쳤습니다마는 풍랑 소리에 그 음성은 안타깝게도 짓밟히고 말

왔습니다.

순이는 더 소리칠 용기가 없어 일행을 향하여 한 발자국 내놓자. 사나운 바람결이 몹쓸 장난꾼같이 보드라운 순이 몸뚱이를 갑판 위에 때려 누이고 말았습니다. 다시 일어나려고 발악을 하는 그의 귀에 중국 쿨리의 울음소리가 야공성[4]같이 울려왔습니다.

이윽한[5] 후 군인 한 사람이 갑판 위로 올라와 본 후 순이를 일으키고 여러 사람도 데리고 선실로 내려왔습니다.

선실 안에 앉았던 사람들은 일행의 모양을 바라보며 모두 찌글찌글 웃었습니다.

병든 문둥이 환자 모양이 그만큼 흉할는지, 얼고 얼어 푸르고 붉은 데다 검게 탄 얼굴로 콧물을 흘리며 엉금엉금 층층대를 내려서는 여섯 사람의 모양을 보고 웃지 않을 이 누가 있었겠습니까.

일행의 몸이 녹기 시작하자 시간은 얼마나 지났는지 기선은 어느 조그만 항구에 닿았습니다.

쌓아둔 짐 뭉치에 기대 누운 순이 할아버지는 뼈끝까지 추위가 사무쳤는지 한결같이 떨며 끙끙 앓기만 하고 순이 어머니는 수건을 폭 내려쓰고 팔짱을 낀 채 역시 웅크리고 앉아 있었습니다.

"여기서 내리는 모양이구려."

젊은 사내가 순이 곁에 오며 말했습니다. 순이는 그곳에서 또다시 내릴 생각을 하니 다시 그 차가운 바람결이 연상되어 금방 기절할 것같이 소름이 끼쳤습니다. 그러는 중에 군인이 일어서서 순이 할아버지를 총대로 툭툭 치며 무어라고 말했습니다.

---

4) 야공성(夜空聲): 야밤에 슬피 우는 소리.
5) 이윽한: 이슥한. 지난 시간이 얼마간 오래.

"안 돼요, 여기서 내릴 수 없소. 이 추운데 노인을 어떻게……."

순이는 군인의 총대를 밀치며 말했습니다. 군인은 신들신들[6] 웃으며 어서 일어나라는 듯이 발을 굴렀습니다.

"아무래도 죽을 판이면 우리는 또 추운 데로 나갈 수 없소."

하고 할아버지를 가리워 앉으며 손을 내저었습니다. 군인은 한 번 어깨를 움쭉 해 보이며 무엇이라 한참 지껄대니까 선실 안에 가득한 그 나라 사람들은 순이를 바라보며 혹은 웃고 혹은 가엾다는 듯이 머리를 흔들고, 서로 고개를 끄덕이며 중얼중얼했습니다. 순이는 그들의 중얼거리는 말소리에서

"꺼래이, 꺼래이……."

하는 가장 귀 익은 단어가 화살같이 두 귀에 꽂히는 것을 느꼈습니다.

'꺼래이'라는 것은 고려라는 말이니 즉 조선 사람을 가리키는 것이었습니다.

'꺼래이'라는 그 귀 익고 그리운 소리가 그때의 순이들에게는 끝없는 분노를 자아내는 말 같았습니다.

"우리가 지금 웃음거리가 되어 있는 것이로구나. 추위에 못 이겨, 또 아무 죄도 없이 죽음의 길인지 삶의 길인지도 모르고 무슨 까닭에 꾸벅꾸벅 그들의 명령대로만 따르겠느냐."

라고 순이는 부르짖었습니다. 그러나 사람들과 군인들은 순이를 무지몰식한 야만인 그리고 무력하고도 불쌍한 인간들의 표본으로만 보였는지 웃고 떠들고 '꺼래이'만을 연발하는 것이었습니다. 그때까지 웃으며 무엇이라 중얼거리기만 하던 군인 한 사람이 갑자기 정색을 지으며 총대로 순이 옆구리를 꾹 찌르고 한 손으로 기다랗게 땋아 내린 머리채를 거

---

6) 신들신들: 자꾸 시건방지게 행동하는 모양.

머잡고

"쓰까레."

라고 소리쳤습니다. 이것을 본 순이 어머니는 벌떡 군인 턱 밑에서 솟아 일어서며 지금까지 눌러 두었던 분통이 툭 튕기듯이 군인의 멱살을 잡으려 했습니다.

"여보십시오. 공연히 그러지 마시오. 당신이 여기서 발악을 하면 공연히 우리까지 봉변을 하게 됩니다."

하고 젊은 사내는 순이 어머니를 말렸습니다. 군인들은 그 당장에 자기들이 취할 태도를 얼른 생각해내지 못하여 눈만 커다랗게 뜨고 있는 것을 보자 순이는 히스테리 같은 웃음으로 꽉 입안을 깨물며 눈물이 글썽글썽했습니다.

"할아버지, 일어나세요. 아버지 뼈를 찾지는 못했으나 아버지 영혼은 고국으로 가셨을 것입니다. 공연히 남의 땅 사람과 발악을 하면 무엇 합니까."

순이도 울고 할아버지, 어머니 모두 주르륵 눈물을 흘리며 그 조그마한 항구에 내렸습니다.

일행 여섯 사람은 또다시 군인을 따라 이윽히 걸어가다가 붉은 기를 꽂은 ×××에 이르렀습니다.

그곳에 이르니 군인 복색을 한 중국인 같은 사람이 일행을 맞았습니다. 같이 온 군인은 그곳 군인에게 일행을 맡기고 따뜻해 보이는 벽돌집 안으로 들어갔습니다.

순이들은 이제까지 언어가 통하지 못하여 안타깝던 설운 생각이 일시에 폭발되어 그 중국 사람 같은 군인 곁을 따라갔습니다.

"여보십시오."

순이는 그 군인이 행여나 조선 사람이었으면…… 하는 기대에 숨이 막힐 듯이 군인의 입술을 바라다보았습니다.

"왜 이러심둥?"

의외에도 그 군인은 조선 사람, 즉 꺼래이의 한 사람이었습니다. 일행 중 중국 쿨리를 빼고는 모두 너무나 반갑고 기뻐서

"아이고 당신 조선 사람이세요?"

"내! 나 고려 사람입꼬마."

그 군인은 이렇게 대답하며 순이를 바라보았습니다. 순이는 무슨 말을 먼저 해야 좋을지 몰랐으므로 잠깐 묵묵히 조선말 소리의 반가움에 어찌할 줄 몰라 했습니다.

"저 젊은이, 당신 남편이오?"

하고 군인은 아무 감동도 없는 무뚝뚝한 표정으로 순이에게 젊은 사내 둘을 가리켰습니다. 그제야 순이는 오랫동안 잊어버렸던 처녀다운 감정을 느끼며, 얼어붙은 얼굴에 잠깐 부끄러운 표정을 지었습니다.

"아니올시다. 이애는 우리 딸이에요. 이 늙은이는 우리 시아버니랍니다. 저 젊은이들과 중국 사람은 ×××에서 동행이 된 사람인데 알지도 못하는 사람입니다."

순이 어머니는 지금까지 같이 온 젊은이들보다 자기들 세 사람을 어떻게 구원해달라는 듯이 이렇게 말했습니다.

"여기가 어데야요?"

순이만 자꾸 바라보는 군인에게 순이는 머뭇거리며 물었습니다.

"영기 말임둥? 영기는 ××××××라 합니!"

"여보시오!"

곁에서 젊은 사내가 가로질러 말을 건넸습니다.

"우리 두 사람은 해삼위海蔘威7)에 있는……."

하고 말을 꺼냈으나, 그 군인은 들은 체 아니하고

"어서 들어갑소. 영기 서서 말하는 것 안임니."

하며 일행을 몰아 마주 보이는 허물어져가는 흰 벽돌집을 가리켰습니다.

"여보십시오, 우리를 또 감금한단 말이요? 우리 두 사람은 '코뮤니스트'입니다. 우리는 감금 받을 이유가 없습니다."

라고 두 젊은이는 버티었으나 군인은 들은 척도 하지 않고 앞서 걸었습니다.

"여보시오, 나리 우리 세 사람은 참 억울합니다. 내 남편이 3년 전에 이 땅에 앉아 농사터를 얻어 살았는데 지난봄에 그만 병으로 죽었구료. 우리 세 사람은 고국서 이 소식을 듣고 셋이 목숨이 끊어질지라도 남편의 해골을 찾아가려고 왔는데 ×××에서 그만 붙잡혀 한마디 사정 이야기도 하지 못한 채 몇 달을 갇혀 있다가 또 이렇게 여기까지 끌려왔습니다. 어떻게든지 놓아주시면 남편의 해골이나 찾아서 곧 고국으로 돌아가겠습니다."

라고 순이 어머니는 군인에게 애걸을 하듯 빌었습니다.

"여보시오 나리, 이 늙은 몸이 죽기 전에 아들의 백골이나마 찾아다 우리 땅에 묻게 해주시오. 단지 하나뿐인 아들이요, 또 뒤이을 자식이라고는 이 딸년 하나뿐이니 이 일을 어찌하오."

순이 할아버지도 숨이 막히게 애걸하였습니다.

"당신 아들이 여기 왔심둥?"

군인은 울며 떠는 노인을 차마 밀치지 못하여 발길을 멈추고 물었습니다.

"네…… 후…… 우리도 본래는 남부럽지 않게 살았습니다. 네…… 그

---

7) 해삼위: 블라디보스토크.

런데 잘못되어 있던 토지는 다 남의 손에 가버리고 먹고살 길은 없고 하여 3년 전에 내 아들이 이 나라에는 돈 없는 사람에게도 토지를 꼭 나누어준다는 말을 듣고 저 혼자 먼저 왔습지요. 우리 세 식구는 오늘이나 내일이나 하고 우리를 불러들이기만 바랐더니 지난봄에 갑자기 죽었다는 소식이 오니……."

노인은 더 말을 계속 할 수 없어 그대로 목이 메고 말았습니다. 군인은 체면으로 고개만 끄덕이더니

"영기서 말하면 안되옵니…… 어서 들어갑소. 들어가서 말 듣겠으니……."

하고 다시 뚜벅뚜벅 걸어 흰 벽돌집 안에 들어갔습니다.

조금 들어가니 나무로 만든 두터운 문이 있는데 그 문에는 참새들 똥이 말라붙어 있고, 먼지와 말똥, 집수새[8] 등이 지저분하게 깔려 있어 아무리 보아도 마구간이었습니다. 집 외양은 흰 벽돌이나 그 집의 말 못할 속치장이 다시 놀라게 했습니다.

'덜커덕' 그 나무문이 열리자 그 안을 한번 들여다본 일행은 하마터면 뒤로 넘어질 뻔했습니다.

그 문 안은 넓이 7, 8평은 되어 보이는데 놀라지 마십시오. 그 안에는 하얀 옷 입은 우리 꺼래이들이 '방이 터져라'고 차 있었습니다.

"아이고머니, 조선 사람들……."

순이 세 식구는 자빠지듯 방 안으로 뛰어 들어갔습니다.

"동무들, 방은 이것 하나 뿐입꼬마. 비좁더라도 들어가 참소."

맨 나중까지 들어가지 않고 버티고 서 있는 젊은 사내 한 사람의 등을 밀어 넣고 덜커덕, 문을 잠그고 군인은 뚜벅뚜벅 가버렸습니다.

---

8) 집수새: 지푸라기가 흩어진 모양새.

순이들은 잠깐 정신을 차려 방 안을 살펴보니 전날에는 부엌으로 쓰던 곳인지 한쪽 벽에 잇대어 솥 걸던 부뚜막 자리가 있고 그 곁에 블리키 물통9)이 놓여 있으며 좁다란 송판을 엉금엉금 걸쳐 공중침대를 만들어두었습니다. 그 공중침대 위에는 빽빽하게 백의동포가 빨래상자의 상자 속같이 옹게종게 올라앉아 있었습니다.

좌우간 앉아나 보려 했으나 대소변이 질펀하여 발붙일 곳도 없었습니다.

문이라고는 들어온 나무문과, 그 문과 마주 보는 편에 커다란 쇠창살을 박은 겹유리문이 하나 있을 뿐이었습니다. 그 쇠창살도 부러지고 구부러지고 하여 더욱 그 방의 살풍경을 나타냈습니다.

"어찌겠소, 잉? 여기 좀 앉소. 우리도 다 이럴 줄 모르고 왔었꽁이."

함경도 사투리로 두 눈에 눈물을 흠뻑 모으며 목 메인 소리로 겨우 자리를 비집어내며 한 노파가 말했습니다. 가뜩이나 기름을 짜는 판에 새로 온 일행이 덧붙이기를 해 놓으니 먼저 온 그들에게는 그리 반가울 것이 없으련마는 그래도 그들은 방이야 터져나가든 말든 정답게 맞아 주며 갖은 이야기를 다 묻고 또 자기네들 신세타령도 했습니다. 그래서 어떻게 빈줄러 내었는지10) 순이 세 식구와 젊은 사내 둘은 올라앉게 되었는데 이불을 멘 중국 쿨리는 끝까지 자리를 얻지 못하고, 아니 자리를 빈줄러 낼 때마다 뒤에 선 젊은 사내들에게 양보하고 맨 나중까지 우두커니 서서 자기 자리도 내어 주기를 기다리고 있었습니다. 순이들은 그래도 동포들의 몸과 몸에서 새어 나오는 훈기에 몸이 녹기 시작하자 노곤노곤하니 정신이 황홀해지며 따뜻한 그리운 고향에나 돌아온 것같이 힘

---

9) 블리키 물통: 브리키라는 회사에서 만들었다는 양철 물통.

10) 비좁은 상태에서 서로 조금씩 당겨서 자리를 만들어내는 것. 조금씩 아껴.

이 났습니다.

"저 눔은 앉을 재리가 없나? 왜 저렇게 말뚝 모양으로 서 있기만 해."

하며 고개를 드는 노파의 말소리에 순이는 놀란 듯이 돌아보았습니다. 그때까지 쿨리는 이불을 맨 채 서 있었습니다. 순이는 갑판 위에서 이불을 나눠 덮던 그때 쿨리의 울며 순종하던 얼굴을 생각해 보았습니다. 능히 자기가 앉을 수 있었던 자리를 조선 청년에게 양보해 준 그의 마음속이 가여웠습니다. 쿨리가 자리를 물려 준 그 마음은 도덕적 예의에 따른 것이 아님은 뻔히 아는 일이었습니다.

그 자리에 자기와 같은 중국 사람이 하나라도 끼어 있었다면 그는 그렇게 서 있지는 않았을 것입니다.

그때 쿨리의 심정은 꺼래이로 태어난 이들에게는, 아니 더구나 보드라운 감정을 가진 처녀 순이는 남 몇 배 잘 살펴볼 수 있었습니다.

순이는 가슴이 찌르르해지며 벌떡 일어나 그 나무문을 두들기기 시작했습니다.

이윽히 두들겨도 아무 반응이 없으므로 그는 얼어터진 손으로는 더 두들길 수가 없어 한편 신짝을 집어 힘껏 문을 두들겼습니다.

"왜 두들기오, 안 옵누마."

하며 방 안의 사람들은 자꾸 말렸습니다.

그러나 순이는 자꾸만 두들겼더니 갑자기 문이 덜커덕 열렸습니다. 순이는 더 두들기려고 울러 메었던 신짝을 그대로 발에 꿰신으며 바라보니 아까 그 조선 사람 군인이 서 있었습니다.

"어째 불렀음둥?"

하며 퉁명스럽게 그러나 두들긴 사람이 순이였기에 얼마만치 부드러워지며 물었습니다.

"이것 보시오, 이렇게 좁은 자리에 어떻게 이 많은 사람이 앉을 수 있

어요. 아무리 앉아봐도 다는 앉을 수가 없습니다. 다른 방으로 나누어주
든지 어떻게 해주세요."
하고 얼굴이 붉어져 서 있는 쿨리를 가리켰습니다.
　군인은 고국 말씨를 잘 못 알아듣겠다는 듯이 자세히 귀를 기울이고
있더니
"동무, 말소리 잘 모르겠었꼬마, 무시기 말임등, 앉을 재리가 배잡단 말
입꼬이?"
하고 말했습니다. 순이는 기가 막혔습니다.
"참 어이없는 조선 동포시구려."
　김빠진 맥주같이 순이 입안이 밉밉해졌습니다.
　그때 노파의 손자인 듯한 소년 하나가 하하 웃으며 뛰어나와
"예! 예! 그렇섯꼬이."
하며 순이를 대신하여 군인에게 대답했습니다. 군인은 고개를 끄덕끄덕
하며 두 손을 펴고 어깨를 움찔해 보이며
"할 쉬 없었꼬마, 방이 잉것뿐입꼬마."
하고는 문을 닫아버리려 했습니다. 순이는 와락 군인의 팔을 잡으며
"한 시간 두 시간이 아니고 오늘 밤을 이대로 둔다면 어떻게 하란 말이
오. 상관에게 말해서 좀 구처해 주시오."
하고 말했습니다. 군인은 휙 돌아서며
"동무들, 내가 뭘 알 쉬 있음등? 저 위에서 하는 명령대로 영기는 그
대로만 합꾸마. 나는 모르겠꽁이."
하고는 덜컥 그 문을 잠그려 했으나 순이는 한결같이 잠그려는 그 문을
떠밀며,
"여보세요, 이대로는 안 됩니다. 무슨 죄예요, 글쎄 무슨 죄들인가요.
왜 우리를, 죄 없는 우리를 이런 고생을 시킵니까. 다 같은 조선 사람인

당신이 모르겠다면 우리는 어떻게 하란 말이요."

군인은 난감하다는 듯이 다시 고개를 문 안으로 들이밀며

"글쎄, 동무들이 무슨 죄 있어 이라는 줄 압꽁이? 다 같은 조선 사람이라도 저 위에 있는 사람들은 맘이 곱지 못하옵니…… 나도 동무들같이 욕본 때 있었꼬마. ××에 친한 동무 없음둥? 있거든 쇠줄글(電報)해서 ×××에게 청을 하면 되오리……."

하고 이제는 아주 잠가버리려 했습니다.

"아니, 보십시오. 그러면 미안합니다마는 전보 한 장 쳐주시겠습니까?"

"무시기?"

군인은 젊은 사내의 말을 알아듣지 못하고 재차 물었습니다.

"전보 말이오, 전보 한 장 쳐달라 말이오."

하고 젊은 사내가 대답하려는 것을 노파의 손자인 소년이 또 하하 웃으며

"안입꼬마. 쇠줄글 말입니……."

하고 설명을 했습니다.

"아아! 쇠줄글 말임둥, 내 놓아드리겠꽁이."

하며 사내들에게 연필과 종이쪽을 내주더니

"동무 둘은 이리 잠깐 나오오."

하며 두 사내를 문밖으로 데리고 나가 버렸습니다.

순이는 어이없이 서 있다가 문턱에 송판 한 조각이 놓인 것을 집어 들고 문 앞을 떠났습니다. 그 송판을 솥 걸었던 자리에 걸쳐 놓고 그 위에 올라앉으며 그때까지 그대로 서 있는 쿨리를 향하여,

"거기 앉아."

하며 자기가 왔었던 자리를 가리켰습니다.

"아! 이놈을 그리로 보냄세. 당신이 이리로 오소."

방 안 사람들은 모두 순이를 침대 위로 오라고 했습니다. 쿨리는 그 눈

치를 챘는지 순이 자리에 앉으려던 궁둥이를 얼른 들어 손으로 순이를 내려오라고 하며 부뚜막 위로 올라앉았습니다.

그의 눈에는 눈물이 핑 돌며

"스파시보 제브슈까."

했습니다. '아가씨 고맙습니다.'라는 뜻인가 보다고 생각하며 순이는 침대 위로 올라앉았습니다.

쿨리는 짐 뭉치 속에서 어느 때부터 감추어 두었던지 새카맣게 된 빵 뭉치를 끄집어내어 한 귀퉁이 뚝 떼더니 순이 앞에 쑥 내밀었습니다. 쿨리의 얼굴은 눈물과 땟물이 질질 흐르고 손은 새카맣게 때가 눌어붙어 기다란 손톱 밑에는 먼지가 꼭꼭 차 있었습니다.

"꾸쉬, 꾸쉬."

한 손에 든 빵 쪽을 묵턱묵턱 베어 먹으며 자꾸 순이에게 먹으라고 했습니다. 순이 눈에 눈물이 고이며 그 빵 쪽을 받아 들었습니다.

"고맙소."

하고 머리를 끄덕여 보이며 급히 한 입 물어뜯으려 했으나, 이미 하루 반 동안을 물 한 모금 먹지 않은 할아버지, 어머니가 곁에 있었습니다. 순이는 입으로 가져가던 손을 얼른 멈추며 할아버지께

"시장하신데 이것이라도……."

하며 권했습니다.

"이리 다고 보자."

어머니는 그제야 수건을 벗고 빵 쪽을 받아 한복판을 뚝 잘라

"이것은 네가 먹어라. 안 먹으면 안 된다."

하고는 또 한 쪽을 할아버지에게 드렸습니다.

할아버지는 남 보기에 목이 막힐까 염려가 될 만치 인사체면 없이 빵을 베어 먹었습니다.

"싫어, 난 먹지 않을 테야."

"왜 이래, 너 먹어라."

하고 순이 모녀는 한참 다투다가 결국 또 절반으로 떼어 한 토막씩 먹게 되었습니다마는 온 방 안 사람이 빵 먹는 사람들의 입을 물끄러미 바라보고 있는 것이었으므로 순이는 차마 먹을 수가 없었습니다.

부뚜막 위에서 내려다보고 앉았던 쿨리는 자기가 먹던 빵을 또 절반 떼어

"순이, 너는 이것 더 먹어라."

라고나 하듯이 순이에게 주었습니다.

순이는 얼른 손이 나가다가 문득 생각났습니다.

자기들은 중국 사람이라고 자리조차 내주지 않던 것이…….

그러나 이미 주린 순이는 두 번째 빵 쪽을 받아 쥐고 있었습니다. 방 안의 사람들은 모두 세 집 식구로 나누어 있는데 도합 열아홉이었습니다. 늙은이, 노파, 젊은 부부, 총각, 처녀들이었습니다.

그들이 순이 모녀를 붙들고 하는 이야기를 들으면 모두 함경도 사람들이며 고국에는 바늘 한 개 꽂을 만한 자기들 소유의 토지라고는 없는 신세라 공으로 넓은 땅을 떼어 농사하라고 준다는 그 나라로 찾아온 것이었는데 국경을 넘어서자 ×××에게 붙들려 순이들처럼, 감금을 당했다가 이리로 끌려왔다는 것이었습니다.

"이 땅에는 돈 없는 사람 살기 좋다고 해서 이렇게 남부여대로 와놓고 보니 이 지경 입꾸마. 굶으나 죽으나, 고국에 있었다면 이런 고생은 안 할 것을……."

젊은 여인 하나가 이렇게 한탄했습니다.

"우리는 몇 번이나 재판을 했으니 또 한 번만 더 하면 놓이게 되어 땅을 얻어 농사를 하게 되든지 다시 이대로 국경으로 쫓아내든지 한답대.

속옷을 풀어 젖히고 이를 잡기 시작한 노파가 말했습니다.

"우리가 무슨 죄일꼬…… 농사짓는 땅을 공떠어 준다길래 왔지."

늙은이 하나가 끙끙 앓으며 이를 갈듯이 말하자

"참말 그저 땅을 떼어 준답두마, 우리는 바로 국경에서 붙들렸으니까 ××탐정꾼들인가 해서 이렇게 가두어둔 거지"

하고 늙은이 아들인 성한 사내가 말했습니다.

"아이고, 말맙소. 아무래도 우리 내지 땅이 좋습두마, 여기 오니 얼마 우자 미워서 살겠습디?"

하고 사내를 반박했습니다.

'얼마우자', 이것은 조선을 떠나온 지 몇 대(代)나 되는, 이 나라에 귀화한 사람들을 이르는 말이니 그들은 조선 사람이면서 조선말을 변변히 할 줄 모르는 것이었습니다. 분명한 '마우자'11)도 되지 못한 '얼'인 '마우자'란 뜻이었습니다.

"못난 사람을 '얼간'이라는 말과 같구려."

하고 순이 어머니가 오래간만에 웃었습니다.

'아까 그 군인도 역시 얼마우자로구면.' 하고 순이가 중얼거렸습니다. 이 말을 들은 노파의 손자는 또 깔깔 웃었습니다.

"아이고 어찌겠니야, 여기서 땅을 아니 떼어주면 우리는 어찌겠니……."

노파는 웃을 때가 아니라는 듯이 걱정을 내놓았습니다.

"설마 죽겠소. 국경 밖에 쫓아내면 또 한 번 몰래 들어옵지요. 또 붙들어 쫓아내면 또 들어오고 쫓아내면 또 들어오고, 끝에 가면 뉘가 못 이기는가강 해봅지요. 고향에 돌아간들 발붙일 곳이라고는 땅 한 조각 없지,

---

11) 마우재(毛子): '러시아 인'의 함경도 방언.

어떻게 살겠습니……."

자기가 먼저 설두[12]를 하여 데리고 온 듯한 사내가 이렇게 말했습니다.

"아이고 듣기 싫소, 이놈의 땅에 와서 이 고생이 뭣고 글쎄."

"아따 참, 몇 번 쫓겨 가도 나중에는 이 땅에 와서 사오 일갈이(四五日耕) 쯤 땅을 얻어 놓거든 봅소."

"아이고…… 어찌겠느냐……."

노파는 자꾸 저대로 신음만 했습니다.

한시도 못 참을 것 같은 그 방 안의 생활도 벌써 일주일이 계속되었습니다.

아침에는 일찍 일어나 일제히 밖으로 나가 세수를 시키고, 저녁에 한 번씩 불려 나가 대소변을 보게 하는 것이었습니다. 일정한 변소도 없이 광막한 벌판에서 제 맘대로 대소변을 보게 하는 것이었습니다.

하루는 역시 대소변 시간에 순이는 대소변이 마렵지 않아 혼자 방 안에 남아 있다가 쓸쓸하여 밖으로 나갔습니다.

그날 밤은 보름이었던지 퍽이나 크고도 둥근 달이었습니다. 시베리아다운 넓은 벌판 이곳저곳에서 모두들 뒤를 보고 있고, 군인 한 사람이 총을 짚고 파수를 보고 있었습니다.

물끄러미 뒤보는 사람들을 바라보며 서 있는 순이에게 파수병이 수작을 붙였습니다.

"저 달님이 퍽이나 아름답지?"

"……."

라고나 하는지 정답게 제 나라말로 순이 곁에 다가섰습니다. 순이는 웬

---

12) 설두(設頭): 앞장서서 일을 주선함.

일인지 그 나라 군인들이 겁나지 않았습니다. 총만 가지지 않았으면 맘대로 친해질 수 있는 정답고 어리석고 우둔한 사람들같이 느꼈습니다. 순이도 언어가 통하지 않으므로 말을 할 수 없고 하여 달을 가리키고 뒤보는 사람들을 가리킨 후 한 번 웃어 보였습니다.

군인은 아주 정답게 나직이 웃고 입술을 닫은 채 팔을 들어 달을 가리키고 순이 얼굴을 가리키고 난 후 싱긋 웃고 순이를 와락 껴안으려 했습니다. 순이는 깜짝 놀라 휙 돌아서 방 안을 향하여 달음질쳤습니다, 군인은 순이를 붙들려고 조금 따라오다가 마침 뒤를 다 본 사람이 서 있는 것을 보고 그대로 서 있었습니다.

그 이튿날이었습니다. 아침에 식료食料를 가지고 온 군인 얼굴이 전날과 달랐으므로 순이는 자세히 바라보니 그는 훨씬 큰 키와 하얀 얼굴과 큼직하고 귀염성 있는 눈을 가진 젊은 군인이었습니다.

'어제 저녁 파수 보던 그 군인……'

순이는 속으로 말해 보며 얼른 고개를 돌리려 했습니다. 군인은 싱긋 웃어 보이며 그대로 나갔습니다.

그날 하루가 덧없이 지나간 후 또 대소변 보는 시간이 되었습니다. 공연히 순이는 가슴이 울렁거려 문을 꼭 닫고 방 안에 남아 있었습니다.

이윽고 뒤를 다 본 사람들이 돌아오자 문을 잠그러 온 군인은 역시 그젊은 군인이었습니다. 순이는 가만히 구부러진 쇠창살을 휘어잡고 달밝은 시베리아 벌판의 한쪽을 내다보고 있었습니다.

"아이고 어찌겠느냐……."

노파는 밤이나 낮이나 이렇게 애호하며 꿍꿍 신음을 시작했습니다. 언제나 밤이 되면 한층 더 심하게 안타까워하는 그들이었습니다.

젊은 내외는 트집거리고[13] 여기저기 신음 소리에 순이의 가슴은 더욱 설레어 적막한 광야의 밤을 홀로 지키듯 잠 못 들어 했습니다.

그 이튿날 아침 일찍 웬일인지 군인 두 사람이 들어와서 먼저 와 있던 여러 사람을 짐 하나 남기지 않고 죄다 데리고 나갔습니다.

"아이고, 우리는 또 국경으로 쫓겨나는구마. 그렇지 않으면 왜 이렇게 일찍 불러내겠느냐."

노파는 벌써 동당발[14]을 굴리며

"아이고, 아이고 어찌겠느냐."

라고만 소리쳤습니다.

방 안에는 순이들 세 식구만 남아 있고 그 외는 다 불려갔습니다. 갑자기 방 안이 텅 비어지니 쌀쌀한 바람결이 쇠창살을 흔들며 그 방을 얼음 무덤같이 적막하게 했습니다.

세 식구는 창 앞에가 모여 앉아 장차 자기들 위에 내려질 운명을 예상하고 묵묵히 앉아 있었습니다.

그때 한 떼의 사람들이 일렬로 늘어서서 앞뒤로 말을 탄 군인을 세우고 건너편 벌판을 걸어가는 것이 보였습니다.

"어찌겠느냐, 어디를 갑누마……."

노파의 귀 익은 애호성이 화살같이 날아와 순이 세 식구가 내다보는 창을 두드렸습니다.

'이리에게 잡혀가는 목자 잃은 양 떼와도 같이 헤매어 넘어온 국경의 험악한 길을 다시금 쫓겨 넘는 가엾은 흰 옷의 꺼래이 떼…….'

눈물이 좌르룩 흘러내리는 순이 눈에 꼬챙이로 벽에 이렇게 새겨져있는 것이 보였습니다.

'이 몸도 꺼래이니 면할 줄이 있으랴.' 바로 그 곁에 또 이렇게 씌어 있

---

13) 트집거리고: 쓸데없는 트집을 잡아 싸우고

14) 동당발: 다급하거나 안타까울 때 제자리에서 발을 구르는 모양.

었습니다. 순이도 무엇이라고 새겨보고 싶었으나 자꾸만 눈물이 났습니다.

'아버지, 아버지는 왜 이 땅에 오셨습니까. 따뜻한 우리 집을 버리시고…… 할아버지와 어머니와 이 딸은 아버지 해골조차 모셔가지 못하옵고 이 지경에 빠졌습니다. 아버지 영혼만은 고향집에 가옵시다. 순이.'라고 눈물을 닦으며 손톱으로 새겼습니다.

그날 해도 애처로이 서산을 넘고 그 키 큰 젊은 군인이 문을 열어주어도 세 식구는 뒤보러 나갈 생각도 하지 않고 울었습니다.

그렇게 며칠을 지낸 이른 아침이었습니다. 순이 세 식구는 또 밖으로 불려 나갔습니다. 나가는 문턱에서 그 키 큰 군인이 아무 말 없이 검은 무명으로 지은 헌 덧저고리 세 개를 가지고 차례로 한 개씩 등을 덮어주었습니다.

"추운데 이것을 입고라야 먼 길을 갈 것이요. 이것은 내가 입던 헌것이니 사양 말아라."

하고 쳐다보는 순이들에게 힘없는 정다운 눈으로 무엇이라 말했습니다.

"감사합니다."

순이들은 치하했으나 군인은 그대로 입을 다물고 순이 등만 툭 쳤습니다. 비록 낡은 덧저고리였으나 순이들은 고향을 떠난 후 처음 맛보는 인정이었습니다.

넓은 마당에 나서자 안장을 지은 두 마리의 말이 고삐를 올리고, 처음 보는 조선 군인이 손에 흰 종이쪽을 쥐고 서서,

"동무들 할 수 없었고마, 국경으로 가라 합니……."

하고는 할아버지로부터 차례로 악수를 해준 후,

"잘 갑소……."

라고 최후 하직을 했습니다. 순이들이 아버지 백골을 찾아가게 해달라

고 아무리 애걸했으나 다시 무슨 효험이 있을 리 만무했습니다.

"자 갑누마, 잘 갑소."

그 얼마우자 군인도 처량한 얼굴로 길을 재촉하자 두 사람의 군인이 총을 둘러메고 말 위에 올랐습니다. 그중에 한 사람은 그 키 큰 젊은 군인이었습니다.

황량한 시베리아 벌판, 그 냉혹한 찬바람에 시달리며 세 사람은 추방의 길에 올랐습니다. 벌판을 지나 산등도 넘고 얼음길도 건너며 눈구덩이도 휘어가며 두 군인의 말굽 소리를 가슴 위로 들으며 걷고 걸었습니다. 쫓겨 가는 가엾은 무리들의 걸어간 자취 위에 다시 발을 옮겨 디딜 때 자국마다 피눈물이 고여 있었습니다.

말 등 위에 높이 앉은 군인 두 사람은 높이높이 목을 빼어 유유하게 노래를 불러 그 노랫소리는 찬 벌판을 지나 산 너머로 사라지며 쫓겨 다니는 무리들을 조상하는 것 같았습니다.

이따금 추위와 피로에 발길을 멈추는 세 사람을 군인은 내려다보고 다섯 손가락을 펴 보였습니다.

아직 오십 리 남았다는 뜻이었습니다.

한 떼의 싸리나무 울창한 산길을 지날 때 어느덧 산 그림자는 두터워지며 애끓는 시베리아 석양이었습니다.

어머니와 순이에게 양팔을 부축 받은 할아버지가 문득 발길을 멈추더니 아무 소리 없이 스르르 쓰러졌습니다.

"할아버지! 할아버지."

"아버님, 아버님."

부르는 소리는 산등허리를 울렸으나 할아버지는 대답이 없었습니다.

말에서 내린 군인들은 할아버지를 주무르고 일으키고 해 보며 이윽히 애를 쓴 후 입맛을 다시고 일어서 모자를 벗고 잠깐 묵도를 했습니다.

키 큰 군인은 다시 모자를 쓴 후

"순이!"

하고 부른 후 이미 시체가 된 할아버지 목을 안고 부르짖는 순이 어깨를 가만히 쓰다듬었습니다.

그때 천군만마같이 시베리아 넓은 벌판을 제 맘대로 달려온 바람결이 쏴아, '싸리' 숲을 흔들며,

"순이야, 울지 말고 일어서라."

고 명령하듯 소리쳤습니다.

≪신여성≫, 1934년

복선이

　유록 저고리 다홍치마에 연지 찍고 분 바르고 최 서방에게 시집오던 그날부터 이때까지 열네 해 동안이나 불려오던 복선이라는 그 이름 대신 '최 서방네 각시'라는 새 이름을 얻게 되었다.

　울타리 밑에서 동네 아기들 소꿉놀이 서투른 어린 솜씨로 만든 '풀각시' 같은 복선이다. 갸름한 얼굴이라든지 호리호리한 몸맵시며 동글동글한 눈동자, 소복한 코끝이며 다문다문 꼭꼭 박힌 이빨 모두가 어느 편으로 보아도 소꿉놀이에 나오는 각시 그대로였다.

　지금은 최 서방네 각시인 복선이 맏이 되는 복련이도 열네 살 되는 가을에 남의 집에 머슴살이하는 '김 도령'에게 시집을 갔다가 불행히도 사들사들 마르기 시작하더니 단 일 년도 못 되어 애처롭게 죽고 말았다. 그러므로 그들의 부모는 복선이도 일찍 시집을 보냈다가 복련이처럼 죽게 될까 하여 많이 키워가지고 성내城內의 조금 맑은 사람에게 시집을 보내려고 생각하였으나. 한 탯줄에 다섯이나 딸을 낳은 그의 부모라 조금 그럼직한 혼인 말이 나오면 두 귀가 번쩍 열리지 않을 수 없었다. 최 서방에게도 그의 부모는 반기듯이 응하여 단 한 말에 시집을 보내고 말았던 것이다.

　최 서방은 전에 철로공부鐵路工夫노릇도 해 왔고 지금은 품팔이 일꾼이라 머리도 깎았고 일하러 나갈 때는 누런 '골덴'바지도 입고 지까다비[15)도 신고 하니 큰딸의 남편 김 도령보다는 겉만이라도 나을 뿐 아니라 얼

─────────────

15) 지까다비(じかたび): 일본에서 주로 노동자들이 신던 운동화 비슷한 신발.

굴도 미끈한데다가 큰딸의 시집과 같이 층층시하[16]가 아니라 단 하나 시어머니뿐인 단출한 식구였으므로 시집을 보내면 좀 편하리라, 한 것이다.

그러나 이보다도 더 딱한 사정이 있었다. 그것은 복선이 하나 입이라도 덜어버리는 것이 그들에게는 짐을 하나 벗게 되는 것이 되므로 이왕 보내야 할 시집이니 이삼 년 더 키워서 보내나 마찬가지일 것이니, 맏형이 죽은 것도 제 명이요 제 팔자이지 열네 살에 시집갔다고 죽었을 리야 있었겠나 하는 것이다.

복선이만 해도 나면서부터 오늘까지 보리밥덩이라도 맘껏 먹어 보지도 못했고 굶음에 절여진 그다.

시집을 가면 일도 많이 하지 않을 것이고 밥도 많이 먹어 볼 수 있고 그뿐인가, 지금까지 자기가 먹던 몇 숟갈로 동생들의 배를 채운다 하여 시집가면 어떻고 어떻다는 것을 깊이 생각해 보지도 않았고 또 몰랐었다.

시집가는 날 분 바르고 고운 옷 입고 하는 것이 명절을 만난 것 같아서 동네 순네 어머니가 쪽을 틀어주고 할 때는 엉둥덩둥 하면서도 기쁜 것 같아서 곱게 차린 모양을 동네로 다니며 남들에게 보이고 싶기까지 하였다.

단방 한 칸, 정주[17] 한 칸인 오막살이일망정 남편도 끼끔했고 시어머니도 자별하게 인자하였다. 그러나 오직 한 가지 딱한 것은 벌써 나이 찬 남편이 밤이면 추근추근 굴어서 잠을 못 자게 하는 것이다.

일은 비록 고달프고 배는 항상 굶주려도 저녁 먹고 등잔불 끄고 동생들과 같이 옹게종게 누워 자던 옛날이 그리웠다.

어떤 날 밤은 참다못하여 흑흑 느껴 울어버리기도 하였다.

---

16) 층층시하(層層侍下): 부모, 조부모 등의 어른들을 모시고 사는 처지.
17) 정주: 정주간(鼎廚間). 부엌.

그러다가도 꿀꺽 울음소리를 삼키고 두 팔만을 시어머니 곁으로 파고들 듯 잠이 들기도 하였다.

최 서방은 이곳저곳 일터를 찾다가 마침 성내에 들어가서 정미소 일꾼으로 쓰이게 되어 하루 사십 전 이상 일원까지 벌이하게 되는 날도 있게 되므로 이따금 간고기[18] 마리도 사오고 흰쌀도 팔아 오므로 시집오던 처음보다는 훨씬 살기가 나아져 갔다.

이러는 사이에 달이 가고 해가 바뀌어 복선이도 제법 노랑머리 쪽이 어울려졌다. 그러나 '풀각시'[19]같이 거칠어 처음 보는 사람들은 모두 어린 각시라고 웃었다.

최 서방이 낮에 성내로 일하러 간 후로는 한 가지 두통거리가 생겨났다. 그것은 동네 총각들 때문이었다. 불과 오십 호밖에 살지 않는 그 산촌에서 복선이에게 젊은 남자들이 추근추근 따라다니기도 하였다. 그래도 복선이는 치마꼬리를 휘어잡고 입술을 다문 채 모르는 척 눈을 감고 제집 일만 부지런히 한결같이 살아갔다.

"이번 추석에는 임자도 비단 저고리 하나 해줄까."

시집온 지 두 해 되는 팔월 초생에 최 서방이 일터로 나갈 때 웃으며 복선이에게 이렇게 약속하였다.

"아이고, 내야 소용없어. 당신 옷이나 해 입지"

하며 얼굴을 붉혔다.

"내야 옷이 있는데, 이번엔 고운 것 바꾸어다 주지."

최 서방은 싱긋싱긋 웃으며 집을 나갔다. 복선이는 사립문을 나가는 최 서방의 지까다비 신은 발자취 소리를 들으며

---

18) 간고기: 자반. 생선을 소금에 절여서 만든 반찬감.

19) 풀각시: 막대기나 수수깡의 한쪽 끝에 풀로 색시 머리 땋듯이 곱게 땋아서 만든 인형.

"해행."

하고 웃었다.

입으로 비록 사양은 하였을망정 속으로는 무척 기뻤던 것이었다.

비단 저고리라 해도 인조견임에는 틀림이 없을망정 그는 분홍저고리 검정 '보일'[20] 치마가 소원 소원이었으나 시집 온지 두 해가 되어도 아직 그 원을 풀지 못했던 것이다.

그날은 유별나게도 가슴이 뛰놀며 싱긋 웃고 나가던 최 서방의 모양이 마음에 무척 좋게 여겨지고 어서 그날 해가 지면 정말 어떤 옷감을 가져올까…… 하고 눈이 감기도록 기다렸다. 이렇게 남편을 기다린 적도 시집온 지 처음인 것 같아서 공연히 마음이 분주하였다. 그는 저녁때 시어머니가 놀러 나간 틈을 타서 한 짝밖에 없는 소탕 장롱을 열고 자기 옷을 챙겨보았다. 시집오던 날 입었던 유록 저고리만이 특진 무명옷 틈에 끼어 있는 복선의 단 한 가지 '치레'[21] 였다. 그는 금년 추석에도 그 저고리를 입으려고 생각하였던 것을 생각하고

"아이고, 이번 추석에는 분홍 저고리 입겠구나."

하며 바쁘게 주름살이 깊어진 유록 저고리를 한팔 뀌어보았다. 그리고

"해행."

하고 웃고는 빨리 장 속에 집어넣고 밖으로 나왔다.

웬일인지 그날은 최 서방이 날마다 돌아오는 때가 지나도 돌아오지 않았다.

'오늘은 일 마치고 옷감을 바꾸느라고 늦게 되는가 보다.'

시어머니와 복선이는 불안한 가슴을 진정하며 저녁을 마쳤다.

---

20) 보일(voile): 성기게 짜서 비쳐 보이는 얇고 가벼운 직물. 평직(平織) 또는 사직(斜織)으로 짜며, 무명이 많으나 삼이나 화학 섬유로 된 것도 있다.

21) 치레: 나들이 옷.

"행여나 길에서 땅꾼에게 빼앗기지나 않았는가."

밤이 깊어질수록 복선이는 걱정이 되었다.

"흐흥, 올 추석에는 친정에도 놀러 갔다 오너라. 시집을 와도 좋은 저고리 하나 얻어 입지 못했는데 설마 올게22)야."

시어머니가 채 입을 닫기 전에 갑자기 문전이 요란해졌다.

"거 누군가?"

시어머니는 벌떡 일어나 지게문23)을 열어젖혔다.

복선이도 가슴이 덜컥하여 벌떡 일어나 뜰로 뛰어 내려갔다.

"최 서방 댁 있소? 어서 이리 좀 나오."

그 말소리는 몹시 컸다.

"이 집에 누가 있소? 방금 최 서방이 큰일이 났으니 빨리 나하고 갑시다."

시어머니와 복선이는 열어젖힌 지게문을 닫을 줄도 모르고 무슨 영문인지 더 물어볼 말도 나오지 않았다. 허둥지둥 뛰어나갔다.

"최 서방이 지금 기계에 치어서 말이 아니오."

달음박질을 쳐 산 비탈길을 내려오는 복선이는 가 보지 못한 성내 가는 길이었지마는 넓은 한 줄기 길과 같이 눈앞에 뻗쳐 있었다. 좋은 옷감 떠 오겠다던 최 서방은 정미소 기계에 치어 즉사를 하고 만 것이었다.

≪신가정≫, 1934년

---

22) 올게: 올해.

23) 지게문: 방에서 마루로 통하거나 방에서 부엌으로 통하는 문.

채색교彩色橋

무지개 섰네, 다리 났네,
일곱 가지 채색으로
저 공중에 높이 났네.

뒤뜰에서 어린 학도들이 무지개가 선 공중을 바라보고 노래 부르며 놀고 있다.

천돌이는 무거운 짐을 문턱에 내려놓고

"제에기 그놈의 하늘⋯⋯."

하고 동편 하늘 높이 무지개가 놓인 것을 원망스럽게 바라보며 혀를 찼다.

"그놈의 비가 오려거든 그만 촬촬 와 버리든지, 오기 싫거들랑 그만 쨍쨍 가물어서 온 천지를 홀카닥 불태워 버리든지 할 것이지 그저 날마다 찔찔거리다가 말고, 말고 하니까 사람이 배겨낼 수가 있어야지."

혼자 중얼거리며 부엌에서 늙은 어머니가 튀어나오더니, 물 묻은 손을 치마에다 이리저리 문지르며 역시 무지개가 선 아름다운 하늘을 원망한다.

"벌써 두 장이나 터지게 되니 어디 살 수가 있어야지."

천돌이는 콧구멍만 한 방 안으로 짐 뭉치를 끌고 들어갔다.

"제에기 꼭 장날만 골라서 비가 온단 말이야."

그는 속이 상해 못 견디겠다는 듯이 푸우 한숨을 내쉬며 짐 뭉치는 방 한편 구석에 밀어놓고 자기는 방 한가운데 가 아주 큰 대자로 펄쩍 드러누웠다.

"점심은 어쨌노! 먹었나?"

하며 늙은이는 다시 부엌으로 들어갔다.

"여태껏 점심도 못 먹었을라구! 돈벌이야 하든 못하든 우선 먹어나 놓고 볼 일이니까.

천돌이는 통명스럽게 대답하였다.

"글쎄 또 비가 오니까, 장도 채 못 보았을 것 같아 어느 결에 점심이 나 먹었겠나 싶어서 죽이라도 행여 먹을까 싶어 쑤었지."

늙은이는 연해 부드러운 말로 아들의 마음을 위로하듯 중얼거리며 바가지로 득득 소리를 내며 죽을 퍼 담았다.

"흥, 사시로 죽만 먹고 살자는 거요? 어떤 놈들은 쌀밥도 못 먹겠다고 지랄을 하는데."

천돌이는 연해 짜증난 소리로 혼자 튀적거리면서도[1], 그래도 죽 냄새가 구수하게 콧구멍을 간질이자 못 이기는 체 부스스 일어나 앉으며

"무슨 죽이요?"

하고 부엌으로 통한 지게문을 향하여 버럭 소리를 질렀다.

"무슨 죽이요라니, 보리죽밖에 더 다른 죽이 있을 리가 있니?"

늙은이는 방 안에다 죽 그릇을 들여놓으며, 아들 눈치를 힐끗 보았다. 말소리에 비하여 별로 성이 난 것 같지 않은 아들의 얼굴빛에 저윽히[2] 안심이 되는 듯이 천돌이 죽 그릇에 숟가락을 걸쳐주며,

"어서 좀 먹어 봐. 점심을 먹었더라도 벌써 배가 다 꺼졌겠다."

하고 죽 그릇을 천돌이 앞에 바짝 밀어주었다.

---

1) 튀적거리다: 별 생각 없이 혼잣소리로 투덜대다.

2) 저윽히: 벌써. 이르다는 뜻(부정적일 때가 더 많으나 그렇지 않을 때도 있음).

"어디 좀 먹어볼까."

천돌이는 숟가락을 들더니, 한 숟가락 푹 떠서 질질 흘려가며 훌쩍훌쩍 들이삼키기 시작하더니 삽시간에 한 그릇을 홀딱 먹어버리고 손등으로 입을 슬쩍 문지른 후

"히. 참 엄마."

부뚜막에 걸터앉아서 땀을 졸졸 흘리며 죽을 퍼 먹던 늙은이는 아들을 쳐다보며

"뭐야! 왜?"

하고 고개를 치켜든다.

"글쎄…… 젠장."

천돌이 음성은 짜증이 잔뜩 난 것 같으나, 무슨 기쁜 일이나 있는지 입은 연해 빙글거리는 것이 늙은이는 이상하여 재차 기척을 살폈다.

"엄마! 저어."

"뭐냐! 말을 해야 알지."

"허 참, 아니 엄마 솜씨는 이것뿐이요? 날마다 쑤는 죽이 짜다가 싱거웠다가, 되었다가 물렁거렸다가 어이 참 솜씨도…… 그만치나 죽을 쑤었으니 하머나 물미가 나서 선수가 될 터인데, 참."

천돌이는 싱글싱글 웃기 시작하였다.

"아이고 그. 그…… 자식도 못났다. 늙은 어미 솜씨 나무라기가 일쑤로구나, 버릇없이."

늙은이 역시 아들의 말이 악의에서 나오는 것이 아님을 아는 것인지 웃으며 대꾸를 하였다.

"아이 참. 엄마는 솜씨가 없어……."

"아아니, 이 자식이 왜 이래. 늙은 어미 솜씨 좋으면 시집을 보낼 처녀애던가…… 웬 걱정이냐."

"그런 게 아니야 글쎄."

"그러면 보릿가루하고. 물하고 소금만 넣어서 끓인 죽에 무슨 별맛이 날 리가 있니? 어떤 사람은 보리죽에도 넣지 않은 꿀맛이 나게 한다더냐?"

늙은이는 일부러 샐쭉해진 모양을 해 보이며 비꼬아댔다. 천돌이는 대답 대신

"히힝."

하고 열쩍은[3] 웃음을 웃으며 늙은이의 눈치를 힐끗, 바라보더니 다시 펄쩍 드러눕고 만다.

"그렇게 더운 방에만 누웠지 말고 뜰에 좀 나오려무나."

하는 늙은이의 말에 정신이 번쩍 난 듯이 벌떡 일어나 밖으로 슬그머니 나와 앉았다. 비에 젖은 뜰은 시원했다. 동편 하늘에는 아까 그 찬란하던 무지개는 사라졌고 새파란 하늘에 흰 구름 뭉치가 뭉게뭉게 떠오르고 있었다.

"글쎄 엄마."

"허, 얘가 미쳤나 보다."

늙은이는 못마땅한 얼굴로 땀에 젖은 적삼을 벗어 방에 던지고 양팔에 새까맣게 밀린 때를 치마를 움켜다 닦으며 뜰에 나와 앉았다. 매미 소리가 요란하게 들려왔다.

"요즘 보니까 네 태도가 야릇하더구나. 맛없는 어미 손에 얻어먹기 싫거든, 어디 가서 솜씨꾼 색시나 주워 오렴. 그러면 보리죽에도 꿀맛이 날 테지."

천돌이는 매미 소리에 기울이고 있던 귀가 이 말에 번쩍 뜨이는 것

---

3) **열쩍다**: 열없다. 좀 겸연쩍고 부끄럽다.

같아,

"누가 장가들고 싶어 하는 줄 아나베."

하고 가슴이 뜨끔한 것을 숨기려고 시치미를 딱 잡아떼 보았다.

"글쎄 장가들 나이도 되기야 했지. 그리고 나도 나이가 먹어가니까 남의 집 일도 예전같이 해줄 수 없고 하니, 너만 장가를 보내면 오죽 좋겠느냐. 며느리가 살림을 살면 나야 또 무슨 장사라도 할 테고……."

"무슨 장사를 해요?"

"떡도 만들어 팔고, 콩나물도 기루고, 풀도 비어 팔고. 밑천 안 드는 장사가 수두룩하지. 그래도 혼자 손에 지금이야 할 수 있나. 부지런한 계집아이나 며느리로 보면 좁쌀거리는 내 손으로도 벌 거야. 남의 집에 늙은것이 일 해주러 다니기보다는 나으리라."

천돌이는 처음부터 늙은이에게 이런 말이 나오라고 하는 수작이었기는 하나, 그래도 제 속판을 들여다보이기가 싫어서 또 한 번 시치미를 떼보느라고

"그렇지만, 어디 그렇게 얌전한 계집애가 있어야지."

하고 늙은이의 눈치를 살핀다. 그리고

"설혹 있다 치더라도 우리 같은 가난뱅이에게 누가 딸을 주겠어요."

하고 다시 한 걸음 내밀어보는 것이었다. 그의 눈앞에는 지금 어릴 때부터 고생 가운데서 자라난 복순이의 얌전한 얼굴이 떠오르며 가슴이 터질 듯 기뻤다.

뒤뜰에서 뛰며 놀고 있던 동네 학도들과 같이 펄쩍펄쩍 뛰어보고도 싶었다. 그는 천연스럽게 앉아 배길 수가 없어 벌떡 일어나 비에 젖었던 밀짚모자를 장대 끝에 꿰어 처마 끝에 기대 세웠다.

"엄마, 일 년만 참아요. 이 집을 팔아 버리고 벌인 돈을 보태서 집이나 밴밴한 것 한 채 삽시다."

하고 은근하게 늙은이를 위로하였다. 늙은이는 또 늙은이대로 눈치 채는 바가 있는 터이라,

'행여나 저 자식이 못된 계집애에게 반하지나 않았는가!'

하는 염려가 가득은 하지만은, 그럴 듯 그럴 듯은 하면서도 시치미를 딱 잡아떼 버리는 천돌이 속판을 따져볼 길이 없었다.

남편이 죽고, 연달아 큰아들이 죽고, 또 잇따라 딸 둘을 시집보내고, 막내아들 천돌이와 단둘이서 허물어진 움막 단칸집에서 근근이 살아오는 터이다. 자기는 남의 집에 드나들어 일도 해주고, 천돌이는 여남은 살부터 성냥 상자를 메고 장날마다 장판으로 돌아다니며 팔아서 죽이나마 남 먹을 때 빠지지 않고 끼니를 이어오는 터이다.

"에, 당황4) 사소! 에, 석 냥요. 에, 당황, 마치, 석 냥!"

하고 온 장판에 애교를 떨치며 얼마씩이라도 벌어 오기 시작한 지도 벌써 근 십 년이다. 그러니 그 사이에 천돌이는 잔뼈가 굵어 지금 스물한 살이다.

그는 작년부터 성냥 장수를 집어던지고, 단봇짐 장수를 시작하여 잘 팔릴 잡화를 그동안 모은 밑천으로 제법 한 짐 장만해가지고 이곳저곳의 가까운 촌장으로 돌아다니며 팔게 되었다.

그러므로 십여 년 동안 이곳저곳 장터에다가 밥줄을 달고 있는 돌림 장꾼 천돌이었고, 누구에게든지 친절하고 서글서글하게 말 잘하고, 붙임성 있고, 잘 웃기고 하는 천돌인 까닭에, 장터마다 단골도 많고, 같은 돌림 장꾼들 사이에서도 신용이 두터웠다. 그뿐 아니라 이웃 장을 보려고 오고가는 길에는 장꾼들이 천돌이가 빠지면 섭섭함을 느끼기도 하는 터이었다.

---

4) 당황: 성냥.

"놈이 똑똑해. 늙은이, 한때를 볼 거요."

하고 동네에서도 천돌이 칭찬 않는 사람이 없고, 늙은이 듣는데도 자주 이런 말을 하는 것이었다.

"천돌이, 요사이 소고기 값이 왜 그렇게 비싼가?"

하고 장터에서 돌아오는 길에 한 장꾼이 말을 꺼내는 것이었다.

"허 참, 그것도 모르나요? 소 값이 올랐으니까, 소고기 값도 오르는 것이지요."

천돌이 대답은 이러하였다.

"그러면 소 값은 왜 오르나?"

"아따 그 양반. 그것도 모르시오?"

"그래, 모른다."

"소 값이 왜 오르는 걸 모르신다 말이오?"

"그래, 나는 모르겠다."

"정말 몰라요?"

"그래, 나는 몰라."

"헤. 그러면 나도 모르지."

그들은 일제히 웃으며 길 걷는 괴로움을 잊는 것이었다. 그러므로 천돌 이는 장꾼들 사이의 화형花形이다.

"그렇지만 금년은 너무 가물어서 어디 살 수 있겠나. 못자리가 죄다 갈라졌으니……."

하고 한바탕 웃음이 끝나자. 뒤를 이어서 생강 장수 박 첨지가 또 말머리를 틀어 놓는다.

"영감, 염려 마시요. 금년은 큰 비 옵네다."

하고 또 말을 받는 것은 천돌이다.

"어째서 그래."

"허 참, 그것도 모르세요? 초여름에 벼룩이란 놈이 많았지요?"

"그래, 벼룩이 많으면[5] 큰 비 온다던가?"

"모두들 헛나이를 먹었나 보오."

"헛나이를 안 먹었으면 어떤 해 여름에는 벼룩이 없다더냐."

"글쎄 다른 해보다 유별나게 많더란 말이요. 그러니까 벼룩이란 놈은 사람을 물거든요. 물것이 많으면 물이 흔하다는 거라오. 물이 흔하면 비가 많이 오는 거지 뭐요."

"그 또 참 자식, 웃기는구나. 벼룩이 많으면 비가 많이 온다?"

"그럼, 오구말구. 물것이 많으면 물이 흔한 법이지……."

"꼭 많이 오겠나?"

"암, 오다 뿐이겠소. 그러면 내기할까요. 비가 많이 오면 영감 딸 날 주겠소?"

또 한바탕 웃음이 터진다. 박 첨지도 지지 않으려고,

"그래, 내기하자. 비만 오면 딸뿐이겠나, 내 목이라도 바치지."

하고 대꾸를 하는 것이었다.

언제든지 아무 의미 없이 지껄대기 위하여 떠들어대며 우스운 농담만 하는 천둥이었으나, 이 생강 장수 박 첨지를 보고 하는 말에는 다른 사람이 해득 못할 무엇을 농담에 싸가지고 씩 붙여 보는 것이었다. 박 첨지 역시 요즈음 짐작하는 바가 있다.

이래뵈도 일생을 돌림 장꾼으로 다녀온 생강 장수다. 어련히 잘 알라꼬…… 다른 사람 같이 자기에게 오는 말을 농담이든 잡담이든 그 속에 뼈다귀가 들고 안 들었음을 모를 리 없고, 그 쌓인 뼈다귀를 이리 넘길까 저리 넘길까 하는 앞선 생각까지 척 하고 있는 판이다.

---

5) 원전에는 '많으면'이 없으나 개작 전 「신조선」에 발표한 원전에 있어서 넣었다.

그날은 산 너머 매화골 장을 보고 돌아온 날이다. 그 장에 웬일인지 박 첨지가 보이지 않았으므로 천돌이는 오래오래 맘먹어 오던 무엇 까닭에 어디로 볼일 보러 가는 척하고 물 건너 박 첨지 집을 찾아갔다.

천돌이가 사는 동네 앞을 흐르는 큰 냇물의 다리를 건너면 얼마 안가서 박 첨지의 움막이 있다.

그는 다리를 건너기 전에 먼저 냇가에 내려가 얼굴과 손발을 깨끗이 씻고 난 후, 밀짚모자일지라도 멋있게 재껴 썼다.

'그놈의 첨지가 그만 밤사이에 죽어 버렸으면.'

하고 생각했다. 그 첨지가 미워서가 아니라, 첨지에게 자기의 속을 들여다보일까 겁이 났던 까닭이다. 그래도 내친걸음이라, 사내자식이 그대로 돌아서기 싱거워서 꾹 참고 그대로 혼자 열적은 웃음을 웃어가며 박 첨지 집을 향하여 걸었다.

종담장6)도 없는 벌판의 외딴 토막집, 즉 박 첨지의 집 앞에까지 당도하였다. 금방 앞으로 쓰러질 것 같은 그 집 방 지게문은 열려 있고, 인기척은 없었다. 차라리 아무도 없으면 그대로 돌아가 버리고 싶었다. 그러나 할 수 없어 이리저리 머뭇거리다 말고 기침을 두어 번 하며 용기를 내어,

"영감 집에 있소?"

하고 소리를 쳐보았다. 아무 대답이 없었다. 그는 부쩍 용기가 나서 이제는 열린 방문 앞까지 다가가 서며,

"영감이 집에 없나. 있나. 집에 사람이 없나. 빈집 같네, 영감"

하고 소리를 크게 질렀다. 그제야 방 한옆에서 숨바꼭질이나 하는 것같이 박 첨지의 딸 복순이가 고개만 쏙 내밀어 천돌이를 날름 쳐다보며,

---

6) 종담장: 담장보다 조금 낮고 가로막이 기능을 하는 담장.

"어데 가고 없는데."

하는 말을 끝까지 채 못하고 자라목같이 다시 쏙 들어가며 생긋 웃었다. 천돌이는 발끝이 자르릇 우는 것 같았다.

'히힝, 첨지가 어디 가고 없단 말이지! 안성맞춤이란 거다. 고놈의 계집애 누구를 녹이려고 웃기는 또…… 어디 보자. 오늘은 하늘이 두 조각이 나더라도 한번 부딪쳐보고야 말걸.'

천돌이는 단단히 아랫배에 힘을 주어 혼자 결심을 하면서도 가슴속은 떨리고 간지러워 조금 머뭇거려지는 다리에 힘을 주어, 문턱에 가 비위 좋게 척 걸터앉았다.

"영감이 어델 갔나?"

조금 떨리는 음성에 간신히 위엄을 내어 말을 건넸다.

"몰라."

복순이는 싹 돌아앉았다. 해어진 옷을 깁는지 바느질 그릇을 앞에 당겨놓고 만지작거리기만 한다.

가난한 그 살림 속에서라도, 계집애답게 비록 낡은 무명이나마 살구꽃 색 물들인 저고리에 검정 치마를 입었고, 숱 많고 긴 머리를 되는대로 충충 땋아 늘이고. 돌아앉아 있는 그 모양을 천돌이는 오래 바라보고 있을 수가 없었다. 그 가느다란 허리에 제 힘찬 팔이 감기는 것 같은 착각에 온몸이 떨렸다.

기다리고 별러 오던 이 좋은 기회! 어인 일인지 가슴은 졸이면서 말문이 딱 절벽같이 닫혀 떨어지지를 않는다. 가슴은 염치없이 몹시도 뛰었다.

"그래, 어제 장에 영감이 왜 안 갔던가."

그는 간신히 한 마디 말을 또 건넸다.

"몰라."

천돌이 말문은 또 쇠통이 내리려[7] 한다.

'에잇, 사내 녀석이 못나게.'

그는 아래윗니를 한 번 꽉 깨물어 한숨을 한 번 확 내뿜고 난 후, 첨지가 돌아오기 전에 어서어서 수작을 해야겠다고, 갑갑함을 못 참아 했다.

'조놈의 계집애……'

역시 말문에는 쇠통이 내리고, 가슴만 후다닥거리고 몸까지 문턱에가 천근만근 들어붙어 버렸다.

"이리 좀 보렴. 대답 좀 시원하게 하면 어떠냐."

그는 두 눈을 부릅뜨고 간신히 또 한마디 끄집어 냈다.

"무슨 대답?"

복순이 음성이 우레 소리같이 두 귓구멍에 왕! 울리어 전신이 찌르르 하였다.

"얘, 날 좀 보렴. 못나기야 했지마는…… 저. 그렇지마는…… 암만 못나도 저. 이리 좀 오렴."

"……."

복순이는 부끄러워 못 참겠다는 듯이 앞으로 고개를 아주 내려뜨리며 상긋 웃는 듯하였다. 천돌이는 그만 말문이 확 터지는 듯 막아둔 물목을 툭 끊어버린 듯 용기가 불쑥 솟았다.

"너는 내가 보기 싫으냐."

"……."

"대답을 좀 하렴. 싫다면 그만이지. 누가 억지로 자꾸 그러니! 어서어서."

"……."

"너의 아버지가 오면 어떡해. 글쎄 어서 대답 좀 해 봐!"

---

7) 쇠통이 내리다: 말문이 닫히다.

"……"

"너의 아버지가 오면 나를 죽이려 들지 않겠니. 어서 대답해요."

"무슨 대답. 아버지가 벌써 오실까 봐."

복순이의 똑똑한 그 한마디에 천돌이 전신은 날랜 사자와 같이 긴장되었다.

"저 애, 나는 너 까닭에 죽겠다. 누워서나 앉아서나, 길을 걸어갈 때나. 그저 네 얼굴이 자꾸 보인단다. 참을 수가 있어야지."

"……"

"그래도 나는 워낙 못생겼으니까, 너는 나를 미워하겠지? 네가 나를 싫다고 하는 날에는 나는 그만이다. 나는 그까짓 죽어 버릴 테다."

"누가 죽으랬나."

"네가 날 싫다면 죽으란 거나 마찬가지지."

"아이참……."

안타까운 듯 뒷문으로 달아날 듯. 복순이는 벌떡 일어섰다. 천돌이는 질겁을 하듯 몸을 날려 방 안으로 뛰어들어 뒤 문턱에서 복순이 가느다란 그 허리를 잡아 앉혔다.

"너도 나를 좋다고 해, 아이고."

물에 빠진 사람이 구원의 줄을 죽어라고 휘어잡는 것같이, 천돌이는 복순이 허리를 묵척8) 늘어져라 껴안고, 그 허리를 놓치면 금방 제 목숨이 떨어질 것 같았다.

그 후부터 오늘까지 거의 밤마다 그들은 서로 만나는 것이었다. 그들은 어서 돈냥이나 벌면 잔치를 해야 될 것이고. 양편 부모에게는 어떻게 허락을 받을까…… 하는 것이 만날 때마다 의논하는 산더미 같은 큰 문

---

8) 묵척: 힘껏.

젯거리였다.

그러다가 요즘에는 원래가 꼼꼼하지 않은 성질인 천돌이었으므로 박 첨지와 농담을 할 때마다 갑갑한 자기의 심정을 슬쩍슬쩍 내보이는 것이었다.

"그러면 영감 딸 날 주려오?"

하고 끝맺게 되는 것도 요사이는 거의 천돌이의 으레 하는 문자가 되고만 것이었다.

박 첨지도 자기 처지에 천돌이 이상 가는 사위는 바라볼 수 없는 일일 뿐 아니라, 가난한 살림, 더구나 담장조차 없는 길가 움막에다 다 큰딸을 두기도 걱정인 터이기에 혼자 나름으로는 가을쯤 해서 툭 털어놓고 서로 의논하여 혼인을 치르겠다고 생각해 오는 터이었다.

어느덧 유월 달도 다 지나고, 벌써 칠월도 한중간까지 왔다. 유월 초승께부터 가물기 시작한 후, 오늘까지 그저 질금거리는 적은 비는 자꾸 왔으나, 한 번도 흐묵이[9] 비가 오지 않아, 사람들은 찌는 듯한 더위에 허덕이면서도 기우제를 지낸다, 장굿을 한다. 모두들 야단법석이었다.

오고 가는 빗줄기가 가끔 조금씩 오기는 하는데, 하필 장날만 골라서 오게 되므로, 벌써 두 장이나 보지 못한 천돌이는 몹시 짜증이 났다. 어서 돈냥이나 모아서 장가를 들려는 천돌에게는 일생일대의 가장 긴급한 비상시인데, 그 속이 답답하지 않을 수 없었다.

"엄마! 나 목욕 가요. 집 안에 있지 말고 뒤뜰에 멍석을 깔아두었으니, 거기 가서 누워 자요. 나는 좀 놀다 올게."

"또 가?"

"강변에 가서 동무들과 좀 놀다 올 테야. 덥고 갑갑해서 죽겠소."

---

9) 흐묵이: 충분할 만큼 넉넉하게. 흥건하게.

"어서 들어오너라. 늑대에게 물리든지 헤엄치다가 물에나 빠지면 어쩌느냐."

"헤, 내가 어린애요? 벌써 장가들기 늦은 나인데…… 헤헤."

천돌이는 적삼 끈을 풀어 헤치고 휘적휘적 집을 나왔다. 냇가에서 박 첨지의 소똥 뭉치같이 보이는 움막을 바라보며 어둡기를 기다려 시원하게 목욕을 하고, 슬금슬금 다리를 건너갔다. 천돌이는 다리를 다 건너자, 움칫 발길이 멈추어지며 머릿속에 문득 떠오르는 아주 신기한 생각에

"허."

하고 감탄하듯 돌아서서 지금 건너온 다리를 유심히 바라보는 것이었다.

그리고 하늘을 쳐다보고 이윽히 서 있다가, 혼자 고개를 끄덕이며 기쁜 웃음을 못 참는 듯 입을 빙긋거리며 가려던 길을 다시 걷기 시작하였다.

이윽히 걸어가자, 시커먼 포플러 숲이 나타났다.

이 포플러 숲은 천돌이와 복순이의 지상의 낙원이다.

숲의 근방은 땅버들이 우묵하니 서 있는 까닭에, 낮에 보아도 움쑥하여 사람들의 발자취가 드문 곳이었다. 그뿐 아니라, 이 근처에 숲과 잇대어 있는 냇가 언덕 아래는 '이무기'란 큰 물뱀이 있다는 말이 있으므로, 동네 사람들은 이 근방을 무척 주의하여 오는 터였으나, 천돌이와 복순에게는 그 '이무기'라는 무서운 물뱀이 도리어 저희들의 낙원을 수호하여 주는 듯하였다.

천돌이는 휘파람을 불어 행여나 복순이가 먼저 와서 기다리지나 않는가 하여 사방을 휘 살피며, 한가운데 제일 큰 포플러 둥치 곁 그들의 사랑의 요람을 찾아가는 것이었다. 천돌이 휘파람 소리는 숲 속 요정들의 고요한 꿈을 금실마리같이 가늘게 즐겁게 떨리며, 모조리 깨워주는 듯하였다.

희미하게 나무둥치에 기대서 있는 복순이 그림자가 보였다.

"아이고, 벌써 왔니?"

천돌이는 휘파람 불던 입을 내벌리며 복순에게로 달려갔다.

"애야! 너 이무기 무섭지 않으냐!"

"무섭기는 무엇이……."

그들은 서로 얼싸안은 채 나란히 주저앉았다.

"애야! 좀 축축하구나, 일어서 봐."

천돌이는 먼저 벌떡 일어나서 나뭇가지를 뚝뚝 꺾어 자욱이 깐 후

"인제는 좋아! 자, 여기 앉아라."

서 있는 복순이 손을 와락 잡아당겨 제 곁에 앉혔다.

향긋한 포플러 냄새가 둘의 코를 찌르며 가슴에 헐떡이는 정열에 숨쉴 것까지 잃어버렸다.

그들은 함께 서로 뺨을 기대고 말없이 바람결에 살랑거리는 나무 잎사귀 소리에 귀를 기울이고 있었다. 이윽고 천돌이는 입을 열었다.

"복순아, 너 칠월칠석 이야기 아느냐!"

"그래."

"너, 내 말 들어 봐라!"

"안 들어도 알아요, 알고말고. 견우직녀가 만나는 밤인걸. 그것을 모를라고."

"옳지, 그런데 날 좀 봐! 저어기 저것이 은하수란 거지?"

천돌이는 나뭇가지에 가려 잘 안 보이는 하늘을 쳐다보려고 허리를 앞으로 내밀며 손가락으로 가리켰다.

"그래, 나도 알아 글쎄."

"그런데, 견우성과 직녀성이 일 년에 꼭 한 번씩 만나는데, 저 은하수를 그대로 건널 수 없으니까, 오작교라는 다리를 건넌다더라."

"그럼. 견우직녀 만날 때는 오작교 다리로 은하수를 건넌다더라."

"그래, 그런데 말이야, 내가 지금 다리를 건너오다가 문득 생각이 났는데, 우리가 꼭 견우직녀 같단 말이야."

천돌이는 웃지도 않고 복순이 어깨를 꼭 껴안았다.

"글쎄 저것이 은하수지? 그리고 은하수 이쪽에 있는 저 큰 별은 직녀란 별이고, 그리고 저쪽에 있는 저 큰 별은 그것이 바로 나란 말이다.

"응? 그 별이 네라?"

"그래, 나다."

"하하, 그럼 이 별은 나지."

"그래 우리 집은 강 저쪽에 있고 너희 집은 강 이쪽에 있고."

"은하수 대신에 이 냇물이 있고."

"다리를 건너다가 생각하니. 문득 이 생각이 나서……."

"그래? 직녀는 오작교를 건너지마는, 나는 시집갈 때 일곱 가지 고운 물들인 무지개다리를 타고 갈 테야."

"그래! 좋다. 무지개 그 고운 채색 다리 그걸 타고 너, 시집오너라."

천돌이 머리는 복순이 가슴을 뜸베질하듯[10] 비비었다.

"해행……."

복순이는 좋아서 천돌이 다리를 꼭 꼬집었다.

둘은 이같이 꿈속에서 시간을 보내고 헤어졌다.

헤어질 때 복순이는 무척 쓸쓸한 얼굴이었으므로

"너 왜 그래? 집에 가면 꾸중 들을까 봐 겁이 나니?"

"으으응."

"그러면 오늘밤은 왜 이래. 내일 밤은 자현골 장 보러 가니까 못 만나지마는 모레 밤에는 또 만날걸."

---

10) 뜸베질하다: 송아지가 어미 소의 젖이 잘 안 나와 머리로 들이받는 행위를 하다.

"그래도……."

"그러지 말아라. 이번 장만 보구 나면 이제는 네 아버지께 막 들이댈 터이다. 무지개는 여름에 있는 것이니까, 이 여름이 다 가기 전에 잔치를 해야지……."

"그러니까? 싫어. 가을까지 또 미루면 난 싫어. 나는 정말 무지개를 타고 시집갈라네."

"그래."

"왜 일어나! 어쩐지 오늘은 영영 집에 가기가 싫네. 그리고 죽고만 싶어."

"그러지 말라니까. 글쎄 내 가슴속은 어떡하니 생각해 봐. 내일 장에는 하늘이 무너지더라도 혼숫감으로 저고리 치맛감을 모두 바꾸어 올테다. 하루라도 속히 주선할 테야! 염려 말아라, 응?"

"음! 그래도."

복순이가 이다지도 떠날 때 애끓어 한 적은 이제까지 없었다. 웬일인지 이날 밤은 몹시도 돌아가기 싫어했다. 전 같으면 도리어 천돌이가 복순이를 놓기 싫어서 공연히 못살게 굴어주었건만, 오늘밤은 유별나다. 천돌이 가슴은 한층 더 불이 붙었다.

그 이튿날 새벽에 천돌이는 동편 하늘 위에 몹시 험한 구름이 보이므로, 그쪽은 비가 오고 있는 것 같았으나, 짐을 지고 기운 좋게 집을 떠났다.

자현골 장터까지는 삼십 리가량 되므로 이렇게 일찍 나선 것이다.

천돌이가 장판에서 늘 자기가 짐을 벌려놓는 장소에다 짐을 내렸을 때는 벌써 이른 장꾼이 달 밝은 밤의 별같이 이곳저곳 홍성드뭇하게[11] 나타났을 때였다. 오랜 가뭄이라 장판의 재미가 별로 없었으나, 천돌이는

---

11) 홍성드뭇하다: 경성드뭇하다. 많은 수효가 듬성듬성 흩어져 있다.

자기 장사는 뒤로 보내고 복순에게 줄 혼숫감 장만하느라고 분주했다.

새끼 점심때쯤 하여 장이 한창 어울리게 되자, 빗방울이 뚝뚝 듣기 시작하며, 비바람이 몰아 때렸다.

"아이고, 비님 오신다. 이제는 좀 흐묵이 오시소."

장꾼들은 바라고 바라던 비가 오는 까닭에 아주 제 옷들이 젖고 장사가 안 되고 하는 것은 돌보지 않고, 모두들 희희낙락하며 제각기 흩어져 갔다.

천돌이는 비록 인조견이나마 저고리 세 감과 치마 두 감, 광목 스무 자, 동양저 한 필을 혼수 턱으로 바꾸어 놓고, 최후로 남색 인조견에 새빨간 것은 깃 감으로 이불감을 떴다. 남색에 붉은 깃. 오래지 않아 복순이와 이 이불 속에서 달게 잠잘 생각을 하며, 천돌이 입은 닫힐 줄 몰랐다.

그늘 혼자 흥이 나서 콧노래를 부르며 특별히 혼숫감에 비가 새어들지 않도록 잘 싸가지고 짐 뭉치 한가운데 넣어서 짐을 묶었다. 집으로 향하여 오는 길에 비가 너무 몹시 오므로, 그는 잠시 주막에 들어 자고 갔으면 싶었으나, 그는 빗줄기가 폭포같이 내리쏟더라도 가다가 맞아 죽었으면 죽었지 주막에 들고 싶지 않았다.

"어서 가자, 내일은 복순네 아비와 단판을 하자. 이 혼숫감을 어서 복순에게 줘야지. 얼마나 기뻐할까!"

그는 비를 노다지 맞으면서도 비 맞는 줄 모르고, 한결같이 빙긋빙긋 웃으며 길을 걷는 동안에 어느 결에 왔는지 황혼이 되기 전에 집까지 당도 하였다.

그는 비에 젖은 짐 뭉치를 풀어 헤치고 비에 젖은 것을 골라 말리며, 혼숫감은 어머니 눈에 띌까 겁이 나서 그대로 묶은 채 두었다.

그럭저럭 밤이 되었으므로 비만 오지 않으면 한달음에 복순에게 달려가 보고 싶었으나, 몹시 피곤하고 복순이가 숲에 나오지 않았을 것을 생각하며 그대로 뒹굴어 누웠다.

비는 몹시 오는 모양이었다.

그는 그 빗소리를 들으며 잠이 들었다. 얼마를 잤는지 그는 몰랐다. 복순이가 유록색 회장저고리에 홍치마를 받쳐 입고 찬란한 화관을 쓰고 채색이 영롱한 무지개를 타고

"여보? 날 좀 봐요. 나를 좀 보라니까."

하고 손을 내휘두르므로, 그는 어서 달려가 그 두 손을 꼭 잡으려고 애를 썼다. 그러나 그의 몸은 땅에 뒹군 채 뗄 수가 없어 고래고래 고함을 치며 발버둥을 하였다.

"애야, 어 참 무슨 잠을 그렇게 야단스럽게 자느냐. 어서 일어나거라."

늙은이가 혀를 차는 소리에 천돌이는 벌떡 일어나 앉았다. 그의 두 눈가에 눈물이 흘러 있었다.

"그만 자고 나가 보아라. 아마도 큰물이 졌나 보다. 밖에선 야단이다."

하고 늙은이도 일어나 앉았다. 과연 그의 귀에는 잠들기 전과 조금도 다름없이 빗소리가 요란하고, 그 소리에 섞여 경종警鐘 소리가 울려오는 것이었다.

그는 부리나케 일어나서 두 눈을 슬쩍 닦고 잠깐 방 가운데 섰다. 그 순간 그의 가슴 위를 차디찬 독사가 스쳐 지나는 것 같은 불길한 예감이 몸서리가 날만큼 번쩍하였다

"만일에……."

그는 밑도 끝도 없는 외마디 고함을 치고, 우장도 쓰지 않고 한달음에 문을 박차고 뛰어나왔다.

거리에는 도랑물이 넘쳐 덮이고, 사람들이 길가에 아우성을 치며 오락가락하는 것이 남의 눈에 비치는 것같이 무감각하게 비칠 뿐이었다. 어느 사이에 샜는지 날은 벌써 새벽이다. 그는 바른길로 냇가로 달음박질

쳤다.

"아하!"

그는 한번 다시 고함을 치고 헐레벌떡하며 딱 발길을 멈추었다. 그의 뒤통수와 전신이 싸늘해지며 몸이 꼼짝할 수 없이 그 자리에 장승이 되어버렸다.

모두가 물 천지! 시뻘건 바다로 변한 물 천지!

눈에 보이는 것은 모두가 물 뿐이다.

오작교라고 느꼈던 그 냇 다리, 이무기가 있는 그 포플러 숲, 그리고 소똥 무더기만 하던 복순이 집 모두가 없다. 다만 물뿐이다. 멀리 들리는 뭇 악마들의 신음 소리같이 시뻘건 물은 '웅!' 하는 소리를 내며 굽이쳐 힘차게 흐르고 있다.

"저 건너 있는 생강 장수 박 첨지 식구는 어찌 됐소!"

천돌이는 누구라 지칭 없이 소리를 쳤다.

"참 그래. 박 첨지 부녀는 어찌 됐노!"

물 구경하는 사람, 전지田地를 물에 휩쓸린 사람, 발을 구르는 사람, 모두가 박 첨지 소식에는 까막이었다.

"아마 물에 떠내려갔지! 어디 이번 큰물이 차차 불었으면 피신이라도 했겠지마는, 모두들 잠든 새벽녘에 갑자기 와 밀려왔으니까, 저 들판 외딴 집에서 피신할 여가가 있었겠나. 허 불쌍해."

모두들 떠들어댔다. 천돌이 귀는 날랜 끌로 꼭꼭 파는 것같이 따갑게 이 말들이 울려왔다. 그의 두 눈은 금세 새빨개졌다.

그는 냇가 아래 위를 복순이 그림자를 찾아 헤맸다. 어디서

"나 여기 있어!"

하고 금방 튀어나올 것만 같았으나, 종시 그 찾는 이의 그림자조차 없었다. 그들의 존망을 아는 사람까지 없다.

'행여나 저 물속에서 나를 기다리지나 않을까!'

하는 안타까운 생각에 아마도 복순이는 그 소똥 무더기만 한 집 방 가운데서 천돌이를 기다리고 있는 것 같기도 하였다.

"나리, 소방조에 있는 보트 하나 빌려 줍쇼."

그는 참다못해 냇가에서 바쁘게 서두는 순사 한 사람에게 말하였다.

"뭣 하려나."

"저 건너 가보겠소."

"왜? 물귀신이 청하시는가? 죽고 싶으면 혼자 뛰어들지. 구태여 소방조 보트와 정사를 하려구."

하며 순사는 비웃었다. 천돌이 가슴은 절망의 회오리바람이 우루룩 일어났다. 그는 풍덩 물을 향하여 뛰어들려고 몇 번이나 빠질 뻔하였다.

그 몹쓸 비가 점점 끊어지자, 때는 아침때가 지났다. 그러나 그가 찾는 그림자는 종시 보이지 않았다.

이번 홍수는 하나 천돌이뿐이 아니라, 아무도 예상하지 못한 것이었다. 오랜 가뭄의 끝이라, 여간 비가 와서는 좀처럼 큰물이 지지 않으리라고 생각해 봤던 것이다. 그보다도 오래간만에 오는 비라, 모두들 기뻐서 밤늦게까지 놀다가, 첫 잠이 든 사이에 냇물 상류에서 내린 비가 불과 몇 시간 사이에 막혔던 물이 터지듯 갑자기 와 밀어닥친 것이었다. 물론 박첨지 집 부녀도 잠이 들 때까지 주의를 하기는 했으나, 갑자기 그렇게 큰물이 닥칠 줄은 모르고, 막 잠이 든 뒤에 귀신도 모르게 물귀신이 되고만 것이었다.

천돌이는 혼 빠진 사람처럼 물 저편을 바라보며 질퍽거리는 언덕에 털썩 주저앉았다. 그때 그의 머리에 번개같이 스쳐 지나가는 것이 있었다.

"참, 그래."

그는 꽥 소리를 지르며 굵은 침에나 찔린 사람처럼 펄쩍 일어서 자기 집을 향하여 줄달음을 쳤다.

그는 복순이가 집을 물에 빼앗기고 갈 데 없어 자기 집에 와서 자기를 찾고 있으리라는 생각이 들었던 것이다.

그러나 집에는 아무도 없었다. 그는 또다시 번개같이 냇가로 내달았다.

그의 가슴은 몹시 얻어맞은 벙어리같이 안타깝고 얼얼한 뭉텅이가 가로 꽂혀 있었다.

은하수, 오작교, 견우직녀, 무지개 그 아름다운 꿈!

가난하고 누추하고 짓밟히는 그 생활 속에서라도 두 젊은 영혼에게 오직 하나 가질 수 있던 그 아름다운 꿈!

그 꿈마저 이제는 하룻밤 사이에 휩쓸려 빼앗기고 말았다.

천돌이는 다시금 냇가 언덕 위에서 그 사랑의 낙원이었던 집 있던 곳을 바라보며 애끊게 소리쳤다.

"복순아!"

부르는 소리는 가슴속으로 녹아 흐르고,

"어허어……."

하는 울음소리만 굽이치는 시뻘건 물 흐름 위로 애절한 선율이 되어 사라져갔다.

≪신조선≫, 1934년

적빈赤貧

그의 둘째 아들이 매촌이란 산골로 장가를 간 후로는 그를 부를 때 누구든지 '매촌댁 늙은이'라고 부른다. '늙은이'라는 꼭지에다가 '매촌댁'이라고 특히, '댁' 즉 바르게 발음한다면 댁 자를 붙여 부르는 것은 은진 송씨로서 송우암 선생의 후예라고 그 동네에서 제법 양반 행세처럼 해오던 집안이 늙은이의 친정으로 척당이 됨으로써의 부득이한 존칭이다.

그러나 지금에 와서는 존칭으로 '댁' 자를 붙여 준다고는 아무도 생각지 않는다.

모두들 '매촌댁 늙은이' 하면 으레 더럽고 불쌍하고 얄미운 거러지보다 더 가난한 늙은이다. 하는 멸시의 대명사로 여기는 것이었으므로 요즘 와서 간혹 '매촌네 늙은이'라고 '댁' 자를 '네' 자로 툭 떨어트려 부르는 사람도 있어졌으나 늙은이 역시 으레 자기는 거러지보다도 못한 사람이거니…… 하여 부르는 편이나 불리는 편이 피차 부자연함을 느끼지 않게 되었다.

그래도 몇 해 전까지는 이렇게 순순히 '매촌네 늙은이'라고 '네' 자로 불릴 그가 아니었다. 대수롭지 않은 말에도 행여나 자기의 근본이 멸시를 당하는 것이 아닌가 하여 곧잘 성을 내어 대드는 것이었다.

그 어느 때만 하더라도 동네 면장의 아들놈이 온갖 잡말을 하던 끝이기는 하나 무슨 실없는 생각이 났는지 심심풀이로서 인지 갑자기

"늙은이 이름이 뭔가요?"

하는 뚱딴지같은 말을 물었다. 그랬더니 늙은이는 잠깐 새침하여 보인

후 진작

"히행, 늙은이가 이름이 있나."

하고 웃는 얼굴에 위엄을 내듯 눈을 내리감았다.

"왜 없어, 왜 없어. 똥덕이었소, 개똥이었소?"

면장 아들은 그까짓 늙은이의 위엄쯤은 예사라는 듯이 지긋지긋하게 도 파고 물었다.

늙은이는 젊은 놈이 늙은이의 이름을 묻는 것이 당돌하고 버릇없을 뿐 아니라 제 할머니는 옛날 술장사를 하지 않았던가 하는 생각이 나며 아 주 뽈쭉 분이 치받쳐 올랐다. 그래서 당장에

"나도 다 예전에는 귀히 자란 사람이라나. 우리 할아버지만 해도 술집 같은 데는 일평생 발 들여놓는 법이 없었고, 또 글이 문장이시라 우리 딸 네들의 이름 하나 지으실 때도 다 육갑을 짚어서 유식하게 지었더라오. 내 이름도 귀남이었지."

하고 너희 할머니는 술장수였다는 것과 자기 할아버지의 당당하였음을 꾹 찍어 은근히 훌륭한 자기 근본을 암시하는 한편, 사람을 낮잡아 보지 말라는 듯이 잔뜩 성을 내어 그 집을 쑥 나오고 말았다.

이러한 노염은 그리 오래된 일은 아니나 지금 생각하면 다 철없는 듯 우스운 생각이 든다.

"돈 없고 가난하면 지금 세상은 이런 것."

이라는 것만은 똑똑히 알고 있는 터이었다.

그리고 또 아무리 가난하고 불쌍한 처지라고 하더라도 늙은이가 아들 이나 좀 분명한 것이 하나쯤만 있었으면 이처럼 남에게 서러운 대우는 받 지 않을 것이건마는 단지 둘밖에 없는 아들이 모두 말이 아닌 처지였다.

그의 맏아들은 오래전에 죽어 버린 늙은이의 남편과 마찬가지로 '돼지' 라는 별명을 듣는 심술 사나운 멍청이로서 모든 일에는 돼지같이 둔하

고 욕심 굳고 철딱서니 없고 소견 없는 멍짜이면서 술 먹고 담배 피우는
데는 그야말로 참 일당백이었다.

그래서 남의 집에서 품팔이라도 하면 돈이 손에 들어오기 바쁘게 술집
으로 달려가는 터이므로 몸에 입은 옷이라고는 자칫하면 숨겨야 될 물
건까지 벌름 내다보일 지경이었다.

그리고 그 동생이 스물여덟에 남의 집 고용살이로 모은 몇 냥돈으로
매촌에 장가를 들고 얼마 남은 것으로 돼지에게도 장가를 들게 해 주려
고 했으나 어디 멀쩡히 두 눈 가진 사람이 그에게 딸을 내줄 리가 없어
그대로 홀아비로 지내왔었다. 그랬더니 정말 천생연분이란 것이 반드시
있는 법인지 이 돼지에게 장가오라는 사람이 꼭 하나 있었다. 색시가 과
부라든가 쫓겨 온 퇴물이라거나. 인물이 코찡찡이 곰보딱지의 박색이라
거나, 팔다리가 뚝 끊어졌든지 절름발이든지 한 병신도 아닌 아주 이목
구비와 사지구공이 분명히 생겼을 뿐 아니라 뚜렷한 숫처녀이다. 이만
한 색시라면 돼지에게야 천복이 내린 셈이지마는 당자인 돼지로서는

"히히…… 젠장 아무리 생길 거야 다 갖추어 있는 색시라고는 하지마
는 히히…… 젠장."
하고 기쁜 중에도 불만이 단단히 있는 듯하였다.

그 불만인 점이 무엇인가, 돼지 따위가 하고 파고 알아보면 그 색시는
과연 한 가지 흠이 있었다.

"귓구멍은 있어도 듣지 못하는 철벽이요, 목구멍도 뚫려는 있으나 아
주 벙어리니까 사지구공이 뚜렷이 있기는 하나 실상은 사지칠공밖에 되
지 않으니까."
하는 것이 흠이라는 것이다.

그러나 좌우간 돼지는 장가를 들게 되어 얼마 동안은 싱글싱글 좋아하
였다.

늙은이도 아들 둘을 다 장가를 보냈으니 이제는 걱정할 것이 없다 얼마간은 숨을 내쉬었지마는 차차 살며 보니 실상은 걱정이 더 붙었다. 돼지는 삼백예순 날 빠지지 않고 술만 찾아다니고 벙어리는 또 경 치게도 위장이 좋은 모양인지 밤낮 배만 고프다고 끙끙했다.

그리고 또 둘째 아들만 하더라도 남의 집에 고용살이로 있을 때는 그의 아내와 늙은이는 날만 새면 남의 집으로 돌아다니며 일해 주고 밥 얻어먹고 무명베 짜는 집에 가서는 베 매어주고 옷감 얻고 하여 고용살이에서 남긴 돈은 그대로 소롯이 모아두게 되었었다. 모아둔다 치더라도 그까짓 일 년에 십 원 내외에 불과한 돈이지마는 늙은이는 천 냥 만 냥같이 귀중히 여기고 든든하였다.

'어서 몇 십 원 모이면 논이나 밭을 대지垈地로 얻어서 제 농사를 지어보리라.'

하는 희망에 즐거워하며 남의 집에 가서 뼈가 녹게 일해 주고 천대 받고 업신여김을 받아도 사는 재미가 있었다.

그러던 것이 이럭저럭 육십 원이나 모이게 되어 아주 큰마음을 먹고 십오 원을 툭 잘라 다 허물어져 가는 흙담집이나마 제집이란 것을 가져보려고 집을 샀다. 나머지 돈으로는 대지를 하려고 동네 앞에 있는 김 생원 네 논 세 마지기를 흥정하려고 하는 즈음에 어느 하룻밤에 꿈같이 홀카닥 날려 보내고 말았다.

본래 중심이 굳지 못한데다가 돈 냄새를 맡고 둘러싼 동네 알부랑1) 노름꾼에게 속아 넘어 제 형 돼지를 닮아서 턱없이 욕심을 부리다가 단번에 날려 보내버렸으니 아무리 곤두박질을 한들 막무가내라는 것이었다.

생각하면 기가 막혀 죽을 일이다. 십오 원짜리 집이라도 남의 집 고루

---

1) 알부랑: 알부랑자. 아주 못된 부랑자.

거각2)같이 여기고 좋아서 까불다가 발목까지 감으러친3) 늙은이요, 몇 년 동안이나 달디 단 아름다운 꿈이었던 제 농사지어 보려던 그 꿈이 이처럼 허무하게 깨어지고 말다니……

옛적부터 기쁜 일이란 오래 계속되지 않는 법이라고는 하지마는 이렇게 맹랑한 일이 또 어디 있으리라고 늙은이와 매촌이 부부는 밤낮 이를 갈고 애꿎은 담뱃대만 두들겨 분질러도 한번 낚기운 그 돈이야 돌아올 리가 만무하여 늙은이는 목을 놓고 울었다.

매촌이는 화를 참지 못하여 그길로 바람이 들어 이제는 동네 알부랑 노름꾼의 한 사람이 되고 말았다.

이리하여 늙은이는 두 아들이 다 말 못되게 되어 일 년 열두 달 남의 집으로 돌아다니며 일을 거들어 주고 밥 얻어먹고 하는 신세가 되었고, '매촌댁 늙은이'가 '매촌네 늙은이'로 떨어지게 된 것이다.

그러므로 일 년 열두 달 늙은이는 남의 솥에 익혀 낸 밥만 얻어먹고 사는 터이라 비록 일해 주고 공으로 얻어먹는 것은 아니라 할지라도 남들은 공으로 먹이는 것같이 천대하는 것이었다.

돼지도 이미 심 채릴4) 나이가 된지 오래건마는 한결 한시로 술 한 잔이면 제 목이라도 베어줄 작자라 남의 일도 죽도록 해 주고 삯전은 받지 않고 술만 얻어먹고 돌아오고, 벙어리는 또 저대로 밥이나 얻어먹고 말 뿐이므로 그들은 남의 집에 일 거들 것이 없는 판에는 곱다시 굶는 수밖에 없었다.

이러한 중에 돼지에게는 또 한 가지 불행이 생겼다. 그것도 결국은 술

---

2) 고루거각(高樓巨閣): 높고 크게 지은 집.
3) 감으러치다: 손이나 발목을 삐다. 지금은 '가물치다'로 표현한다.
4) 심 채릴: 힘을 차릴. 정신을 차릴.

까닭이다.

어느 날 술 생각이 간절한 돼지가 제 따위에 한 계책을 생각해내어 집에 가서 '술 한 잔만 주면 나무 한 짐 갖다 주겠다.'는 약속으로 먼저 술 한 잔을 얻어 마시고는 가져다 줄 나무는 본래 없는 터이라, 나무 베기를 엄금하는 사방공사 해 놓은 산에 가서 남모르게 한 짐 잔뜩 베어 지고 내려오다가 공사감독에게 들켜 나뭇짐은 나뭇짐대로 다 빼앗기고 죽도록 얻어맞고 난 후, 구류 사는 대신 그 동네에서 쫓겨나게 되었다.

그래서 돼지는 하는 수 없이 동네에서 한껏 떨어진 들 마을에 가서 남의 집 곁방살이로 들어갔다.

방세는 내지 않더라도 그 집의 바쁜 일은 거들어 주겠다는 약속이었다.

그러나 당장에 입에 넣을 것이 없었으므로 벙어리를 두들기며 밥 얻어 오라고 하는 것이었으나, 벙어리는 이미 아이를 배어 당삭이 된 커다란 배를 가리키며 서럽다고

"끙."

하며 우는 것이었다. 그래도 돼지는 어떻게든지 해서 양식을 얻어 올 궁리는 하지 않고 벙어리를 조르다가 지치면 늙은이가 무엇이나 가져오지 않나, 하는 턱없는 꿈을 꾸며 뒹굴뒹굴 구르기만 하는 것이었다. 이따금 담배 생각이 나면 호박 잎사귀 마른 것을 대에다 넣어가지고 쥐새끼 소리를 내며 빨아대고 벙어리는 태아가 꿈틀거릴 때마다 몸서리를 치며 무서워했다.

"빌어먹을 년, 겁은 왜 내어……."

하고 돼지는 벼락같이 소리를 지르나 알아듣지도 못하고 더 한층 배를 쥐어지르며 끙끙대는데 하루 한 끼도 못 먹는 터이라 눈깔들은 모두 얼음판에 넘어진 쇠 눈깔같이 퀭하니 험악하였다.

어느 날 밤에 늙은이는 큰 호랑이 두 마리가 꿈에 보이더라고 하며 이

튿날 아침에 매촌 아내를 보고 꿈 이야기를 한 후

"아마도 너희 둘이 모두 아들을 낳을 게다."

하며 신기하다는 듯이 며느리 배를 바라보는 것이었다. 매촌이 아내도 벙어리와 함께 당삭이었던 것이다.

"한꺼번에 둘이 다 해산을 하면 이 일을 어쩔까. 작은며느리는 그래도 해산 후에 먹을 것이나 준비해 두었지마는 벙어리는 어떻게……."

늙은이는 혼자 중얼거리며 연방 체머리를 쩔레쩔레 흔드는 것이었다.[5] 작은며느리는 해산 후에 먹는다고 쌀 두 되, 보리쌀 석 되를 준비해 두었거니와 벙어리는 지금 당장에 굶고 있는 판이니 여간 기막힐 일이 아니다.

늙은이는 혼자 생각다 못하여 노란 것, 흰 것, 검은 것이 한데 섞인 몇 카락 안 되는 머리를 손가락으로 쓰다듬어 꽁쳐 찌르고 누덕누덕 걸어 맨 적삼에다 걸레 같은 몽당치마를 입고 빨리 집을 나섰다. 그는 그길로 바로 단골로 다니며 일해 주던 집들을 돌아다니며 사정 이야기를 하고 얼마라도 꿔 주면 그만치 두고두고 일은 해 주리라고 애원을 해 보아도 한 집도 시원하게 대답해 주지 않았다.

"늙은이는 그런 것들을 자식이라고 걱정을 해? 제 입 추신도 못 하면서 자식 만들 줄은 어떻게 알아."

하고 모두들 비웃고 핀잔주고 놀려주고 할 뿐이라 늙은이는 이지러지고 뿌리만 남은 몇 개 안 되는 이빨을 드러내며

"히에."

하고 고양이같이 웃어 보이는 수밖에 없었다. 웃으면 곯아 비틀어진 우병[6] 뿌리 같은 그 얼굴에 누비질 한 것 같이 잘게 깊게 잡힌 주름살이 피

---

5) 체머리를 흔들다: 어떤 일에 질려서 머리가 흔들리도록 싫증이 나다.

어지며 온 얼굴이 한 줄로 밭골 지은 것 같아 보였다.

"그러기에 말이지요. 자식이 몹쓸어서…… 그래도 벙어리가 불쌍해요."

하고는 다시 한 번

"히에."

웃어 보이고는 돌아서 나오곤 하였다.

그래도 그는 행여나 하는 생각으로 또 한 집을 들렀다. 그는 남들의 천대함을 슬퍼할 줄 몰랐고 낙심할 줄도 몰랐었다.

"아이고 불쌍해. 아이는 하필 저런 데 가서 태이[7]거든……."

하며 그 집 주인은 쉽사리 늙은이 청을 들어주었다. 쌀 한 되, 보리쌀 두 되, 명태 두 마리, 미역 한 쪽을 두말없이 내주는 것이었다.

밥 한 그릇에 온 정신이 녹도록 고맙게 생각하는 늙은이라 이렇게 과분한 적선에는 도리어 고마운 줄 몰랐다. 그의 고마움을 느끼는 신경은 너무나 한도가 적었던 까닭이다. 그의 신경은 모조리 감격에 차고 이 많은 것을 주는 데 대한 감사를 일일이 다 느끼기에는 그의 신경이 모자랐다.

늙은이는 무표정한 얼빠진 듯한 얼굴로 체머리만 바쁘게 쩔레쩔레 흔들며 연방 콧물을 잡아 뜯듯이 닦았다. 그는 아무 고맙다는 인사도 하지 않고 여러 가지를 바구니 속에 넣어가지고 머리에 이었다.

그 집을 나와 한참 돼지 있는 마을을 향하여 걸어가다가 그는 힐끔 한 번 뒤를 돌아본 후 얼른 바구니에서 명태 두 마리를 끄집어내어 가슴속에 숨겼다.

'벙어리야 주지 않아도 상관있나, 작은며느리를 줘야지.'

그는 명태는 작은며느리를 주려는 것이었다.

---

6) 우벙: 우엉.

7) 태이다: 배태하다. 아기가 생기다.

늙은이가 돼지 있는 방문 앞에 당도하여 품속에 감춘 명태를 한 번 더 저고리 앞섶으로 끌어 덮은 후 방문을 덜컥 열어젖히니 방 안에서는 더운 김과 퀴퀴한 냄새가 물씬 솟았다. 방 안에 혼자 누웠던 돼지가 부스스 일어나며

"그것, 뭐야."

하며 힐끔 눈깔을 추켜올려 쳐다보는 것이었다.

그 모양이 흡사 돼지 같아서 늙은이는 속으로 쓴웃음을 쳤다. 방 안 모양도 돼지우리 같거니와 그의 느린 동작과 시뻘건 두 눈으로 흘겨보는 상이 아무리 보아도 돼지다. 다만 한 가지 참 돼지답지 않은 것은 살이 툭툭이 찌지 않은 것이라고 할까…….

늙은이는 지긋지긋하게도 망나니인 두 아들을 원망이나 미워하는 것도 이제는 면역이 되어 그대로 잠자코 방 안으로 들어갔다.

"아이고 배고파라."

입 가장자리에 보얗게 침이 타 붙은 것을 손등으로 슬쩍 닦으며 배고파 못 견디겠다는 듯이 재차 묻는 것이었다.

"무엇이야, 아무것도 아니지. 대체 해산을 하면 뭣을 먹이려고 이러고만 있어."

늙은이는 목에 말라붙은 것 같은 작은 소리로 노하지도 않고 말하였다.

"일하러 갈래두 배고파서……."

"그런다고 누웠으면 하늘에서 밥이 떨어지나? 젊은것은 어데 갔노?"

"뒷산에 나물 캐러……."

늙은이는 네 손가락으로 득득 뒤통수를 긁으며 휘 한번 돌아본 후 벌떡 일어섰다.

"이것은 해산하면 먹일 약이다. 손도 대지 말어."

하고는 가지고 온 바구니를 윗목에 밀쳐놓고 밖에 나와 짚을 한 줌 쥐어다가 그 위를 눌러 덮었다.

"정말 약이다. 아이를 낳으면 먹일 약이다."

늙은이는 행여 돼지가 먹을까 봐서 열 번, 스무 번 약이라고 속이며 당부하였다.

"음 그래, 알았어, 알아."

돼지는 온 몸뚱이의 껍질만 남겨두고 모든 정신이 그 바구니 속으로 쏠려 늙은이의 말은 지나가는 바람 소리로만 여기며 어서 늙은이가 돌아가기만 조바심을 내며 기다렸다. 늙은이 역시 돼지의 속판을 잘 아는 터이라 아무리 당부해도 그 말을 지킬 돼지가 아닌 것도 잘 알았지마는 그래도 좀 아껴 먹도록 하라는 뜻으로 하는 당부였다. 그러나 아무리 소견 없는 축신이 같은 돼지라 하더라도 이미 사십에 가까운 사내에게 양식을 약이라고 말하는 자기가 서글프기도 하였거니와 그들에게 있어서는 양식이라는 것은 생명줄을 이어주는 귀하고 중한 약이 아니고 무엇이냐.

밥을 약과 같이 먹어야 하는 너희들이 아니냐 하는 생각도 났으므로 늙은이는 참을 수 없어 그 방을 나서고 말았다.

집으로 돌아오는 길에서 벙어리와 마주칠까 해서 명태는 품에 숨긴 채 빨리 돌아왔다. 작은며느리는 일하러 가고 집에 없었으므로 부엌 한옆에 구덩이를 파고 넣어둔 쌀 항아리 뚜껑을 열고 명태는 쌀 속에 파묻어두었다. 그리고는 자기도 어디 가서 일을 거들어주고 점심을 때우리라고 집을 나섰다. 그는 그길로 면장의 집으로 갔다.

"늙은이, 어서 오소. 이 애 좀 보아요."

하며 면장 마누라는 세 살 먹은 계집애를 안고 마루에서 어쩔 줄 몰라 하는 판이었다.

"왜? 좀 봅시다. 내야 알겠나마는."

늙은이는 얼른 마루로 올라가 익숙한 솜씨로 어린애의 이마와 가슴을 만져 보았다.

"지금까지 뜰에서 놀던 것이 갑자기 이 모양이구려."

어린아이는 눈을 뒤집어쓰고 기를 썼다.

"별일 없어요."

늙은이는 아이를 받아 안고 오물어진 입술을 더 오물여가지고 가만가만 가슴과 배를 쓰다듬듯 만졌다.

평생에 하도 많이 남의 집에를 돌아다닌 늙은이라 남 앓는 것도 많이 보고, 고치는 것도 많이 보고 듣고 해온 터이라 지금 와서는 웬만한 서투른 의원보다 아는 것이 많아 체증도 내려 주고 객귀도 물려 주고 조약도 가르쳐 주고 하여 동네에서는 앓는 사람이 있으면 약방의 감초같이 반드시 불려가는 것이었다. 그러므로 면장 마누라는 안심하고 아이를 맡기는 터이다.

이윽고 아이는 한바탕 토하고 나더니 한참 만에 잠이 들었다. 늙은이는 후 한숨을 내쉬고 툇마루로 나와 앉으며

"한숨 푹 자고 나거든 밥일랑 먹이지 말고 뜨끈한 숭늉이나 떠먹이고 재우면 별일 없을 거요."

하였다. 마누라는 안심한 듯이 늙은이에게 줄 밥과 반찬을 찾아서 툇마루에 늘어놓았다.

김치 찌꺼기와 간청어 꼬리와 장찌개 먹던 것과 보리 섞인 밥 한 그릇을 늙은이는 씹지도 많고 묵턱묵턱 삼키기 시작했다.

"에구 늙은이, 천천히 좀 먹어요."

마누라는 늙은이의 밥 먹는 모양을 바라보다가 주의를 시키는 것이었다.

"히엥!"

늙은이는 애교 있는 웃음을 웃고 간청어 꽁지를 통째로 묵턱 베어 우물우물하더니 입이 움쑥하며 꿀꺽 소리를 내고 삼켜 버렸다.

"에구머니, 뼈다구도 씹지 않고 막 먹네."

"히엥, 걱정 마소."

늙은이는 거의 버릇같이 된 '히엥' 하는 고양이 웃음을 한 번 웃고 나서 연방 주먹만큼 한 밥숟갈이 오르내렸다.

'저 늙은이의 창자는 무쇠로 된 거야.'

마누라는 자기도 침을 삼키며 찬장에서 김치 찌꺼기를 더 내주었다. 늙은이는 지금까지 먹으라고 주는 것을 사양이라곤 해본 적이 없는 터이라 김치 중발을 넙적 받아 국물부터 후루룩 삼켜 보는 것이었다. 그의 몸뚱이는 곯아 비틀어졌어도 오직 그의 창자만은 무쇠같이 억세고 튼튼하여 지금까지 배앓이란 것을 해 본 적이 없었다.

이날은 이 집에서 이것저것 치워도 주고 앓는 아이의 수종도 들고 하여 저녁까지 잘 얻어먹고 돌아오려 할 때 마누라는 수고하였다고 치맛자락에 보리쌀 두어 되를 부어 주었다.

"에구 이것은 왜……."

하며 너무 과분하다는 듯이 한번 마누라를 건너다 본 후 얼른 치맛자락에 싸인 보리쌀을 가슴에 부둥켜안고 집으로 돌아왔다. 그는 그 보리쌀을 헌 누더기에다 싸가지고 며느리 모르게 부엌 옆 나뭇단 속에 감추어 두었다. 벙어리 양식이 없어지면 가져다주려고.

그런 지 며칠이 지났다.

이날도 남의 집에 가서 방아를 찧어주는데 벙어리가 해산 기미가 있다고 돼지가 헐레벌떡 쫓아왔다. 늙은이는 그래도 찧던 방아를 다 찧어주고 점심을 얻어먹은 후 돼지 사는 동네로 달려갔다.

방문을 덜컥 열어젖히니 벙어리는 죽는다고 머리를 방구석에 틀어박고 끙끙거리며 손으로 벽을 쥐어뜯고 있었다. 돼지는 조급한 듯이 연기도 나지 않는 담뱃대만 쭉쭉 빨며 쥐새끼 소리를 내고 앉아 있었다.

"언제부터 저러나?"

늙은이는 방에 들어앉으며 아들에게 물었다.

"몰라. 어제 저녁부터 물 한 모금 안 먹어."

돼지는 혀를 찼다. 늙은이는 벙어리의 고통을 잘 알았다. 아무것도 먹지 못해 기운이 진하여 속히 어린아이를 낳지 못하는 것임을 잘 알았다.

"접때 가져다 준 약은 다 먹었니?"

하고 돼지를 노려보았다.

"뭐? 아 그것? 다 먹었지."

"무엇이 어째?"

늙은이는 기가 막혔다. 그까짓 쌀 한 되, 보리쌀 두 되를 먹는다니 입에 붙일 것이나 있으랴마는 미역까지 다 먹어버렸다는 말에 와락 속이 상했다.

"빌어먹을 인간."

기운이 진하여 간삼[8])을 주지 못하는 벙어리를 앞에 놓고 늙은이 가슴은 어리둥절하였다. 그는 생각다 못하여 얼른 밖으로 나와 물 한 바가지를 솥에 붓고 장 찌꺼기를 조금 부어 김이 나게 끓여서 한 그릇 들고 들어왔다.

벙어리는 팔을 휘저으며 두 눈이 발칵 뒤집혀져서 그 물을 벌떡벌떡 마시고 난 후

"아버바…… 어버버……."

하고 곤두박질을 쳤다. 늙은이는 재치 있게 벙어리 배를 누르며 연방 들

---

8) 간삼: 안간힘.

여다보며 하는 사이에 철퍼덕 하는 소리와 함께

"으아."

하며 새빨간 고깃덩어리가 방바닥에 내뿌리듯 떨어졌다.

"아이고, 아아이고."

늙은이는 두 손을 제비같이 놀렸다. 탯줄을 거머쥐고 얼른 입으로 가져갔으나 이미 뿌리만 남은 그의 이빨로는 어림도 없는 것을 알자 돼지가 달려들어 어금니로 썩둑 탯줄을 끊었다. 돼지는 벌겋게 핏물이 묻은 입술을 닦을 줄도 모르고 꼬물거리는 고깃덩어리를 신기하다는 듯이 내려다보고 있었다.

"이거 사내로구나."

이윽고 돼지는 얼굴을 밉상스럽게 기쁨을 숨기는 표정으로 슬그머니 중얼거렸다.

"오냐! 그래, 그래."

늙은이는 아주 체머리를 힘차게 흔들며 바쁘게 벙어리 단속을 한 후 무슨 영문인지 두 눈에 눈곱과 눈물을 짜리리하게 고여가지고 좌우를 두릿두릿 살펴본 후 얼른 몽당치마를 벗어 소중하다는 듯이 아기를 쌌다. 돼지는 그때 비로소 죽은 것같이 늘어진 벙어리를 만져 보았다가 담뱃대도 쥐여 보았다가 또 놓아도 보고 뜻도 없는 말을 중얼거리기도 하며 제법 몸에 활기가 도는 듯하였다.

늙은이는 잠시 가만히 앉아 예순셋에 처음으로 보는 손자라 그런지 몹시 감격하여 눈을 쥐어지르듯 자꾸 눈물을 닦으며 또 한 번 아기의 다리 사이를 들여다보았다. 이 아기가 사내란 것이 자기에게 무엇이 그리도 기쁜 일인지…….

이윽고 태를 낳으니 그 많은 피와 태를 감당할 수 없어 떨어진 가마니 쪽에다 모조리 움켜 담아서 돼지를 시켜 뜰 한옆에 가서 태우게 하였다.

"이것에게 무엇을 먹이나."

늙은이는 자기 집 나뭇단 아래 숨겨둔 보리쌀을 간절히 생각하나 지금 그것을 가지러 가려고 몸을 빼서 나갈 수 없고, 돼지를 시키려니 작은며느리에게 들킬까 걱정이 되어 자기 팔이라도 베고 싶었다. 그럴 때 집주인 마누라가 이 모양을 알아채고 쌀 한 그릇을 주는 것이었다. 늙은이는 그것으로 밥을 지어 벙어리에게 크게 한 그릇 먹이고 남는 것은 바가지에 긁어 담았다.

"그년 아이를 낳고 아프지도 않나베. 밥이야 억세게도 처먹는다. 나도 배고파 죽겠다, 제길."

돼지는 태를 태우며 버럭 소리를 지르는 것이었다. 늙은이는

"빌어먹을 놈, 축신이같이."

하며 바가지의 밥을 털어서 돼지를 주고 자기는 손가락에 묻은 밥알만 뜯어먹었다.

이러는 중에 해는 저물었다. 늙은이는 남은 밥을 벙어리에게 먹여 놓고 차마 어린것을 싸 놓은 치마를 벗기지 못하여 떨어진 속옷 바람으로 어둡기를 기다려 자기 집으로 보리쌀을 가지러 가는 것이었다.

작은며느리가 알면

"보리쌀은 누구 것이요. 왜 숨겼다가 가져가오."

하고 마음을 상할까 하여 그는 쥐새끼처럼 소리끼 없이 가만가만히 자기 집으로 들어갔다. 매촌이는 또 노름방으로 갔는지 며느리 혼자서 가물거리는 호롱불을 켜고 옷끈을 풀어헤친 채 벼룩을 잡느라고 부스럭거리고 있었다. 늙은이는 자취끼 없이 부엌으로 들어가 나뭇단 아래 손을 넣어 살그머니 보리쌀 꾸러미를 끌어내었다. 진작 도로 나오려다가 잠깐 머뭇거린 후 재주 있는 '쓰리[9]'와 같은 손짓으로 쌀 항아리에 손을 넣었다. 전날에 쌀 속에 감추어 두었던 명태가 쌀 위에 쑥 빠져나와 있었다.

"이크, 며느리가 보았구나."

하는 생각이 들자 그는 손을 빼어 보리쌀 꾸러미만 안고 번개같이 내달아 돼지에게 갔다 주었다.

"이것으로 죽을 쑤어서 너는 조금씩만 먹고 에미만 많이 먹여라."

하고 돼지에게 천만당부를 한 후 다시 뒤돌아 자기 집으로 오는 것이었다. 텅 빈 뱃가죽은 등에 가 붙고 입안과 목 안은 송진으로 붙인 듯 입맛을 다시려니 미여지는 것 같이 따가웠다.

'저까짓 보리쌀 두 되를 가지고 몇 날을 지탱할까……'

하는 생각에 그의 두 다리는 가리가리 힘이 빠지고 돼지와 매촌이의 못난 것이 새삼스럽게 얄미웠다.

그래도 눈앞에는 오늘 낳은 아기의 두 다리 사이에 사나이란 또렷한 그 표적이 어릿어릿 나타났다 사라지고 하였다. 그는 이윽히 걸어가는 사이에 몹시 뒤가 마려워져 잠깐 발길을 멈추고 사방을 둘러본 후 속옷을 헤치려다가 무엇에 놀란 듯 다시 재빠르게 걷기 시작하였다.

'사람은 똥 힘으로 사는데……'

하는 것을 생각해내었던 것이다. 이제 집으로 돌아간들 밥 한술 남겨두었을 리가 없으며 반드시 내일 아침까지 굶고 자야 할 처지이므로 지금 똥을 누어 버리면 당장에 앞으로 거꾸러지고 말 것 같았던 까닭이었다.

그는 흘러내리는 옷을 연방 움켜잡아 올리며 코끼리 껍질 같은 몸뚱이를 벌름거리는 그대로 뒤가 마려운 것을 무시하려고 입을 꼭 다문 채 아물거리는 어두운 길을 줄달음치는 것이었다.

≪개벽≫ 속간, 1934년

---

9) 쓰리: 소매치기.

낙오

"나는 간단다."

정희는 이 한마디 말을 내놓으려고 아까부터 기회를 엿보아 왔다.

"응?"

예측한 바와 틀림없이 경순의 커다란 두 눈은 복잡한 표정으로 휘둥그레졌다.

"나는 가게 된다 말이야."

"괭연히 그러지?"

경순이는 벌써 정희가 하려는 말을 어렴풋이 알아차렸다.

"무엇이 공연히란 말이야, 정말이다."

"미친 계집애."

"정말이다. 보려무나."

정희는 경순의 이마를 꾹 찌르며 얼굴이 빨개가지고 마치 경순이가 못 가게나 하는 듯이 부득부득 간다는 것이 정말이라고 우겨댔다.

"글쎄 정말이면 축하할게. 너는 참 좋겠구나."

"좋기는 무엇이 좋아."

경순이는 미끄럼 타다가 못에 걸린 것 같이 정희의 태도에 저윽히 뜨끔하고 맞히는 것이 있었다.

"이제 와서 날 보고 할 말이 없으니까 하는 수작이로구나."

하고 경순이는 정희의 말이 조금 불쾌하였다. 그러나 이미 일이 이렇게 되고 만 이때 쓸데없는 농담만이라도 할 필요가 없다고 생각하여 그대로 입을 다물어 버렸다.

"애 좀 보게. 언제까지든지 거짓말만 하는 줄 아니? 오늘은 정말이란다."

"그러기에 축하한다는 것 아니냐"

경순이는 웃으며 말대꾸를 하면서도 정희의 독특한 성격을 알고 있느니만큼 조금 불안하기도 하였다.

"금년 안에는 못 가겠다고 생각했더니 이즈음 숙자가 간다기에 나도 그만 결심을 했단다."

정희는 기쁜 듯이 밖의 사람들에게 들릴 것도 돌아보지 않고 떠들었다.

"공연히 시집가는 것이 좋으니까 그러지."

"천만에. 나는 시집은 안 간단다. 너도 헛걸음한 줄 알아라."

경순이는 정희 말을 귀담아 듣지도 않았다. 정희는 경순이 태도에 성이 났는지 벌떡 일어서서

"그러면 같이 가보자. 내 말이 거짓말인가. 어서 가 내게 따라만 와봐!"

하며 경순이 팔을 잡아끌었다. 아직까지 다 장난이거니 하고 믿은 경순이는 그대로 따라 일어섰다.

부엌에서 편육을 만들고 있던 정희 어머니한테 물건 사러 나간다는 핑계를 하고 그대로 대문 밖으로 나왔다.

"그런데 내 정말을 말할 테니 놀라지 마라. 그리고 이 비밀을 폭로시키는 날이면 너는 죽는 것인 줄 알아라!"

"미친 수작 말아라."

경순이는 정희의 을러대는 꼴이 우스웠다.

"아니, 정말이다. 나는 동경으로 갈 터이다."

"……"

"내일 밤이면 너와도 당분간 못 만나게 된다."

"내일 밤?"

경순이는 어마어마한 자기의 추측이 딱 들어맞은 것이 소스라치게 놀라워 발길을 탁 멈추었다.

"무엇이 그렇게 놀라워?"

정희는 길 가는 사람들이 놀라 돌아볼 만치 커다랗게 사내 웃음을 웃는 것이었다.

"그것이 정말이냐. 내일 밤에?"

"그럼, 내일 밤은 왜 못 가는 밤인가."

경순이는 정희의 이 대답을 듣고 다시 걷기 시작하였다. 무슨 일이든지 기발하게 사람을 놀래게 만드는 정희의 성격을 알고 있는 만큼 놀라움은 불안으로 변하였다.

"그래 너희 집에서 허락하였니?"

"멍청이야! 어째서 허락을 하겠니. 가만히 도망칠 테야."

정희의 말소리는 태연하였다. 그러나 경순이는 몸에 소름이 끼쳤다. 남이야 죽든 살든 자기 고집만 세우면 그만이지, 하는 정희의 성격이 악한이나 만난 것같이 무시무시하게 느껴졌다.

"그러면 파혼을 했니?"

경순이는 겨우 작은 목소리로 다시 물었다.

"파혼? 내가 언제 약혼을 했었나."

"뭐야?"

꿋꿋하고 훌쩍 큰 정희의 어깨를 힘껏 잡아당겼다.

"무슨 말을 그따위로 하니. 아무리 농담이라도 분수가 있단다. 너무 그러면 나는 정말 네가 무섭구나."

"무섭거든 달아나려무나."

정희는 어깨를 뿌리치며 불퉁해졌다.

"정희야, 사람이 그래서는 못쓴다. 이렇게 도망을 할 판이었거든 왜 좀 더 전에 하지 못했니. 이렇게 일이 모두 결정된 뒤에 이러면 너희 부모가 어떻게 되느냐."

"어떻게 되든 내가 무슨 관계야. 나는 내 맘대로만 하면 그만이지. 한 번 골려 주어야 다시는 이런 함부로 된 짓을 하지 않지."

아무리 말해 봤자 들을 정희가 아닐 것을 경순이는 잘 알고 있었다.

경순이와 정희는 삼 년간 A 고을 보통학교 교원으로 취직하게 되었으므로 알게 된 동무였다. A 고을은 경순에게 있어서는 고향에 가까웠고 정희의 고향인 서울과는 천 리의 먼 사이를 둔 곳이니만큼 나이는 비록 정희가 위이나 경순이가 형과 같이 앞을 서는 것이었다. 본래부터 고집이 센 정희는 동료 교원들 사이에서도 그리 화합하지 않고 생도들 사이에서도 벌 잘 세우고 잘 때리고 한다고 평판이 좋지 못하였다. 그러나 경순이와는 사이가 좋았다. 한방에 기숙하고 있는 탓도 있겠지만 정희의 성격을 잘 이해하는 경순이었으므로 아직 한 번도 말다툼을 해본 적이 없었다.

학교에서도 무엇이든지 저질러놓으면 뒷감당도 경순이가 제 일같이 처리해 줄 뿐 아니라 학교에서 갔다 나오면 한 페이지라도 책을 읽기를 권하는 것이었다.

"우리는 이대로 월급만 따먹는 교원이 되어서는 안 된다. 장차 앞날의 사회에 주초가 될 지금의 어린이들을 가르쳐 줄 자격이 없는 우리이다. 우리를 지상의 지자知者로 믿고 있는 어린이들을 가르치는 중대한 이 의무를 무책임하게 더럽혀서는 안 된다."

"그뿐 아니라 일개 소학교원으로 만족하지 말자. 사회는 앞으로 나아가고 있다. 한시라도 놀지 말고 읽어두자."

하고 권하던 것이었다. 그러나 정희는 이런 말은 귀 밖으로 들으며 반대
도 않고 그렇다고 덥석

"오냐 그렇게 하자."

고도 하지 않는 것이었다. 이것은 경순이 말이 마음에 못마땅해서 그런
것이 아니라 남의 말에 순순히 따라가는 것을 싫어하는 까닭이었다. 그
러기에 자기가 생각해 낸 일은 아무리 사소한 것이라도 비록 잘못인 줄
알았다 해도 남의 충고는 한사코 듣지 않는 것이었다.

그러나 만 이 년을 채우고 나서는 그동안 저금한 돈으로 동경으로 공
부하러 가자는 말에는 쾌히 대답은 하지 않아도 마음속으로는 '그러리
라'고 결심하고 있는 모양이었다. 그러므로 경순은 손꼽아만 두 해만 되
어주기를 고대하는 것이었다. 그랬더니 기다리는 두 해가 거의 되어 오
던 어느 날, 정희는 학교에서 먼저 돌아와 짐을 꾸리고 있었다.

그는 그날 학교에서 나오며 사직원을 제출한 것이었다. 무슨 영문인지
모르고 애타하는 경순이를 뿌리치고 그날 밤에 부랴부랴 고향인 서울로
가 버린 것이었다.

학교 교장도 그 이튿날 아침에 비로소 사직원서를 보게 된 까닭에 사
직하는 이유를 물어볼 여가도 없었다. 경순이도 교장의 물음에 대답할
말이 없었으므로 정희 태도를 괘씸하게 생각하지 않을 수가 없었던 것
이다.

"아마도 시집을 가는 모양입니다."

하고 돌발적인 정희의 태도에 결론을 지은 것이었다. 그러나 결혼한다
는 소식은 좀처럼 들리지 않았다.

"남에게 따르는 것을 싫어하는 성질이라 나하고 같이 그만두기보다 나
보다 먼저 그만두어서 나중에 내가 저의 뒤를 따르게 하려는 생각이로
구나."

하고 경순이는 지금까지 둘이서 약속하고 고대하여 오던 두 해를 불과 한 달 남짓이면 이행할 것을 그렇게 아무도 모르게 근 이 년이나 정든 학교와 동무를 몇 시간 사이에 집어던지고 가버리다니……. 그뿐이냐. 학기말 시험으로 한창 바쁠 때요, 더구나 일 년 동안 담임하여 온 생도들을 진급도 시켜 주지 않고 단지 동무와 같이 시작하지 않으려는, 자기의 밑지지 않으려는 성격을 억제하지 못하여 이따위 행동을 하다니……. 하는 생각을 하면 경순이는 자기와의 우정은 별 문제로 하고도 몹시 괘씸하였다.

그러나 경순이는 만 이년이 꽉 찬 신학기가 왔어도 사직하지 못하였다. 그것은 늙은 부모와 자기 직업이 없는 오빠 부부의 형편이 당장에 교편을 집어던지지 못하게 하는 것이었다. 그는 하는 수 없이 또 한 해만을 연기하지 않을 수 없었다. 그의 오빠가 취직하게 되면 일 년 내에라도 그만두기로 결심하였던 것이다.

정희에게 자기의 사정을 편지하며 몇 번이나 편지에 쓴 말이면서도 그때까지 분명히 모르는 정희의 사직 이유를 묻는 것이었다. 그랬더니

"너는 마음이 약하다. 부모가 무엇이냐. 왜 용감하게 그만두지 못하느냐. 나는 곧 동경으로 가려 한다."

는 편지가 왔다. 그러나 그 후 반년이 지난 며칠 전까지도 동경 간다는 소식은 없었다.

'아마도 경제가 허락 않나 보다. 만일 이러다가 내가 먼저 동경으로 가게 되면 얼마나 답답해할까.'

하는 생각으로 남보다 먼저 하려고만 애를 쓰는 그에게 오히려 동경하고 싶기까지 하였다. 그러는 중에

"오는 십일월 십삼 일은 정희의 결혼 날이다."

라는 청첩 한 장이 학교 직원 일동에게로 왔다.

경순이는 일변 놀라면서도 차라리 잘되었다고 생각하였다. 정희는 자기를 무시하는 것 같다 하더라도 그의 진정으로는 자기를 유일한 동무로 여기고 있으리라고 생각되었으므로 학교에 일주일 휴가를 얻어가지고 결혼식을 나흘 앞두고 상경하였던 것이다. 결혼 준비를 거들기도 할 겸 처녀로서의 동무와 오래 이야기도 해볼 겸 미리 상경한 것이었다.

그러나 정희의 집에 들어서자 정희는 생각보다 냉정하였다. 정희 어머니는 몹시 반가워하며 멀리서 학교를 쉬어 가며까지 와 주는 성의를 치하하는 것이었다.

"축하한다. 얼마나 좋은 사람이냐?"

하고 먼저 정희의 손을 잡았다.

"몰라. 왜 왔니?"

정희는 웃지도 않고 무표정하였다. 자기의 결혼 청첩을 받고 천 리 먼 길도 불구하고 달려온 그에게 하는 첫말로는 너무나 냉정한 것이었다. 그러나 경순이는 '성격도 못났다.'고 생각하며 조금도 정희 태도를 괘씸하게 여기지 않았다. 시집가는 것이 부끄러워 그러는 것이겠지. 동경에를 가지 못하는 것을 아직 분하게 생각하는 모양이다 하고 조금도 가슴에 끼지 않았다

"그러지 말아. 나는 네 결혼식 구경을 왔단다."

하며 트렁크 속에 준비해 온 기념품인 탁상시계를 내놓았다.

"이것이 뭐야 쓸데없이."

정희는 들어보지도 않고 도로 경순에게 밀어주었다.

"애야, 내 처지에 좋은 것을 살 수 있니. 이것이라도 내 맘에서 보내는 선물이다."

"센티멘털한 계집애야."

정희는 교원 노릇할 때 서로 함부로 쓰던 말을 하는 것이었다. 경순이

는 그 말이 반가웠다.

그날 밤은 정답게 새웠다. 신랑은 스무 살이요, 부자의 아들인데 아직 중학교에 다닌다는 것만은 정희 어머니에게 들었으나 정희에게 결혼에 대한 말은 한마디도 듣지 못하였다.

'아마 아직 중학생이라니까 정희 자신은 별로 반갑지 않은 모양이로구나.'

하는 생각으로 구태여 정희에게 여러 말 묻지를 않았다. 그랬더니 갑자기 오늘, 결혼 전날인 내일 밤에 동경으로 도망을 하려는 말을 듣게 된 것이라. 경순이는 놀라고 불안하지 않을 수 없었다.

"어디를 자꾸 가니?"

S동 골목쟁이로 휘어들자 입을 떼었다

"잔말 말고 따라와 보라는데 그래."

정희는 한 집으로 들어갔다.

"숙자 있수?"

방 안에서 숙자인 듯한 정희 동갑의 여인이 뛰어나오며

"어서 오."

하며 경순이를 바라보는 것이었다. 정희는 숙자라는 그 집 주인과 장난 말을 해 가며 방 안으로 들어갔다.

"이것 좀 봐. 내 말이 거짓말인가"

경순이는 방에 들어가려다가 문턱에 주춤하고 서서 방 안을 살폈다.

찬란한 무늬를 놓은 메린쓰 이불(夜具), 트렁크, 벽에는 드레스, 오버. 모자 등이 우수수 걸려 있어 마치 그 방 안에만 봄바람이 불어 닥친 것 같았다.

정희는 벽에 걸린 드레스를 벗겨 들고 지금까지 한 번도 보이지 않던 젖가슴을 드러내고

"한번 입을 테니 스타일이 어떤가 봐."

하며 설빔을 입는 어린이같이 명랑하게 웃었다.

경순이는 동무의 그 모양이 '아직 철이 없다.'고 여겨지므로 같이 웃어 버렸다.

"너 참 대담하구나. 그러면 정말이로구나."

"그럼 그까짓 것, 나는 한번 한다면 기어이 해, 실행하고야 만단다. 너처럼 고리탐삭하게 교원 노릇만 하다가 갯눔1) 같은 남자에게 시집가서 그냥 늙어 죽을 줄 아니."

정희는 개선장군같이 드레스를 꿰입고 턱 버티고 섰다.

"어떠냐! 그만 너도 나하고 같이 도망치자구나."

"……."

경순이는 입이 떨어지지 않았다. 정희는 모자도 써 보고 외투도 입어 보고 난 다음에 이불을 꾸리고 숙자에게 내일 밤에 다시 오겠다고 약속한 후 그 집을 나섰다.

경순이는 더 말해 보았자 소용없음을 느꼈다. 그러나 아무것도 모르고 결혼 준비에 급급한 그의 가정을 생각할 때 가만히 있을 수가 없었다. 될 수 있는 데까지 자기 힘으로 어떻게 해 보려고 생각하였다.

"동경에 가자고 한 것은 나도 너와 약속한 일이니까 더 말할 필요는 없지만 장차 어떻게 할 계획이냐. 학비는 어떡하니?"

"그런 것이 다 걱정이냐. 동경에 가 봐야 알지. 돈이 없으면 어디 너더러 학비 달랄까 봐 그러니?"

정희는 잡았던 경순의 손을 내던지듯이 놓으며 입을 삐죽하였다.

"너는 생각이 그밖에 들지 않니? 물론 장난말이겠지마는 나는 무척 섭

---

1) 갯눔: 갯놈. 갯사람(갯가에 사는 사람)을 낮잡아 이르는 말.

섭하다."

경순이는 자기에게 대한 정희의 태도도 괘씸하거니와 자기 가정을 너무나 돌아보지 않는 대담한 행동이 미워졌다.

"결혼한 다음에 차차 기회를 얻어서 공부하면 어떠냐. 너도 벌써 스무 살이 넘었으니 말이다."

"그러면 너는 너보다 나이도 적은 남자에게 시집을 가겠니?"

정희는 그제야 그 결혼에 반대하는 이유를 말한 것이었다.

"그러면 왜 처음부터 그러지 않았니."

"암만 그래도 듣지 않으니까 할 수 없이 가만히 있었지."

"그래도!"

"아냐. 이해 없는 인간들은 이렇게 골려줘야 한단다."

경순이는 입을 닫았다. 어떻게 말을 붙여볼 나위가 없었던 것이다.

그 이튿날 저녁이었다. 저녁을 마치고 나서 혼인 준비로 모인 친척들이 욱덕이며[2] 신랑 칭찬을 한다. 신식 결혼식은 어떻다는 둥 하고 안방이 터질 것같이 사람이 모여 앉아 있고 건넌방에는 신랑 집에서 보낸 물건을 구경하느라고 젊은 여인들이 둘러앉아 있었다. 삼층장, 옷걸이, 이불장 등에 꽉 찬 비단옷을 일일이 들추어 구경을 하는 것이었다.

"신랑이 외동아드님이라나요. 그래서 이렇게 혼수도 장하답니다. 새아씨는 트레머리하는 까닭에 비녀는 그만두라고 했지만 요사이 같이 금값이 비싼데도 금반지 금비녀 금시계를 다 했답니다."

하고 친척으로 정희의 형 되는 젊은 여인이 제 것같이 자랑을 하는 것이었다. 정희는 오늘 밤에 도망을 하려는 사람 같지 않게 천연스럽게 앉아서 남의 일을 구경하듯이 웃고 있는 것이었다.

---

2) 욱덕이다: 욱닥거리다. 여럿이 한데 모여서 자꾸 수선스럽게 움직이다.

그 이튿날 아침 오전 열한 시에 하려는 결혼식장인 예배당에는 벌써 각색 물감 테이프, 만국기 등으로 장식되어 있었는데 신부인 정희 그림자는 사라지고 말았다.

아래위로 뒤끓으며 온 집안이 발칵 뒤집혀 신부를 찾고 헤매었으나 정각 열한 시는 사정없이 당도하고 말았다.

신랑은 모닝을 입고 들러리들과 많은 참례 손님들과 함께 무료하게 기다린지 한 시간이 넘게 지나도 신부 집에서는 개미 한 마리도 얼굴을 보이지 않았다.

"나는 시집 안 갈 테요. 그리만 아세요."

하고 늘 말하기는 하였으나 시집가는 처녀의 으레 하는 공통된 버릇에 불과 하느니…… 하고만 여겨 온 정희 부모는 외면의 수치보다도 아무리 생각해도 이해 못할 사실이라고 어리둥절하여 어떻게 할 줄을 몰라 했다.

경순이는 이미 일주일 휴가를 얻은 터이나 하루를 숙소에서 쉰 후 학교에 출근하였다. 직원실에 들어서자 동료 교원들은 경순에게 몰려오며 신문지를 치켜들고 법석을 했다.

"벌써 신문에까지 났나 보다."

결혼식에 갔다 온 이야기를 무엇이라고 꾸며댈까 하고 생각하던 터이라 갑자기 대답할 말이 나오지 않았다.

"아마도 연인이었던 거야."

"연애꾼3) 없이 갑자기 그렇게 도망할 리가 있나."

제각기 제가 제일이라는 척하기 쉬운 추측을 사실같이 떠들고 있는 것

---

3) 연애꾼: 연애 경험이 많고 이 사람 저 사람 가리지 않고 연애를 잘하는 사람을 낮잡아 이르는 말.

이었다.

"알지도 못하고 떠들지 마세요. 정희는 참으로 용감한 여자라오. 꼭 연애하는 사람이 있어야만 부모가 함부로 정한 결혼에 반대하는 것일까요. 남의 불행한 일이라면 거지가 떡이나 본 것 같이 떠들면서 조금도 그 사실을 이해하려고 하지 않는 당신들과는 인간이 다르답니다. 앞으로 나아가려는 열정과 용기가 눈앞의 안일에만 만족하는 당신들이나 나와 같은 무리들과는 레벨이 틀립니다."

경순이는 몹시 흥분하여 소리를 높여 한숨에 뱉어 던졌다.

'과연 그렇다. 정희와 같이 의지가 굳어야 헌다. 인간 사회에서는 무엇이든지 희생이 없고는 살아갈 수가 없는 것이다. 작으나 크나 남의 희생 없이는 못 사는 것이다.'

하고 입속에서 한탄하듯 속삭였다. 처음에는 정희의 태도를 비난도 하였으나 지금 자기는 여전히 가슴에 불평을 가득 품고도 큰소리 한번 못하고 순순히 향상 없는 생활을 계속하는 핏기 없는 인간이다, 라고 느끼는 동시에 정희의 그림자는 훨씬 멀리 자기 앞을 걸어가고 있는 것을 느꼈다.

≪중앙(中央)≫, 1934년

악부자顎富者

하나 남았던 그의 어머니마저 죽어 버리자 그대로 먹고살 만하던 살림이 구멍 뚫린 독 속에 부은 물같이 솔솔솔 어느 구멍을 막아야 될지 분별할 틈도 없이 모조리 빠져 달아나기 시작한 때부터이다.

어찌된 셈판인지 경춘이라는 뚜렷한 본이름이 있으면서도 '택부자'라는 별명이 붙기 시작한 것이다.

이왕 별명을 가지는 판이면 같은 값에 '꼴초동이', '생며럿치', '뺑보'라는 둥 그리 아름답지 못하고 빈상인 별명보다는 귀에도 거슬리지 않게 들리고 점잖하고 그 위에 복스러운 부자라는 두 자까지 붙어 '택부자'라고 별명을 가지는 편이 그리 해롭지는 않을 것이건만 웬일인지 불리는 그 자체인 경춘이는 몹시 듣기 싫어하였다.

동네에서 그래도 학교깨나 다니던 젊은 아이들도 '택부자'라면 성을 내는 경춘이 성미를 아는 터이라 저희끼리 암호를 가지고 불렀다.

돈 많은 사람은 가네모치(金持). 온갖 것을 다 많이 가진 사람은 모노모치(物持)라고 하니까 경춘이는 아무것도 가진 것이 없고 유별나게 턱 만 아주 길쭉하게 가졌기에 아고모치(顎持)라고 하자고 의논이 된 뒤부터는 경춘이 앞에서도 맘 놓고

"아고모치, 아고모치."

하고 찌글찌글 웃었다. 어떤 때는 턱 모르는 경춘이도 남들 웃는 꼴이 우스워 같이 웃어내기도 하였다. 그러면 다른 사람들은 더 죽겠다고 구르며 우스워했다.

"이 사람, 모치(떡) 장사 좀 해 보지."

"모치 장사?"

"그래, 요사이는 아고모치라는 게 생겼는데 잘 팔린단다."

"아고모치가 뭐고?"

"허허허…… 아고모치를 몰라? 맨들맨들 하고 속에 하얀 뼈다귀가 든 왜떡이지."

"으응."

남들은 우스워 죽겠다는데 혼자 경춘이는 고개를 끄떡끄떡하였다.

홀쩍 벗겨진 이마 위에 파리가 앉으면

"파리 낙상하겠구나."

하는 것은 곳곳에 흔히 보는 바라 그리 우스울 것이 없지만 경춘이 턱에 파리가 딱 붙게 되는 날이면

"야! 빵에 파리 앉는다. 쉬실라."

하고 찌글거리면 경춘이 함께 영문도 모르고 웃는 꼴이야 흔한 것이 아닌 만큼 우스워 허리가 부러질 판이다.

아고모치도 경춘이가 알아챌까 봐 또 한 번 넘겨서 '아고'는 떼어 버리고 모치만을 서양말로 번역하여 '빵'이라고도 하였다. 이 빵이 또 한 번 번역되어 떡이라고도 하였다. 그러므로 경춘이는 자기 앞에서는 모치라는 둥, 빵이라는 둥, 떡이라는 둥 이야기만 하기에

"이 사람들은 밤낮 떡 말만 하네."

하고 도로 넌지시 핀잔도 주는 때가 있다.

그러나 경춘이 역시 바보가 아닌 사람이라 어렴풋이 제육감第六感이 활동하여 그것들이 모두 자기 별명인 줄 깨달았다. 경춘이는 턱부자가 아고모치가 되고 아고모치가 빵이 되고 빵이 떡으로 변화해 나온 줄은 모르고

"옳지. 떡, 떡, 턱 자를 되게 붙여서 떡이라는 게로구나. 떡이 서양말로 빵, 빵은 일본말로 모치, 음…… 죽일 놈들."

다른 사람들과는 반대로 번역해 들어갔다.

그는 와들와들 떨리며 분했다. 자기 집이 잘 살 때는 아무도 이 턱을 보고도 턱부자라고는 않던 것이 살림이 다 빠져나가 거러지같이 된 후는 경춘이라면 몰라도 택부자라면 더 잘 알게 되는 터이다. 그까짓 별명 듣는 것이 분한 것은 아니다.

이미 날 때부터 긴 턱을 가지고 나온 터이라 턱이 길다고 하는 것이 분함은 없지만 한 가지 경춘이 가슴에는 형용도 증명도 할 수 없는 비할 데 없는 분노가 타고 있었다.

'이름 자에 부자가 붙으니 살림이 가난한 것이다. 어느 놈이 날 없이 살라고 이름에 부자 자를 붙였나. 그놈은 나의 살림을 저주하는 놈일 것이다.'

라고 하는 세세한 생각이므로 '택부자' 하고 한 번씩 불리면 그만큼씩 자기의 부자 될 복이 감해진다고 생각하였다. 그러나 남들이 택부자라고 부르는 것은 이러한 죄 많은 생각으로서가 아니었다.

살림이 빠지고 나면서부터 신병으로 말미암아 몸이 자꾸 수척해지니 원래 유별나게 길쭉한 턱이 두 볼이 말라붙는 까닭에 더욱더 길게 보이기에 택보라고 부르던 것이 어느 녘에 '택부자'로 변하고 만 것이었지만 경춘이는 이렇게 바로 생각하지 않았다.

끼니를 굶고 있는 날이면 택부자라는 별명이 더욱 그의 분통을 찔러주는 것이었으므로 누구든지 택부자라고 하면 당장에 때려죽이고 싶었다.

"제길, 이놈의 턱이 내 살림을 다 잡아먹은 거야. 이놈의 턱이 자꾸 길어지니까 살림은 자꾸 없어지지."

없어진 살림이 모조리 그 턱 속에 들어 있는 것같이 쥐어짜 도로 내놓게나 할 듯이 사정없이 자기 턱을 주무르고 끝을 쥐고 쥐어박고 하는 것이었다.

"아이고, 그라지 마소. 턱이 무슨 죄가 있는기요. 턱이 크면 늦복이 많다두마."

경춘의 얌전한 마누라는 진정으로 자기 남편을 위로하였다.

"흐웅."

경춘이도 그 마누라에게는 둘도 없는 유순한 남편인 터이라 한숨인지 웃음인지 모르는 큰 숨을 내쉬며 뒤로 턱 드러누웠다.

'아내의 말과 같이 늙어서야 이 턱 덕을 보는지 알 수 있나. 세상 만물이 다 한 번 먹으면 한 번은 내놓는 법이라 턱 속에 들어간 복도 설마 나을 때가 있겠지.'

그는 어디까지든지 그 턱과 자기 살림을 한데 붙여서 생각하였다.

"흐유우."

뒷산을 올라가며 경춘이는 연해 가쁜 숨을 내쉬었다. 그리 높지 않은 산이건만 오늘은 유별나게도 두 팔과 다리가 휘청거렸으므로 하는 수 없이 산등성이에 가 지게를 툭탁 내려놓고 비스듬히 지게에 기대앉아 옹무니[1]에 찬 곰방대와 쌈지를 끌러들었다. 쌈지에는 작년 가을에 뜯어 말린 약쑥 잎사귀가 담배 대신 서너 꼭지 될 만치 들어 있었다. 그는 세 손가락으로 한 꼭지 될 만치 쑥을 끌어내어 손바닥 위에 놓고 엄지손가락에 침을 묻혀 약쑥을 뭉친 후 대꼭지[2]에 단단히 눌러 넣었다.

오른편 산기슭에서 시작된 동네는 동글동글한 조막만큼 한 토막집들이 한곳에 따닥따닥 섞여 있고 동네에 잇대어 먼 건너편 산 밑까지 시원

---

1) 옹무니: 꽁무니. 여기에서는 허리춤으로 보아야 함.
2) 대꼭지: 담뱃대에서 담배를 넣는 부분을 가리키는 북한어.

스럽게 펼쳐 있는 들판은 군데군데 보리가 푸르러 있었다.

그는 성냥 찾던 손을 멈추고 온 가슴속에 사무친 원한을 한꺼번에

"흐어! 허."

하고 내뿜었다.

"들판이야 넓다만 내 땅이라고는 바늘 한 개 꽂을 곳이 없구나."

그는 깊이 탄식하며 담배에 불을 붙여 물었다.

씁스그리한 약쑥 연기가 입안에 빨려 올라가자 그는 향긋한 담배가 무척 생각이 났다.

그는 올해 서른두 살이요, 그의 아내는 스물여섯이나 아직껏 자식이라고는 하나도 없었다. 본래 생산 못한 것이 아니라 셋이나 낳기는 했지마는 모조리 두세 살도 채 못 되어 죽어버렸던 것이다.

단 두 식구뿐이지마는 제 것이라고는 아무것도 가진 것이 없는 터이라 농사로만 생업을 삼는 이 농촌에서는 품팔이 할 곳도 농사철뿐이었으므로 거러지같이 된지도 오래요, 끼니를 굶기도 부자 이밥[3] 먹듯 하였다.

오늘 이 산에 올라온 것도 그 아내가 다리와 허리가 저리고 아프다기에 솔잎사귀를 따다 찜질을 시켜 주려는 것이었다. 그러나 산지기에게 들키면 한참 승강이가 있어야 될 것이니 차라리 산지기 영감에게 먼저 청을 해 보리라고 생각하였다.

다 탄 담뱃대를 지게 목발에다 툭툭 털고 일어서려 했으나 좀처럼 궁둥이가 떨어지지 않았다. 그때 산꼭대기에서 내려오는 산지기 영감이 경춘이를 내려다보고 벙글벙글 웃으며 내려왔다.

"택부자, 자네 오늘 산에 웬일인가?"

산지기는 웬일인지 다정스럽게 말을 건넸다.

---

3) 이밥: 입쌀밥. 입쌀로 지은 밥.

'제기, 첨지 제 대구리는 왜 저렇게 벗겨졌던고. 남의 턱만 눈에 보이나?'

그는 대답도 하지 않고 속으로 중얼거렸다.

"자네는 올에 농사 좀 했나?"

산지기는 제 혼자 벙글거리며 경춘이 옆에 와 '어이쿠' 하고 궁둥이를 내려놓았다.

"농사는 무슨 농사."

불퉁스럽게 대답을 하며 고개를 못마땅하다는 듯이 외로 돌렸다.

'이놈의 첨지, 날 보고 택부자라고 했겠다. 오늘 온 산의 솔잎사귀는 모조리 훑어갈까 부다. 네까짓 놈에게 청을 해? 어디 보자.'

경춘이는 몹시 속이 상해서 청을 한 후 따가려던 솔잎을 가만히 얼마든지 훑어가리라고 혼자 중얼거렸다.

"허 참, 이놈의 세상이란 참 기가 맥혀."

첨지는 여전히 말을 꺼냈다.

"왜요. 이놈의 세상이 어떻길래"

경춘이는 눈을 흘기듯이 하여 산지기를 바라보았다. 첨지는 창피하다는 듯이 하얗게 깎인 머리통을 슬슬 쓰다듬으며

"어 참, 봉변이었어."

산지기의 그 얼굴은 조금 흐릿해지며 경춘이를 바라보았다.

"아 늙어가며 이런 꼴이 어디 있나. 그저께 장에 갔더니 상투를 널름 베었단 말이야. 그저 다짜고짜 없이 막 달려들어 덤비니 강약이 부동不同이라 하는 수가 있나. 분하단 말이야……."

경춘이는 본래부터 이 첨지를 미워하는 터가 아니었고 다만 이제 '택부자'라고 불린 것만이 분했던 까닭에 첨지의 말을 듣고 있는 동안에 어느 사이엔지 불쾌하던 생각은 어슬릿⁴⁾ 녹아지고 없었다.

"깎으면 도로 시원하지요. 잘됐네요."

"허, 그럴 수가 있는가. 육십이 넘도록 지니던 것을 남의 손에 불의봉변을 했으니 목을 베인 것이나 다를 게 있나."

"아따 영감, 그 따위 호랑이 담배 먹는 때 소리 마소. 지금이야 나라 임금도 머리를 깎는데 무슨 상관인가요. 육십 년 아니라 육만 년 지니고 있던 것이라도 좋지 못한 것은 없애 버리는 것이 옳지요."

"어, 그 사람, 말도 아니다. 상투를 베인 후 나는 손해가 많네. 바로 상투를 베이던 날 밤에 보리 한 섬 도둑맞았지. 그까짓 것보다 머리 깎은 후로는 늘 몸이 시원치 못하고 골치가 횡 하다는 거야. 아마도 내가 죽을라는가."

"어. 그래요?"

경춘이는 깜짝 놀라며 고개를 흔들흔들하였다.

'자기는 택부자라는 팔자에 과한 부자 자가 이름이 된 후부터 가난이 심해가고 산지기 첨지는 상투를 베인 까닭에 도둑맞고 몸이 성치 못하고……'

하는 생각이 문득 번개같이 머릿속에 번뜩하자

"암만 개화한 세상이라 해도 예전부터 내려오는 귀신은 그대로 있는 거라요."

경춘이는 한탄하듯 자기의 긴 턱을 슬금슬금 만졌다.

"흥, 있고말고. 나는 이마가 좀 넓은 까닭에 머리가 있으면 좋다고 상쟁이가 그러던 것을 깎고 보니 당장에 화가 미친단 말이야

"그럴 거요. 나도 저……."

경춘이도 자기가 '택부자'라고 불리게 되자 가난해졌다는 이야기를 하

---

4) 어슬룻: 어느 사이엔가 슬그머니.

려다가 갑자기 입을 다물고 말았다. 너무 근거 없고 엉터리없는 말같이 생각이 든 까닭이었다.

"아이쿠, 나는 내려가네. 자네는 어디 가는가?"

첨지는 궁둥이를 툴툴 털며 일어섰다.

"네, 잘 내려가소. 그런데 청이 하나 있습니다."

경춘이는 아무래도 먼저 허락을 받는 것이 옳으리라고 생각이 다시 고쳐 듦으로

"솔잎사귀를 좀 따게 해주소."

하며 덩달아 일어섰다. 첨지는 눈을 둥그렇게 뜨며

"솔잎사귀? 뭘 하려나?"

"아내가 다리를 앓는데 찜질해주렵니다."

"음, 자네 아내가 또 다리를 앓나. 어디 솔잎이 무슨 약효가 있어야지."

"아니랍니다. 산꼭대기에 선 만리풍 쐰 솔잎을 따다 찜질을 하면 좋다 두마."

경춘이는 말을 미처 마치지 못하여 몹시 기침을 하였다. 첨지는 얼굴을 찌푸리며 조금 생각하더니

"나무는 상하게 말고 좀 따 가게나."

하고는 슬금슬금 가버렸다.

"그놈의 첨지, 과연 이마때기는 대우도 벗겨졌다. 저놈의 첨지는 턱이 짧으니까 늘 고생을 하는 게지. 내 턱이 이렇게 길지 말고 저놈 첨지의 이마가 저렇게 넓지 말고 했다면 피차 오죽 좋겠나."

경춘이는 산꼭대기로 올라가며 이렇게 중얼거렸다. 이마는 넓고 턱은 짧은 첨지, 이마는 좁고 턱은 긴 경춘이, 그는 되는 수만 있다면 둘이 한데 섞어서 다시 알맞게 갈라 가지고 싶었다.

'턱은 짧더라도 나는 오래 살지 못할 것이니 관계없단 말이야. 그렇지

만 이왕 이렇게 타고 나버렸으니 하는 수가 있나. 이 턱 덕을 볼 때까지 살아야지.'

그는 혼자 혀를 쩍 차고 솔잎을 땄다.

경춘이 집은 사드락병(肺病)으로 망한 것이었다.

그의 부모, 형제, 자식 모두 기침하고 피 토하고 얼굴이 조희장[5]같이 하얗게 되어 죽었다. 그런 까닭인지 경춘이마저 요즈음은 몹시 여위고 기침이 심했다. 비록 못 먹고 고생은 하더라도 젊은 사람치고는 너무나 핼쑥하고 뼈만 남은 경춘이었으므로 동네 사람들은

"택부자도 얼마 남지 않았을걸."

하고 그의 명줄의 길이를 예언하였다.

그 아내도 작년 가을부터는 마른기침을 시작한 것이 이제는 경춘이 보다 피를 더 자주 토해냈다.

경춘이는 어떻게 하더라도 아내의 병만은 고쳐주고 싶었다.

자기는 이미 부모에게서 타고난 병이지마는 그 아내는 시집온 후 오늘까지 천하에 둘도 없는 고생만 하고 그 위에 병까지 옮아갔으니 생각하면 할수록 뼈가 아프게 가여웠다.

산에서 따온 솔잎을 쪄가지고 방 안에 거적을 편 후 몸을 움직이지 못하는 그의 아내를 눕힌 후 솔잎으로 찜질을 시켰다. 이 봄부터 걸음을 잘 못 걷던 그 마누라는 약 한 첩 먹어보지 못하고 오늘 이 찜질이 약치료로는 처음이었다.

지난봄에는 보리가 소두 한 말에 삼십팔 전이던 것이 지금은 칠십 오 전이니 햇보리 날 때까지 그들은 밥 구경은 단념하고 있었다.

몸이 점점 마르고 기침만 자꾸 하는 경춘의 근본을 잘 아는 동네에서

---

5) 조희장: 종잇장.

는 공짜일이라도 시키려는 사람이 없었다. 지난 가을에 말려두었던 콩 잎사귀 그것만으로 연명해 나가야 되는 터였다.

경춘이는 하다못해 그곳에서 오 리 밖에서 방천공사防川工事하는 곳으로 일거리를 찾아갔다.

한 수레 가득 흙을 파면 육전씩을 받는 것인데 쉽사리 경춘이도 일패를 받아가지고 흙을 파게 되었다.

'하루 열 수레는 할 수 있겠지.'

그는 이렇게 속셈을 해 보았다. 그러나 한 수레를 하고 난 후 두 수레 째 밀고 가다가 '컥' 하고 각혈을 하였다. 누가 볼까 겁이 나서 얼른 입술을 닦고 잠간 쉬려고 펄치고 앉았다. 하늘이 노랗게 빙빙 돌며 땅덩이가 조리질을 하는 것 같았다. 그러나 그는 정신을 바짝 내며 수레를 밀려 했다.

두 팔은 녹은 엿같이 맥없이 풀어지며 두 귀를 잡고 내흔드는 것같이 두 눈이 휭휭거렸다. 그는 다시 정신을 차릴 양으로 신발을 고치는 척하고 털썩 주저앉았다.

"여보! 당신 이름 뭐요. 일패 봅시다."

경춘의 혼혼한 정신은 무슨 뜨거운 불덩어리로 얻어맞기나 한 것 같이 깜짝 놀라며 가슴이 섬뜩하였다.

"여보, 일패 내놓소."

아물아물 까무러질 듯한 경춘이 눈동자에 일꾼 패장이 버티고 선 것이 비쳤다.

"네"

그는 옹무니에 찼던 일패를 내보였다.

"당신, 어데 사오?"

"네, 저기 윤동이라는 데 삽니다."

"당신 그래서 일 하겠소? 보아하니 몸이 많이 편찮은 것 같은데."

패장의 말소리는 부드럽지 못했다.

'아아 일자리를 빼앗으려고 하는구나. 이것도 못 해 먹으면 어찌 될꼬.' 하는 생각이 번쩍하자 경춘이 정신은 찬물같이 횅하게 돌아왔다.

"아니올시다. 어젯밤에 좀 늦게 잤더니 어떻게 괴로운지, 내일은 좀 기운 있게 하지요. 일찍 좀 자고 나면야."

경춘이는 이렇게 변명같이 말을 하나 무슨 말을 하고 있는지 자기도 인식할 여유 없이 입술이 떨렸다.

"성명이 누구시라 하오?"

"네, 김경춘이라 합니다."

"김경춘이라고 하는가요? 네, 이 사람은 이명수요. 인사 잇고6) 지냅시다."

의외에 패장의 말소리가 점점 부드러워졌다. 그러나 경춘이는 안심이 되지 않았다. 세상이란 겉과 처음 시작과 같이 간단하고 쉽고 좋은 것만이 아닌 것을 벌써 얼마만치 알고 있는 터이라 한결같이 가슴은 두근거렸다.

'나를 내쫓으려고 일부러 친절하게 하는 거지.'

그는 이렇게 겁도 났다. 어떻게든지 닷새 동안만 일을 하면 품삯이 삼 원이니까 그것으로 아내에게 밥 구경도 시키고 북촌동에 있는 의원에게 가서 약이라도 한 첩 사 먹이고 하리라고 예산하던 것이 그만 허물어지고 마는가 생각하니 두 눈은 다시 캄캄해지고 체면 없는 기침은 자꾸 나왔다.

"보소, 당신 내 말을 듣겠소? 내가 한 번 입을 떼면 당신은 여기서 일을 못할 것이지만."

---

6) 인사 잇고: 서로 처음 인사를 하고

패장의 말소리는 위엄과 친절이 반반이었다.

"네?"

"좌우간 당신 내 말 들으면 돈벌이가 될 텐데 어떤가요?"

패장의 얼굴은 갑자기 정다워졌다.

"네? 당신 말을 들으라고요. 듣고말고요. 죽으래도 죽겠습니다."

경춘이 두 귀는 번쩍 뜨이며 가슴이 요란하게 쿵덕거렸다.

"그러면 말하겠소. 이 일터에서 제일 잘하는 사람이 하루 열 수레씩 하는데 당신은 몸이 약하니 다섯 수레도 어려울 것이요. 그러니까 내일부터는 당신이 단 두 수레만 하더라도 열 수레 했다고 내가 도장을 찍어줄 터이니 어떻소?"

"온종일 두 수레만 파도 열 수레 했다는 도장을 찍어 주신단 말이지요?"

"옳지, 그렇지요."

경춘이는 고맙다는 생각보다 겁이 와락 났다.

'세상이란 이렇게 공으로 떨어지는 횡재가 있는 법이 없는데 내가 꿈을 꾸고 있나, 그렇지 않고야 내 사정을 이렇게 봐주는 사람이 요즘도 남아 있을 리가 있나.'

그는 이렇게 생각되었다.

"염려 말고 남에게 입을 떼지 마오. 내일은 일패를 두 개 맡아가지고 한 수레에 양껏만 담아 오면 도장은 스무 개 찍어줄 테니 나중에 품삯을 탈 때는 아무 도장이나 관계없으니 두 개만 가지고 와서 친구 것을 대신 받는다고만 하오. 그리고 그 품삯은 반치는 당신이 먹고 반은 나를 주오. 알겠소?"

패장은 경춘이 귀에 대고 이렇게 속삭였다.

"네. 나는 못 알아들었습니다. 시키시는 대로 하기는 하지마는 무슨 영문인지를……."

경춘이는 겨우 이렇게 입이 떨어졌다.

"이 친구 정신없구나. 내가 보아하니 당신은 종일 해도 두세 수레도 겨우 할 것 같으니까 하루 두 수레만 하고 열 수레 삯을 받도록 해 준단 말이오."

"왜 일패는 두 개를 맡나요."

"하, 아직 모르겠소? 한 사람이 하루 열 수레 이상은 못 하니까 두 개를 가져야 스무 수레 삯을 탈 수 있지 않소. 그러면 열 수레는 당신이 먹고 열 수레는 내가 먹자는 심판이지."

경춘이 가슴은 어벙해지며 입이 비틀거렸다.

'그러면 그렇지. 이놈의 세상에 웬걸 남의 사정을 보아 선심 써 주는 사람이 있을 리가 있나. 이놈이 속임수를 해먹자는 게로구나.'

그는 이렇게 짐작이 들며 쫓겨나지 않는 것은 고마우나 쾌히 대답이 나오지 않았다. 그러나 만일 반대를 한다면 당장에 쫓겨날 것이고, 원주인에게 이 말을 고자질한다면 패장이 쫓겨날 것인데, 패장도 돈이 쪼들리니까 이런 생각을 한 것이니 쫓겨난다면 불쌍하고 하니 좌우간 이미 오른 배라 그대로 순종하는 것이 옳다고 생각하였다.

"그만하면 알겠지?"

"옳아, 그렇구면……."

그제야 경춘이는 고개를 끄덕끄덕해 보였다.

그 이튿날부터 경춘이는 패장이 시키는 대로 일은 하는 척만 하고 겨우 두 수레만 퍼다 놓고 도장은 스무 개 받았다. 삼백여명 일꾼이 한데 들끓으며 제가끔 많이 하려고 애쓰는 판이라 아무도 알아채는 사람이 없었다.

그러나 경춘이는 가슴이 늘 움질움질하며 공연히 미안하고 주저가 되었다. 그래서 죽을힘을 다하여 하루 네 수레씩 흙을 팠다. 단지 네 수레를 파도 두 귀에서 '앵앵' 소리가 나며 잔등에 진땀이 나며 코에서 단내가 무럭무럭 났다.

저녁때 일을 마치고 집으로 돌아와서도 그 아내에게 참말을 바른대로 하지 못하고 하루 열 수레를 한 까닭에 몸이 괴롭다고만 할 뿐이었다.

그는 스스로 양심이 부끄러워 몇 번이나 그만둘까 말까 주저를 하였다.

'이놈의 세상이 모조리 야바위판인데 요만한 것쯤이야 무슨 큰 죄가 되겠나. 아니, 아니다. 내 몸이 성하면야 이런 속임수를 할 리가 있나. 좌우간 몸이 성해지면 이 충수로 무척 일을 많이 해 주면 그만이다.

그는 늘 이런 생각을 하며 제 혼자 주고받고 하였다.

지난밤부터 갑자기 피를 토하며 다리가 저리다고 고함을 치기 시작한 아내에게 시달려 뜬눈으로 밤을 새웠다. 종일 피곤하던 몸이라 곤한 잠이 올 것이건만 웬일인지 뒤통수가 서늘한 것이 머리통 속이 새파랗게 날카로워지며 잠은 오지 않았다.

마른기침만 자꾸 연해 나오며 가끔 두 눈이 휭 내몰리기만 하였다.

그러나 오늘은 기어이 일터로 나가야 하는 날이었다. 오늘은 그동안 일품을 받는 날이다. 오래간만에 삼 원이란 많은 돈이 손에 들어오는 날이다.

경춘이 가슴은 까닭 없이 울렁거렸다.

마누라는 백지같이 희고 여윈 얼굴을 돌리며 움푹 들어간 두 눈을 크게 떴다.

"오늘은 돈을 타오는 날이다. 먹고 싶은 것이 뭐요? 저녁때쯤 북촌동 의원에게도 가볼 테야."

경춘이는 벌써 희붐하게 새는 지게문을 열어 한 번 가래를 내뱉고 아내의 손을 쓰다듬었다.

"아무것도 먹고 싶은 게 없어요. 아마도 죽을라는가 봐."

어둡스름하다. 새벽별 속에서 아내의 커다란 두 눈이 힘없이 내려 감기며 굵다란 눈물방울을 떨어뜨렸다.

"어, 별소리 다 하네. 죽기는 왜 죽어 쌀밥 먹고 약 먹고 하면 곧 낫지."

경춘이는 가슴이 서늘해졌으나 스스로 힘을 내며 꾸짖듯 위로하였다.

"그렇지만 당신이, 그처럼 볼모양 없이 된 당신이 어떻게 일을 해내오. 하루 열 수레를 하려면 오죽 힘이 들겠는가."

아내는 여윈 왼손을 경춘이 무릎 위에 얹어놓았다. 경춘이 가슴은 콱 막히는 것 같이 아팠다. 그러나 하루 두 수레만 해도 열 수레 품을 받는다고 하여 아내의 염려를 덜어주고는 싶었으나 차마 부끄러워 입이 떨어지지 않았다.

"별소리를 다 하는구나. 그까짓 일도 못해내. 인제는 걱정 없다. 닷새만큼 삼 원씩 꼭꼭 타 올 것이니 쌀밥을 먹어도 관계없지."

경춘이는 일부러 불퉁하여 이렇게 말하며 하염없이 흘러내리는 아내의 눈물을 이불자락으로 이리저리 훔쳐 주었다.

"흐윽, 죽어서 다시 태어나거든 우리도 잘 한번 살아봅시다."

묵묵히 눈물만 흘리던 아내가 목이 메어 이렇게 슬픈 말을 하였다.

"재수 없게 새벽부터 울기는 제길, 왜 구태여 죽어 다시 태어나서 잘살아. 나는 이대로 이생에서 한번 잘 살아볼 텐데. 이 턱을 좀 봐. 오래지 않아서 이 턱 덕을 볼거야."

경춘이는 일부러 버럭 소리를 지르기는 했으나 말소리는 부드럽게 아내를 위로하는 것이었다.

"턱이? 아이고 내가 그 턱의 덕을 볼 때까지 살겠는가요."

일부러 기다란 아래턱을 아내에게 쑥 들이밀고 있는 경춘의 움쑥 들어간 뺨을 아내는 가만히 어루만졌다.

"왜 그래. 턱이 길면 늦복이 많다고 그러지 않았나. 인제 곧 늦복이 올

악부자(顎富者) **111**

거야."

경춘이는 아내의 목을 끌어안으며 팔을 동게7) 놓았다.

"오늘은 그만 일터로 가지 말았으면."

하고 경춘이 턱을 쓰다듬으며 약간 어리광 비슷이 미소하였다.

"어, 오늘은 품삯을 받는 날인데 그 대신 내일은 안 갈 테야."

"아이고."

아내는 경춘이 팔이 무거운지 한숨을 하며 움직거렸다.

경춘이도 벌떡 일어나 밖으로 나가 아침 죽을 끓였다.

솥에다 물 한 바가지를 붓고 콩나물 한 죽이8)를 썩둑썩둑 성글러9) 소금 한 줌과 같이 솥에 넣어 불을 때었다. 이것이 경춘의 그날 종일 연명할 양식이었다.

북덕북덕 끓어오르자 곧 양푼에다 퍼 담아 방 안에 들어가 대접에다 국물을 조금 떠서 윗목에 밀어놓고 자기 혼자 훌쩍훌쩍 먹기 시작했다. 돌아누웠던 아내가 경춘을 향하여 입맛을 다셨다.

저것은 병이 들어 누웠다기보다 먹지 못해 너무나 굶어서 저렇게 된 것이다. 이까짓 죽, 남의 집 개도 먹지 않는 이 나물죽이나마 저것은 한껏 먹어보지 못했으니…….

경춘이는 오늘이 처음이 아니련만 유별나게 온갖 생각이 다 났다. 그러나 그것도 오늘 돈을 타게 될 터이니까 공연히 좋아서 온갖 생각이 다 나는 거지…… 하고 생각하며 차마 걸음이 내치지 않는 것을 억지로 일터로 나가고 말았다.

---

7) 동게다: 포개다. 겹쳐 놓다.

8) 한 죽이: 두 손바닥으로 뭉쳐 쥔 정도의 양.

9) 성글다: 고기나 나물 같은 것을 듬성듬성 썰다.

패장이 경춘에게서 그의 아내가 앓는다는 이야기를 듣고 삼 원씩 꼭같이 가르는 돈을 일 원 더 보태어 사 원을 경춘에게 주었다.

"구차할 때는 서로 도와야지. 후에 갚으시면 되지 않소."

패장의 말소리가 떨어지자 웬일인지 경춘이 가슴이 덜컥하였다. 그는 깜짝 놀라며

"고맙습니다. 후일에……."

총망히 인사를 하고 불길한 느낌이 무럭 치받치며 갑자기 망치로 생철을 두들기는 것 같이 머릿속이 요란해졌다.

'아이고, 저것이 죽지나 않았나.'

그는 급히 집을 향하여 달렸다. 한참 좇다가 그는 가슴이 깨어질 것 같아 멈춰 섰다.

'아니다. 죽을 리야 있겠나.'

그는 한숨을 후우, 쉬고 그 돈을 아내에게 보일 것을 생각하였다.

'그것이 눈치채고 있지나 않는가.'

그는 또 가슴이 불안해졌다. 새벽에 다른 때보다 태도가 이상하던 자기 아내의 얼굴이 생각나며 손에 쥐었던 돈을 펴 보고 일 원짜리 한 장을 꼭꼭 접어 쌈지에다 넣었다. 하루 열 수레씩을 했으니까, 그동안 닷새 일을 했겠다.

'오륙 삼십이라, 삼 원이다. 쌀 두 되, 보리쌀 반 말. 명태 세 마리. 명태는 국을 끓이고 오늘 저녁은 쌀로만 밥을 짓고…… 내일은 쌈지의 돈을 쓸 셈치고 북촌동 의원에게 가고.'

그는 짓다를 걸으며 이런 궁리를 하였다.

이 생각 저 생각에 잠겨 있는 어느 사이에 자기 집으로 들어섰다.

'몹시 배가 고플걸…….'

그는 방 안에 들어서서 혼잣말같이 중얼거리며 윗목을 보았다. 아침에

떠두었던 죽 국물은 손도 대지 않고 그대로 있고 아내는 눈을 멀겋게 뜬 채 꼼짝도 하지 않고 누웠었다. 그는 아내 곁에 가 털벅 주저앉으며 손에 든 돈을 방바닥에 늘어놓았다. 그러나 웬일인지 입술이 딱 붙어 떨어지지 않고 눈물이 뚝뚝 서너 방울 떨어졌다. 중도에 쌀을 팔아가지고 오려다가 돈을 아내에게 먼저 보이려고 그대로 온 것이 도로 후회도 되며 또 쌈지 속에 일 원을 감추고 삼 원만 내놓는 것이 부끄럽고 죄송한 것 같기도 하고 마음이 설레어서

이까짓 돈에…….

양심과 아내를 속이고 부끄러운 생각만 하게 되고…….

그는 이점저점 슬픈 생각이 들었다. 아내가 먼저 무어라고 입을 떼어주었으면 하는 생각이 들었으나 아내는 조금도 움직이지 않고 누운 대로 가만히 그대로 천장만 바라보며 눈에서 눈물이 주르륵 흘러내려 있을 뿐이었다.

"왜 오늘은 울기만 해, 재수 없이."

경춘이는 홱 돌아앉으며 슬쩍 아내의 얼굴을 바라보았다.

"아이고."

그는 가슴이 뭉클하여 아내에게 바싹 다가앉았다. 아내는 이미 숨이 끊어져 있었던 것이었으나 경춘이는 오래도록 깨닫지 못하였다.

경춘이 머릿속에는 끊을 새 없이 생철 부수는 요란스런 소리만 나며 자칫하면 숨이 꼴딱 넘어갈 것 같았다. 숨구멍에는 바늘을 꽂은 것 같이 꼬게꼬게 아프기만 하여 휠휠 숨이 쉬이지 않았다. 그러나 그는 자꾸 걸었다.

"북촌동 박 의원 집이 어데요?"

그는 길가 사람을 보고 되는대로 물었다. 이미 캄캄 어두워진 골목을 겨우겨우 찾아 박 의원 집으로 들어갔다. 그러나 의원은 다른데 병 보러

가고 없었다.

"어데 사시는 누구신가요? 돌아오시면 곧 보내드리겠소."

의원 아들인 듯한 사람이 이렇게 말하였다. 경춘이는 또 한 번 가슴이 꽉 찔리는 것 같았다.

"네, 윤동, 저 윤동에 있어요. 김경춘이 아니 윤동에 와서 택부자 집이 어데냐고 물으면 다 알지요. 어서 보내주소. 꼭 부탁이오. 꼭 보내주시오."

경춘이는 신신부탁을 하였다. 의원의 아들은 힐끔 경춘이 얼굴을 쳐다보더니 슬그머니 입을 비싯 열며 웃음을 참았다.

"택부자 댁이라고요?"

다시 한 번 다짐을 하였다.

"네, 택부자. 꼭 부탁이오. 꼭⋯⋯."

그는 또다시 걸었다. 자기 집을 향하여 걸어가는 것이었다. 그는 아무리 생각해도 그 아내가 죽지는 않았으리라고 생각하였으나 남의 눈을 속이고 속임수를 해온 돈이라고 그 아내가 성이 나서 잠잠히 있는 것이라고만 생각하였다.

"이까짓 것. 내버리지."

그는 집에 돌아오자 또 아내를 흔들며 자꾸 말을 건넸다. 그러나 아내는 꼼짝달싹도 하지 않았다.

그는 참다못해 밖으로 뛰어나왔다. 한 바퀴 뜰을 돌고 다시 방 안에 들어가 앉으니 내버리려고 가지고 나갔던 돈은 그대로 손에 쥔 채였다.

"택부자 집이 여기요?"

의원이 찾아온 것이었다

경춘이는 멀거니 앉아 지게문을 열었다. 웬일인지 오늘은 그의 귀에 송충이같이 찡글치던[10] 택부자라는 별명이 하나도 귀에 거슬리지 않았다.

"택부자…… 네, 내가 택부자요."

그는 크게 대답을 하였다.

점잔을 빼고 방 안에 들어온 의원은 단번에 엉거주춤하였다.

"어, 벌써 글렀구려."

"엉?"

경춘이는 깜짝 놀란 듯이 목을 놓고 울기 시작하였다. 손에 쥐었던 돈을 그제야 문을 열고 힘껏 내던졌다.

≪신조선≫, 1935년

---

10) **찡글치던**: 몹시 싫어 두 번 다시 보기 싫은.

정현수鄭賢洙

'명희 이명희 씨 허위 가식.'

치과의사 정현수는 테이블 위에 접힌 채로 놓여 있는 그날 신문지 위에다 모잽이[1] 글씨로 이렇게 휘갈겨 써 보았다. 그때 건너편 기공실에서 조수로 있는 병일이가 더위를 못 이겨서 바쁘게 부채질하는 소리가 들려오자 그는 얼른 펜 끝에 잉크를 담뿍 찍어 박박 긁어낼 듯이 이제 쓴 글자를 도로 지워 버렸다. 그리고 담배를 한 개 꺼내 물고 아침에 청소한 후 아직껏 환자라고는 그림자도 보이지 않아 깨끗하게 정돈된 그대로 있는 치료실 안을 휘 한 바퀴 돌아본 후 반질반질한 치료 의자 위에다 이파리 속에 숨어 있는 봉선화 같은 명희의 환영을 그려 앉혔다.

그는 두 눈에다 모든 정력을 집중시켜서 치료 의자가 놓인 편 공간을 응시하였다.

가느다란 두 눈을 옆으로 흘기듯이 굴리며 살짝 웃는 발그레한 입술 통통한 어깨 위에다 아래턱을 얹고 몸을 쫑긋해 보이는 귀여운 표정, 겨울이나 여름이나 옥색 치마만 입으려는 그 명희의 환영에 현수는 혼을 잃고 앉아 있었다.

"명희 씨, 당신은 왜 옥색 치마를 그렇게 사랑하십니까?"

"옥색 치마를 좋아하는 것이 아니어요. 옥색이란 그 빛깔이 좋아요."

"왜 구태여 옥색입니까?"

---

1) 모잽이: 옆의 방향.

"모르겠어요. 어쩐지 옥색을 보면 천변만화하는 이 세상에서 영원과 무궁이란 것을 가르쳐주는 것 같아요."

"그럴까요. 나는 흰빛과 새까만 흑색이 더 좋던데요. 옥색은 곧잘 변하지 않습니까?"

"사람의 손으로 된 옥색이야 잘 변하지요만, 저 광대무변의 하늘색이야 어디 변합디까? 구름이 끼고 밤이 오고하면 없어지지만 그것은 다만 우리의 육안이 보지 못함에 불과하지 않아요. 비록 내 치마에 들인 하늘빛이 변하여 누렇게 된다 하더라도 내 마음속에 비치어 있는 그 맑은 옥색. 하늘색, 저 바닷물색이야 변할 리 있어요."

"분홍색은 어떻습니까?"

"아주 싫어요. 아무리 고운 꽃이라도 그 색깔이 붉은 계통의 것이나 노란 계통의 것이라면 아주 싫습니다. 나는 작년 봄부터 푸른 꽃, 즉 옥색 꽃을 찾아보려고 높은 산으로 저 먼 들 끝으로 쏘다녀 보았어요. 그래도 없더구만요."

"옥색 꽃쯤이야 꽃 장삿집에 가보면 더러 있지요."

"그렇습니까? 나는 암만 찾아봐도 없어서 아주 낙망을 했었어요."

"왜요?"

"허위와 가식만으로 된 이 세상을 저주하는 나의 동지가 하나도 없는 것 같아서요. 푸른 꽃은 많은 꽃 중에도 가장 심각한 진리의 탐구자같이 생각되어요."

"그렇습니까. 나는 새까만 꽃이 있다면 더 심각한 맛이 있어 보이겠데요."

현수는 명희와 며칠 전에 이러한 대화를 하던 것이 생각나며, 눈이 스르르 감겼다.

"아아."

그는 버럭 속이 상한 듯이 갑자기 벌떡 일어섰다.

네, 그렇습니까. 나도 푸른 저 하늘색과 저 망망대해 그 물빛을 사랑합니다. 이놈의 세상은 허위와 가식으로만 된 사회입니다. 모조리 초라니[2] 탈을 쓴 놈의 사회이지요. 참다운 인간의 사회가 아닙니다, 라고 왜 내 속맘을 그대로 솔직하게 말 하지 않았던가. 그는 나와 이상을 같이 하는 유일한 동지이다. 그렇다. 명희 씨는 천박하게 입으로나 행동으로써 나를 사랑한다는 표현을 하지 않는다. 나도 그렇다. 결코 서로의 맘속을 말하지 않겠다. 그러나 그의 맘 안에는 나라는 이 정현수가 꽉 차있다. 뻔뻔스럽게 무슨 자랑같이 맘속을 서로 고백할 수는 없는 것이야. 세상 놈들은 부끄러워서 어떻게 당신을 사랑합니다, 라고 고백을 하는지.

현수는 팔짱을 끼고 턱 버티고 섰다.

'이 세상에서 심각한 진리를 탐구하여 마지않는 사람은 오직 명희 씨와 나뿐이다. 그는 옥색을 사랑한다. 무궁무진한 광대무변의 우주 끝까지 비치는 그 파란색을 사랑한다. 저 망망한 바다색도 파랗다. 오! 아니다. 아니다. 그렇다, 참! 현해탄은 바다라도 왜 물빛이 검을까!'

현수는 갑자기 이런 엉뚱한 생각이 들자 뚜벅뚜벅 걸어서 거리로 향한 창턱에 가 턱을 괴고 기대섰다.

거리에는 오후 세 시의 뜨거운 태양이 불같이 내리쪼이고 있는데 한 대의 택시가 기운 좋게 좇아가고 있었다. 바람결이라고는 실낱만 한 것도 살랑하지 않고 택시가 지나간 뒤에 일어나는 뿌연 먼지는 지옥에서 타오르는 유황 불꽃같이 거리를 휩싸 덮었다. 길 가던 가지각색 사람들은 모조리 외면을 하며 먼지를 피했다. 그런데 한 늙은이, 촌이라도 아주

---

2) 초라니: 하회 별신굿 탈놀이에 등장하는 인물의 하나. 양반의 하인으로 행동거지가 가볍고 방정맞다.

구석진 촌에서 기어 올라온 듯한 텁텁한 옥색 두루마기에 큰 갓을 쓴 보천교도[3]인 듯한 그 늙은이는 유별나게도 그 더러운 먼지에는 전혀 무관심하고 아래턱을 쑥 내밀고 입을 헤벌린 채 찬란한 거리의 좌우에 정신을 잃고 두리번두리번하며 천천히 걷고 있었다.

명희가 좋아하는 옥색 두루마기를 입은 탓인지 현수는 그 늙은이가 입을 벌리고 더러운 먼지를 죄다 마시는 것이 안타까웠다.

"저런 멍텅구리 자식. 목구멍에 먼지 들어가는 줄도 모르고, 에 속상해. 아, 그래도 주둥이를 닫지 않네."

그는 아주 성이 나 꾸짖듯 중얼거리며, 쫓아가 그 늙은이의 아래위턱을 한주먹 갈겨 철커덕 붙여 주고 싶어 가슴이 스멀거렸다. 그러나 그 촌 늙은이는 한결같이 입을 벌린 채 저편 구비를 돌고 말았다.

현수는 얼른 테이블 곁에 달려가 부채를 집어 활짝 펴들고 설렁설렁 부치며 또다시 창턱에 가 턱을 괴고 기대섰다.

'그놈의 자동차, 건방진 놈의 자동차. 누구 한 사람들에게 미안하다는 인사도 없이 온 길거리를 제 혼자 독차지나 한 듯이 의기양양하게 맘대로 쫓아다니누나. 횡포무례한 놈의 새끼.'

그는 갑자기 무럭무럭 분노가 타올랐다.

넓은 길바닥을 제집 뜰같이 네 활개를 치고 쫓아 달아나는 자동차들이 횡포무례 막심하게 보여서 당장 달려가 시비를 하고 싶었다.

현수는 자기 맘속을 표현하기 어려울 때나, 분이날 때나, 기쁠 때나, 어색할 때나, 또는 너무 감격할 때에는 반드시 목에다 잔뜩 힘을 주며 턱을 앞으로 높게 길게 치켜 빼 올리고 다섯 손가락을, 따로따로 쫙 벌리고서 '칼라' 안에다 둘째 손가락만 꼬불탕하게 넣어서 목울대 곁을 가만가만

---

3) 보천교도: 증산교도.

긁는 것이 버릇이었다. 그는 지금도 쫙 벌린 오른손 둘째 손가락으로, 쭉 빼 올린 목울대 곁을 두어 번 가만가만 긁었다. 그리고

"휴우."

한숨을 한바탕 한 후 다시 창턱에 기대섰다. 그때, 길거리에는 고삐를 잔뜩 잡힌 말 한 마리가 헐떡거리며 짐 구루마를 끌고 지나갔다. 현수는 또다시 감개무량하여 설렁거리던 부채를 접어 문턱을 탁 치며,

"어 가엾어라. 저놈의 말이 왜 저 모양이야. 그만 뚝 떼어 달아나지 않고, 한 발만 걷어차면 나군더러질 사람 놈에게 일부러 매달려 저런 고생을 하는구나. 어, 빌어먹을 놈의 말 새끼."

하고 부르짖었다. 또다시 그의 속은 버럭 상하며 가슴이 설레었다.

'아니다. 저 말이 멍텅구리가 아니다. 그렇다. 그는 힘없는 사람 놈들을 위하여 자기의 한 몸을 희생하고 있는 것이다. 악칙한 사람 놈들은 고마운 줄도 모르고 순종하면 할수록 자꾸 더 두들겨 부리겠다.'

현수는 대가리를 꾸벅거리며 수레를 끌고 가는 그 말이 흡사 명희와 자기 같은 생각이 들었다.

'이 망할 놈의 세상에게 희생해주는 것이 옳은 일일까. 아니다 아니야. 과거의 인류 역사란 고삐에 나는 단단히 묶여 있다. 나는 용감하게 묶은 줄을 끊고 일어서야 한다. 이 현실에 희생한다는 것은 조금이라도 더 이 더러운 현실을 조장시킴에 불과한 것이다.'

그는 주먹을 쥐고 문턱을 탁 치려다가 말고 그 손을 쫙 펴가지고 목울대를 가만가만 긁었다.

'그러나 참는 것이다.'

그는 다시 창턱에 기대섰다.

'아니, 이 자식 무엇이 어째. 인간이란 본래 허위, 가식으로 된 거야. 죽어 없어지기 전에는 이 세상, 면천은 못하는 거다. 아니다. 이 자식이 무

슨 이런 생각을 해. 참으로 인간이란 허위 가식을 버리지 못한다면 나는 이놈의 세상에는 살아 있지 않을 테다. 아니다. 그렇지도 않은 것이다. 말똥에 굴러도 이생이 좋다는데…….

그는 다시 부채를 설렁설렁 부치기 시작하였다.

'에이, 공연히 온갖 오라질 생각을 다 하는구나. 차라리 저 말 새끼 놈이 나보다 행복하다. 이따위 밑도 끝도 없는 생각도 할 줄 모르고. 아니다, 말 새끼같이 무의무식하다면 나을게 뭐있나. 그렇지도 않다. 마찬가지다. 말도 무슨 번민이 있는지 알 수 있나. 어떻게 해서든지 돈이나 좀 있었으면 형님의 은혜를 조금이라도 갚아야겠는데.'

현수는 자다 깬 사람처럼 창턱을 떠났다.

"선생님, 손님 오셨습니다."

그때 기공실에 있던 병일이가 바쁘게 뛰어나오며 낭하에 선 중년 신사 한 분을 치료실 안으로 안내해 드렸다. 사흘 만에 처음 대하는 손님이다. 병일이는 부리나케 신사에게 치료 의자를 가리키고 컵에 물을 떠서 들고 섰다. 현수는 뻣뻣하게 선 채 움쩍도 하지 않았다.

'더러운 이놈 정현수야, 제 돈 벌기 위하여 살살 쥐새끼처럼 손님에게 아첨을 하려느냐.'

그는 창턱에서 돈을 벌겠다고 생각하던 자기의 가슴을 쥐어뜯고 싶을 만치 구역이 났다.

현수는 치과 의원을 개업한 지가 이년이 넘었으나 한 번도 양심에 거리끼는 치료를 해준 적이 없었다. 그는 환자를 대해 어느 사이엔지 자기란 것은 없어지고 마는 동시에 치과의사란 것이 자기 직업이란 것도 잊어버리고 마는 것이었다. 개업 시초에는 꽤 많았던 환자가 차차 줄기 시작하여 이해부터는 일주일에 겨우 두셋 손님이 있을 뿐이었다.

그러나 이것은 현수의 치과의로서의 기술이 부족함도 아니요, 성의 없는 무책임한 치료를 하는 까닭도 아니었다. 단순히 현수가 환자의 비위를 맞추어주지 않는 까닭이었다. 그것도 현수가 거만스러워 그런 것이 아니라 맘속으로는 백배천배 친절하나, 다만 입으로나 행동을 표현하기가 가식 같아서 언제든지 침묵하고 있는 까닭이었다. 세상 사람이란 우선 눈앞에 살랑거리는 감정에만 흐르는 것이라 참으로 정성껏 장래성 있는 치료를 해 주는 현수는 알아주지 않는 것이었다.

그러므로 조수인 병일이는 마치 어진 아내처럼 충고도 하고 타이르듯 달래기도 하면

"글쎄, 주의할 테요."

하고 대답은 시원스러우나 다음에 환자가 오면 컵에 물을 떠서 환자의 입에 대어 주기가

'이놈 돈벌이하려고 손님에게 아첨하는구나.'

하고 바라보는 것 같아서 컵을 배타기排唾器위에 철커덕 놓고

"양치하시오."

하고 명령하듯 버티고 서버리는 것이었다.

이러한 현수의 성미를 잘 아는 병일이는 오늘 또 손님과 무슨 충돌이 생길까 해서 미리 겁을 내었다. 그것도 손님이 돈푼이나 있어 보이는 사람이면 반드시 한 번씩 충돌이 일어나는 것임을 잘 알고 있는 까닭이었다.

'설마 저도 사람이니까.'

병일이는 이렇게 속으로 중얼거렸다. 벌써 삼 개월째 수중에서 낙찰이 된 현수의 속판을 아는 그이었던 까닭이다.

병일이는 미리 현수에게 슬금슬금 시선을 보내서

"먼저 양치부터 해보실까요."

하고 신사에게 친절하게 서비스를 했다.

신사는 묵묵하니 서 있는 현수를 힐끔, 바라보며 입안을 씻은 후 뒤로

젖혀 누우며 입을 벌렸다.

"어째서 오셨습니까?"

현수는 그제야 치료 의자의 곁에 다가서며 탐침探針에다 탈지면을 획획 감아 조그마한 면구綿球를 만들며 퉁명스럽게 물었다. 신사는 좀 이상하다는듯한 표정으로

"이가 아파 왔지요."

하였다.

"어, 그런 줄이야 모르겠습니까."

현수는 여전히 면구만 만들며 태연스럽게 푹 쏘았다.

"······."

신사는 성이 불쑥 났는지 잠자코 벌떡 바로 앉았다.

'이크, 또 야단나는구나.'

병일이는 입맛을 다시며 얼른 곁에 가 섰다.

"허허허. 많이 아프셨습니까? 전에는 어디서 보이셨어요."

현수는 병일의 시선과 마주치자 이렇게 어색한 웃음을 웃으며 치경齒鏡을 들고 허리를 구부렸다.

신사도 입맛을 다시며 입을 벌렸다.

"아하 이것이로구만요. 많이 아프셨습니다. 왜 이렇게 나빠지도록 그대로 두셨습니까. 미련하게 그대로 두면 나을 줄 아셨어요?"

현수는 그만두어도 좋을 말이었지만 신사에게 턱없이 머리를 숙이면 아첨하는 것 같이 보일까 봐 일부러 되는대로 중얼거렸다. 신사 얼굴에는 불쾌한 빛이 역력히 떠올랐다.

"자, 이러니 아프십니까?"

현수는 치경으로 새까맣게 구멍이 뚫어진 어금니 한 개를 두서너 번 똑똑 두들겼다.

"아야, 아야."

신사는 버럭 소리를 지르며 입을 다물려 했다.

"그까짓 것이 무엇이 아파요."

현수는 신사의 붉어져 가는 얼굴에는 무관심하고 열심히 않는 이를 치료하기 시작하였다.

그는 이 실는 엔진을 들고 신사의 입안을 긁기 시작한 지도 한 시간이나 되었다. 병일이는 벌써부터 혼자

'오늘은 대강 해가지고 보낸 후 내일 또 오라면 어떤고.'

하고 속을 졸이는 판인데 다른 환자가 또 하나 들어왔다. 그러나 현수는 신사 입안에서 엔진을 떼지 않았다.

다른 의사 같으면 십오 분 내외에 마치고 며칠이든지 끌며 치료를 시켜 돈을 버는 것이었으나 현수는 그렇지 않았다. 아무리 오래 치료를 해 주고 공력을 많이 들여도 초진비로 오십 전밖에 받지 않는 것이었으나 그는 자기의 직업의식을 떠나 손님 본위의 치료를 해 주는 것이었다.

등에서는 땀이 개울물 같이 쏟아 내리면서도

'더운데 손님이 며칠이나 어떻게 치료받으러 다니겠나. 될 수 있는 대로 단기일에 마쳐야지.'

하는 생각에 자기의 전심전력을 기울여 열심히 치료를 하며 시간 가는 줄 모르고 있었다.

"아마도 내 이는 충치가 아니라 풍치인 듯한데 웬 치료를 이렇게 오래 하십니까?"

신사는 현수의 마음속과는 반대로 기술이 부족하여 오래 끄는 줄만 알고 이렇게 화를 내었다.

"풍치라요? 아닙니다. 충치올시다."

현수는 너무나 세상 놈들이 자기의 맘을 몰라 주는 것이 쓸쓸하였다.

자기가 정성껏 해 주면 해 줄수록 세상 사람들은 그를 원망하는 것이 쓸쓸하였다.

"그래도 아픈 품이 풍치라오. 그만해두시오."

신사는 지지 않으려는 듯이 말했다. 현수는 불뚝 성이 났다.

"아, 당신이 의사입니까. 어떻게 풍치인 줄 단정하시오. 충치라면 충치로 알 것이지 어째서 풍치란 말씀이오."

현수는 엔진을 쥔 채 이렇게 꾸짖듯 버티고 섰다.

"에, 여보, 그만두오."

신사는 그만 벌떡 일어서고 말았다.

"아니 여보시오. 잠깐만 앉으시오. 그대로 두면 또 앓습니다. 우선 약솜이라도 막아가지고 가시오."

현수는 예사라는 듯이 태연한 얼굴로 신사의 팔을 잡았다.

"그만두오. 당신만이 치과의사가 아니오. 그대로 참고 있으려니 점점 더 불친절한 소리만 탕탕 하는구려."

신사는 기어이 치료 의자 아래로 내려서고 말았다. 현수는 그제야 불뚝 성을 내며 신사의 팔을 꽉 잡고

"여보시오. 아니 이 못난 자식, 잠깐만 참으라면 참아 보는 것이 신사이지 무슨 변덕쟁이가 이 모양이야. 잔말 말고 도로 앉아라. 그대로는 내 목이 떨어져도 못 보내겠다."

"아하, 이 자식, 정신병자로구먼. 이것 못 놓을 텐가?"

신사는 금방 주먹이 올라갈 것 같이 식식거리며 입술이 파래졌다.

"어허, 그러지 말고 도로 앉아라. 한번 내 손으로 치료하던 것을 그대로 무책임하게 네놈이야 죽든 살든 내버려두지 못하는 것이 내 성격이다. 좌우간 우선 분은 참아 두었다가 이 치료나 하거든 격투라도 하자."

현수는 두 눈을 부릅뜨고 한결같이 우겨댔다.

"아! 이런 봉변이 어디 있나, 이런 망할 놈이."

신사는 덜덜 떨며 분을 내었다.

"이 자식, 너만 분하냐. 나도 분해 죽겠다. 어서 치료를 하고 격투하자. 어, 분해."

현수의 기세는 점점 올라가고 있었다.

"선생님, 참으십시오. 의사 선생님은 본래부터 성질이 이렇습니다. 잘 이해하시고 보시면 결코 노하실 것이 아닐 것입니다."

병일이도 속이 상해 바라보고만 있다가 마지못해 신사의 앞에 가 빌었다. 현수는 이윽히 신사의 팔을 붙들고 있다가 한 걸음 물러서서 팔을 놓았다.

"잘못했습니다."

현수는 신사의 앞에 머리를 숙였다. 그의 가슴속에서 의사로서 자기의 태도가 잘못이었음을 뉘우쳤던 까닭이었다.

신사는 이 아프던 것을 생각하고 그대로 가기가 위험하게 여겨졌는지 마지못한 척하고 도로 걸터앉았다.

현수는 아주 기쁜 듯이 다시 엔진을 들고 치료를 시작했다. 먼 데 있는 사람의 흉이나 보듯 그는 궁청궁청 신사의 욕을 해 가면서도 늘 싱긋싱긋 웃었다. 신사도 처음엔 욕이 나올 때마다 분을 내더니 차차 성이 풀리며 픽 웃었다.

"어, 인제 다 되었습니다. 그렇게 가시고 싶은데 얼른 가십시오. 애인이 기다리십니까?"

현수는 신사를 치료 의자에서 내려놓은 후 소독수에 손을 씻었다.

"그만치 해 놓았으니 이제는 누구에게 가서 마저 치료를 하셔도 좋습니다."

그는 양심에 거리낌 없는 치료를 하고 난 것이 기뻤다.

"얼마요?"

신사는 지갑을 꺼내 들고 병일에게 물었다.

"돈, 일없다. 이 자식 어서 가거라."

현수는 돈 말이 나오자 또 성을 내며 와락 신사를 밀어 도어 밖으로 몰아낸 후 안으로 잠그고 말았다.

현수는 얼른 창턱에 가 기대서서 허리를 창밖으로 빼내었다. 도어 밖에 멍하니 섰던 신사는 조금 생각하더니 천천히 걸어서 저편 길 굽이로 돌아가려다가 현수와 시선이 마주쳤다. 현수는 얼른 코 위에다 편 손을 세우고

"코 쌌소."

를 해보이며 장난꾸러기 어린아이같이 웃었다. 신사는 깜짝 놀란 듯이 두 눈이 휘둥그레지더니 '그놈 미쳤군.' 하는 표정을 짓더니 픽 웃고 가 버렸다.

웬일인지 현수의 가슴은 갑자기 쓸쓸해졌다.

"저 자식도 점잖은 사람 놈이로구나."

어린이 같았으면 저도 코 쌌소를 해 보이고는 웃고 갔을 것이다. 이후에 만날 때도 체면 사과도 없이 그대로 전같이 놀 것이다. 저놈도 본래는 단순하고 천진스런 어린이였을 것이다. 나이가 들면 왜 점잖은 가면을 써야 되는고.

그는 길게 탄식하며 창문을 떠났다.

"선생님 왜 그랬습니까. 그만 대강해서 보냈으면 될 것을 다른 환자도 왔다가 그대로 가 버렸어요. 이제는 그만 이 병원도 지탱해나갈 수 없을 것 같습니다."

하고 병일이는 바가지를 긁기 시작하였다. 과연 아까 왔던 환자는 가 버리고 없었다.

현수의 형 되는 찬수는 사흘 전부터 앓아누워 있었다. 현수는 한 지붕 아래서 오늘까지 신세를 입고 있을 뿐 아니라 그 형의 힘으로 학교 졸업도 했고 치과 의원도 내놓았던 것이요, 늘 결손해 오는 현수에게 눈살 하나 찌푸리지 않고 돌보아주는 그 형이었다. 그러나 이 두 형제는 한자리에 앉아 정답게 이야기 한 번 하지 않았다.

서로 이야기할 일이 있으면 찬수의 부인이 중간에서 이편저편의 의견을 소통시키는 전화통이 되는 것이었다.

길거리에서 서로 만나도 생면부지의 딴 남같이 본체만체하며 먼 여행에서 돌아와도 서로 시선만 마주쳐 보고는 그만이지 입 한 번 떼는 일이 없었다.

그러므로 그 형의 힘으로 살아오는 현수임을 잘 아는 남들은 현수를 체면도 염치도 없는 미련꾸러기라고 하였다.

"형님이 앓아누웠는데 한 번쯤은 들어가 보세요."

현수의 형수 되는 부인은 체면 차릴 줄 모르는 시동생이 얄밉다기보다 남편 보기 민망하여 어떻게 하더라도 병실에 한 번 들여보내려고 애를 썼다.

현수는 묵묵하니 서서 움직이지도 않았다.

"형님이 저러다가 죽으면 어쩔 테요?"

"형님과 원수졌어요?"

"형님은 늘 아우님을 찾는데!"

이 말을 듣자 현수의 얼굴은 비틀려지며 턱을 아주 쭉 빼 올리고 목울대를 긁고 나서

"글쎄, 형님 보고 아무 할 말도 없는데."

하고는 꽁지가 빠지라고 자기 방으로 달려가고 말았다.

그는 자기 형이 앓아누운 것을 처음 보는 까닭에 온갖 불길한 것이다

생각이 나며 조금도 맘이 가라앉지 않았다. 손님도 없는 치과 의원에 나와 앉았다 섰다 촐급4)만 내다가 저녁에 집에 돌아가도 남 보는 데는 자는 척만 하고 누웠다 앉았다 가슴을 졸이는 것이었다.

아침을 먹은 후 혼 잃은 사람같이 치과 의원으로 나온 현수를 보고

"병환이 어떠십디까?"

하고 병일이는 한 번도 병실에 들어가지 않는 현수를 잘 알고 있으면서도 일부러 캐묻는 것이었다.

"모르네, 죽을지도 알 수 없지."

현수는 금방 울 것 같이 말소리가 떨렸다.

"무슨 그런 말씀을, 오늘도 별로 손님이 없을 것입니다. 돌아가서서 간호나 하시지요."

병일이는 넌지시 충고를 하였다.

"볼일도 없이 뭣 하러. 간호는 형수씨가 하는데"

"그래도 곁에 가서 계시면 좋아요."

"무엇이 좋아, 간사하게. 내가 곁에 있으면 나은가. 나는 부끄러워 못 가."

"선생님 친형님 앓으시는데 가 보는 것이 부끄러워요?"

"싫어, 그런 간사스런 말은 말아 주게. 자네 얼른 집에 가서 책 하나 가져오게."

"네."

병일이는 마지못해 일어서며

'공연히 환자 염려가 되니까 집에 가 보구 오라는 거지 뭐, 책은 무슨 오라질 이름도 없는 책이 있어.'

---

4) 촐급: 심하게 조급증을 내는 것.

하고 속으로 중얼거리며 밖으로 나갔다. 병일이는 찬수가 앓아누운 날부터 하루에 수십 차례씩 이런 애매한 심부름을 가는 것이었으므로 현수가 무턱대고 책 가져오라는 그 진의가 어디 있다는 것을 잘 알았다. 그래서 병세만 물어가지고 얼른 돌아오면 현수는 판에 박은 듯이 벌떡 일어나며

"형님 죽겠다던가?"

하고 진땀을 흘리는 것이었다. 병일이는 일부러

"책은 무슨 책을 가져오랬어요. 깜박 잊었습니다."

하고 엉뚱한 대답을 하면

"이 사람 정신 잃었구나. 누가 무슨 책이야, 형님이 어찌 됐어?"

하고 화를 내었다.

"선생님이 가 보십시오. 묻지 않고 왔습니다."

하고 병일이는 깜찍스런 여인같이 살살 피하면 그는 당장에 뒹굴며 고함을 칠 것 같이 분을 내어 빙빙 한바탕 돌다가는 다시 책 가져오라고 야단을 하는 것이었다.

그는 병일에게 형님 병세를 물어오라고 하기가 부끄러웠던 것이었다.

찬수가 앓아누운 후 현수는 밥 한술 목구멍에 넘어가지 않고 잠 한숨 자지 않았으므로 비록 병실에 들어가지는 않아도 그 염려하는 꼴은 곁에 사람의 눈에도 겁이 날 만하였다. 그의 얼굴은 여위고 입술은 부르터 오르며 두 눈은 충혈되어 바로 뜨지 못하였다.

찬수가 누운 지 닷새째 나는 날이었다.

현수는 일부러 아침밥을 먹는 척하고 신문지에다 밥을 절반이나 덜어서 둘둘 뭉쳐놓고 상을 내보낸 후 치과 의원으로 곧 나갈 것같이 일부러 바쁜 척하고 서두르며 안방 편만 자꾸 바라보고 있었다.

찬수의 부인은 안방에서 이 눈치를 채고 얼른 현수의 방으로 건너왔다.

"인제는 안심하십시오. 애들 아버지가 이제 좀 열이 내렸습니다. 장질부사[5]가 아니라 몸살이었던가 봐요."

하고 보고를 하였다. 찬수 부인은 현수를 슬쩍 보기만 하면 그의 속마음을 다 알아채는 것이었다.

그가 아무리 묵묵하니 서 있어도

'옳다, 병세가 알고 싶구나.'

하고 알아채고는 진작 보고를 해야 되는 것이었다.

그러나 현수는 못 들은 척하고

"좀 낫다고 자꾸 밥이나 꾸역꾸역 먹이지 마시구려."

탁 뱉듯이 한마디 집어던지고 꽁지가 빠지게 달려 나가고 말았다. 찬수 부인은 그래도 픽 웃으며

"별난 성질도 다 보겠다. 염려는 죽도록 하면서도 왜 싱구이[6] 남에게 나타내 보이기 싫어하는지."

하고 건너가고 말았다.

현수는 급히 치과 의원으로 나갔다. 그의 어깨는 날아갈 것같이 가뿐하였다.

그 형의 병실에 들어가 보기는 아첨하는 것 같아 싫었으나 이미 병이 차도가 있다는 말을 듣고 나니 와락 그 형의 얼굴이 보고 싶어 견딜 수가 없었다. 그는 참다못하여 자기 집으로 달려갔다. 그는 뒷문으로 몸을 숨기고 엿보니 그의 형수는 안방에서 누워 있고 어멈은 툇마루에서 약을 짜고 있었다. 그는 사람 죽이러 가는 자객과 같이 날래게 몸을 날려 병실인 뒷방으로 달려들었다.

---

5) 장질부사: 장티푸스.

6) 싱구이: 기어코. '싱고이'라고도 함.

그 형은 감았던 눈을 스르르 뜨면서 현수를 바라보았다. 현수는 며칠 사이에 수척해진 그 형을 바라보자 가슴이 금방 깨어질 것 같이 아팠다. 그는 묵묵하니 윗목에 가 버티고 서 있었다.

"네 얼굴이 왜 그 모양이야. 밥을 잘 먹어야 한다. 덥다 나가거라. 나는 곧 낫겠지."

찬수는 돌아누우며 이렇게 띄엄띄엄 말하고 입을 닫아 버렸다.

"네 형님, 저."

현수는 주먹만 한 눈물을 한 방울 툭 떨어뜨리며 목울대를 박박 긁고

"저, 염려 없습니다."

현수는 더 입을 뗄 수가 없어 얼른 병실을 나서고 말았다. 불과 이 분간의 병문안이었다.

그는 마루 한옆에서 눈물을 이리저리 닦았다.

"약이 다 됐어요."

어멈이 약대접을 들고 찬수의 부인을 깨우자 현수는 마루 한옆에 비켜서 몸을 숨겼다.

"현수 얼굴이 왜 그 모양이야."

찬수는 약을 가지고 들어간 그 부인에게 버럭 소리를 질렀다.

"왜 반찬을 주의해 먹이지 않았어? 사람이 영 죽게 되었더구나."

찬수는 약을 받아들고는 고함을 치며 부인을 꾸짖었다. 현수 가슴은 뜨거운 총알을 맞은 것 같았다. 그는 달음박질로 치과 의원으로 달려가 치료 의자에 가 털썩 주저앉으며 목을 놓고 엉엉 울기 시작하였다.

현수를 찾아왔던 명희는 병일이와 기공실에 있다가 깜짝 놀라 달려왔다.

"어 엉엉, 엉⋯⋯."

현수는 자꾸 울기만 했다.

"왜 이러십니까?"

"무슨 일이에요?"

명희와 병일이는 질겁을 하며 어리둥절하였다.

"형님, 엉엉, 형님."

그는 울면서 가슴으로 부르짖었다. 허위와 가식으로 된 이 세상에서 절망하고 저주하던 현수는 자기 형에게서 비로소 거짓이 없는 진실한 참다운 사랑을 보았던 것이었다.

"명희 씨, 우리 형님이 좀 나으십니다."

현수는 이윽히 울다가 감격에 떨며 고개를 명희에게 들었다.

"그러세요. 왜 우셨나요?"

현수는 대답 대신 명희의 가느다란 두 눈을 바라보며

"명희 씨, 저하고 결혼합시다."

하고 두 팔을 내밀었다.

"아이, 선생님도."

명희는 깜짝 놀란 듯이 얼굴을 찌푸렸다.

그제야 현수도 자기가 한 말에 스스로 놀랐다.

무의식간에 나온 말이었던 까닭이었다. 절망하였던 현실에서 새 광명을 보는 감격에 꽉 찬 현수의 이 한 말은 시인의 입에서 무의식간에 흘러나오는 즉흥시와도 같은 것이었다.

"명희 씨, 나는 우리 형님이 나를 사랑하는 것같이 당신을 사랑합니다."

현수는 이 말로써 자기가 얼마나 명희를 사랑한다는 것을 충분히 표현한 것으로 믿었다.

"아이, 선생님, 그 무슨 말씀이에요. 전 몰라요."

명희는 새침하여 문 밖으로 사라져버렸다.

현수는 이상하다는 듯이 벌떡 일어섰다.

"명······."

그는 명희를 부르려다가 입을 다물고 말았다. 그의 눈앞에 며칠 전에 싸움한 그 신사가 우뚝 서 있는 것이었다.

현수의 두 눈은 핑 도는 것 같았었다.

'모두가 말뿐이야. 말이란 것으로 공연한 이유를 붙여 제가 제일 옳다고 야단들이지. 명희가 다 뭐냐. 나 혼자 남달리 심각한 사상을 가졌다고 고집하며 세상을 욕했지만 모두가 잘못이었다. 이 세상이 나를 제일가는 위인이고 성인이고 부자고 미남자라고 하며 꾸리하게 되지못한 생각들은 하지도 않을 것이다. 모두가 이 내 못난 짜증이었지. 아니 내 못난 것을 자위하려는 비루한 수단으로 끌어다 붙인 이유겠지.

공연히 저 신사와 싸움을 했구나. 형님 병실에 자주 가 보는 것이 왜 부끄럽겠나, 남다른 생각을 한다는 것이 진리가 아니다. 진리란 것은 내가 미워하는 허위 가식으로 된 세상에 있다.'

그는 가슴속으로 부르짖었다. 푸른 꽃을 좋아한다는 그 명희의 남다른 말에 혼을 잃고 있던 자기가 우습게 생각되며 제법 태를 빼물고[7] 나가 버리던 그 명희가 아니꼽게 여겨졌다. 그는 얼른 신사의 앞으로 머리를 숙이며

"그저께 실례가 많았습니다."

하고 사죄를 하였다.

"네?"

신사는 놀란 듯이 현수를 바라보았다.

"그런 헛인사는 그만둡시다. 나는 무조건하고 당신의 성격이 맘에 듭니다. 자 이제부터는 서로 좀 친해 봅시다."

신사는 쾌활하게 웃었다. 현수는 어리벙벙하여졌다. 두 번 다시 오지

---

7) 태를 빼물다: 고상한 척 티를 낸다는 뜻.

않으리라고 생각하고 욕했던 신사는 다시 오고 믿었던 명희는 가 버렸다. 그는 신기한 새 세상에 들어서는 것 같이 가슴이 탁 트이며 시원하였다.

"자, 이리 앉으십시오."

현수는 치과 의원 개업 이후 처음 보는 명랑한 얼굴로 친절하게 신사를 치료 의자에 앉혔다.

"자! 양치합시다."

그는 컵의 물을 신사의 입에 대 주려다가 깜짝 놀란 사람처럼 컵을 배타기 위에 턱 놓았다가 다시 벌떡 들어 신사의 입에 대려 하였다.

"저번 치료한 후 아주 이가 아프지 않아요."

신사는 현수가 망설이고 있는 컵을 받아들었다.

"네."

현수는 무턱대고 길게 크게 한숨 하듯 대꾸를 하고 똑바로 서서 턱을 쭉 빼 올린 후 목울대를 가만가만 두어 번 긁었다.

≪조선문단≫, 1935년

의혹의 흑모黑眸

　동경 일비곡 공원 남쪽 뒷문을 나와서 큰길을 하나 넘으면 남좌 구간
정으로 뚫린 길이 있다. 이 길을 조금 가면 오른편 뒷길에 문화 아파트먼
트의 큼직하고 산뜻한 삼 층 건물이 보인다. 이 아파트는 아래층이 통틀
어 자동차 수선소와 택시 차고로 되어 있는 까닭에 그 앞길을 지나는 사
람이면
　"우룩! 우루룩! 땅땅!"
하는 요란스런 자동차 수선하는 소리에 으레 한 번씩은 바라보고 지난다.
　학기말 시험도 무사히 끝난 삼월 제삼 일요일에 성수와 연주, 연순이
세 사람은 일비곡으로 놀러 왔다가 우연히 이 길을 지나가게 되었었다.
　"우룩! 우루룩! 딱! 땅!"
　요란스런 소리에 무심코 바라본 것이었다.
　"아이고, 아파트."
　연순이가 먼저 멈칫하였다.
　"글쎄, 마루노우치[1]가 가까우니까 샐러리맨들을 위해서 지어놓았구
면."
　성수도 잠깐 머물러 섰다.
　"여기 같으면 아주 조용하겠네. 들어가 봅시다. 안성맞춤 격으로 빈방
이 있을지 알 수 있어요?"

---

1) 마루노우치(丸の内): 동경에 있는 거리. 관공서와 대기업 건물이 많다.

연순이는 두 사람의 동의도 얻지 않고 제 혼자 앞서서 아파트로 들어갔다. 두 사람들도 마지못하여 연순이 뒤를 따랐다.

아파트 감독인 듯한 노파는 세 사람 아래위를 한 번 훑어보더니 무척 애교있는 말씨로

"어디 근무하십니까?"

하고 물었다.

"아니, 우리들은 학생입니다. 매우 조용해 보이기로 공부하기에 좋을 듯해서요."

"오. 그렇습니까. 참 조용하지요."

학생이란 말에 노파는 아주 반겨했다.

"이 층은 대소 합하여 삼십 개요, 삼 층은 스물다섯이어요. 그리고 옥상은 바람도 쏘이고 할 정원이외다."

설명을 하며 세 사람을 인도하여 고루고루 구경을 시킨 후

"이 방이 지금 비었는데요."

하고 삼 층 남편으로 있는 5호실과 8호실 두 방을 열어 보였다.

"아이고. 전망도 좋고. 공기 통내도 좋고, 햇볕도 잘 들고. 아주 죄다 좋구먼요. 당장 옮겨 옵시다."

연순이는 무척 이 아파트가 맘에 들어 했다.

"글쎄."

성수와 연주도 맘에는 들어 보이나 연순이처럼 좋아하지는 않았다.

"모두 싫다면 나 혼자 올 테야."

연순이는 벌써 옮겨올 작정을 하였다.

"우리 아파트에는 불량한 사람은 들이지 않습니다. 아가씨 혼자시더라도 내가 할머니처럼 감독을 하니까 조금도 염려 없습니다. 베드도 싱글, 더블 맘에 드시는 대로 몇 개든지 드릴 테니…… 호호."

노파는 성수를 바라보며 의미 있게 웃었다. 이 아파트는 양식인 까닭에 침대 생활을 해야 되는 것이었다.

"좌우간 방세는 얼마요?"

"네, 5호실은 삼십 원, 8호실은 삼십오 원입니다."

세 사람은 서로 얼굴을 쳐다보았다. 학생의 신분으로는 좀 과하지 않을까 하는 느낌이었다.

그다음 일요일에 세 사람은 함께 이 문화 아파트로 기어이 옮기고 말았다. 성수는 대구에서도 이름 있는 부호의 외아들이요, 연주와 연순은 형제간으로 남 형제 없는 귀여운 딸들로서 성수의 집보다 못하지 않는 부자였다.

돈을 두고 염려할 처지가 아니었고 쓸데없이 친구들이 찾아와서 공부에 방해되는 것도 귀찮고 하여 이렇게 옮긴 것이었다.

성수는 일대학 정경과政經科, 연순은 여자 미술전문 양화과, 연주는 성수의 아내로 피아노 개인교수나 받으며 성수의 시중이나 드는 것이었다.

5호실은 싱글 베드 두 개를 맞놓고 연주와 연순이가 차지하고, 8호실은 더블베드를 한 개 갖다 놓고 성수 혼자서 차지하였다. 그러나 실상 연주는 성수의 방에 가 있는 편이 많았으므로 5호실은 연순이 혼자 차지였다.

"언니는 오늘밤 또 저쪽 방인가?"

"성수가 요즘 감기로 앓으니까."

"히힝, 또 감기야?"

동생에게 받는 조롱이었으나 연주는 얼굴이 붉어지는 것이었다. 그는 성격이 부드럽고 기가 약하며 따라서 몸도 버들가지처럼 가늘고 말하자면 연약하고 맘씨 좋은 아가씨였다. 그러므로 사나이처럼 뻣뻣하고 남에게 지기 싫어하고 무엇이든지 맘에 있는 대로 막 털어놓고 떠들어대면서도 지극히 마음만은 유순하여 그림을 배우는 사람 같지 않게 명랑한 '오뎀바' 타입의 연순이에게 대하여서 연주는 형이면서도 아무 위엄이 없었다.

"연순 씨도 어서 시집을 보내야겠구나. 처녀는 나이를 먹으면 못쓰는 거야."

성수도 웃으며 자기 아내의 편을 드는 척하고 연순이를 도로 놀려주었다.

"흥, 아저씨도 말 마오. 이 아파트에 옮길 때는 공부 많이 하려는 것이 목적이었지."

연순이는 더 말을 계속 못하고 얼굴만 붉혔다.

"그래, 누가 그렇지 않다 했는가?"

"그럼 그렇지 않아요? 밤낮 그저 언니하구만……."

셋은 일제히 얼굴이 붉어지며 웃어버렸다.

비록 연애결혼은 아니었으나 성수와 연주의 사이는 연애결혼 이상으로 사랑의 도가 높았고 연순이도 이 부부들로 인하여 한 번도 맘 상해 본 적이 없었다.

세 사람은 조선 사람으로는 맛보기 드문 행복스런 학생 생활이었고 또 사랑 많고 즐거운 부부 생활이었다.

연순이는 연주가 자기에게보다 성수에게만 혼이 팔려 있으므로 자연히 혼자 있을 때가 많았다. 그래서 이 아파트로 옮겨온 후로는 학교에서 돌아오면 반드시 한 차례씩 일비곡 공원을 다녀오는 버릇이 들었다.

여름철이 된 후에는 더욱 열심히 산보를 하게 되어 하루라도 빠지면 그날 밤은 몹시 침울해지기까지 된 연순이었다.

"연순이는 매일 일비곡에 무슨 재미로 빠지지 않고 가누?"

하루는 연주를 보고 성수가 이러한 걱정을 하였다.

"아마 애인이 생긴 게지."

성수는 별 의미 없이 하는 말이었으나 형 된 연주는 갑자기 염려가 되었다.

"그러면 어쩌나요?"

"시집보내지 무슨 걱정이야."

"그래도 잘못 속으면 어떻게 해요. 아직 철딱서니가 없는 어린애가 아녀요?"

"염려 없어. 저렇게 철없어 보여도 이지가 발달된 사람이라 일시적 감정에 도취되거나 남의 유혹에 빠지거나 하지는 않을 거야."

"그렇기야 하지만 한편으로 감정이 예민하기도 하니까."

"그러면 내일은 내가 슬쩍 뒤를 밟아 가 보지요."

성수는 연주와 의논한 후, 그 이튿날 연순이가 학교에서 돌아온 후 교복을 벗어버리고 짤막한 원피스에 '게다'를 딸딸 끌며 산보 나가는 뒤를 밟아 갔다.

연순이는 바른길로 일비곡으로 들어갔다. 성수도 멀찍이 떨어져 따라 들어갔다. 공원을 한 바퀴 돌고 나더니 어린아이같이 껑충껑충 뛰며 어린이 운동장 안으로 쑥 들어가고 말았다. 성수도 뒤를 따라 쑥 들어가려 하다가 문 앞에

"대인물입大人勿入."

이라고 쓴 패를 보고 멈칫하고 섰다. 하는 수 없이 그물로 싼 담장에 가붙어 서서 운동장 안을 살펴보았다. 연순이는 많은 어린이들과 한데 뭉쳐서 미끄럼 타느라고 법석을 하고 있었다. 즐겁게 마치 어린아이같이 짧은 원피스 아래로 즈로스[2] 입은 궁둥이가 미끄럼 타느라고 층대를 올라갈 때마다 아래 선 사람에게 환히 보이는 줄도 모르고 미끄럼 타는 데

---

2) 즈로스(ズロース): 드로어즈. 여성용 속바지, 팬츠.

만 정신이 팔려 있었다. 이윽히 바라보고 섰던 성수는 천진스럽게 놀고 있는 연순이 얼굴에서 가슴에서 수 없는 꽃봉오리를 띄운 물결같이 넘쳐흐르는 형용 못할 매력에 온몸이 으쓱하는 것 같았다. 자기가 몰래 뒤를 따라온 것이 부끄럽고 죄송스러웠다.

"자, 이번은 거꾸로 탑시다."

아이들은 손뼉을 치며 궁둥이를 아래로 하고 미끄럼을 탄다.

"아니 그렇게 타면 저 아래 떨어질 때 다치지 않을까."

연순이도 함께 거꾸로 앉아보더니 이렇게 말하였다. 성수는 그 모양이 어떻게 철없이 보이는지 그만

"허허허."

하고 웃어버렸다. 웃는 소리에 아이들은 일제히 떠들던 입을 꽉 다물고 홀쩍 돌아보았다.

"아이고 아저씨?"

연순이는 성수를 보자 게다를 손에 집어든 채 운동장 밖으로 달려 나왔다.

"왜 그만 놀고 나오세요?"

"아저씨 웬일이세요. 나는 심심하니까 날마다 여기 와서 이렇게 놀지. 참 재미있다오."

연순이는 그제야 손에 든 게다를 신으며 운동장 안 아이들에게 손을 들어 "안녕."을 하고 성수에게 따라섰다. 성수는 바른말을 하지 못하였다.

"놀러 왔지."

"언니는?"

"집에 있겠지."

"그러면 돌아갈까? 누가 먼저 가나 달음박질합시다."

연순이는 다시 게다를 벗어 들었다.

"발이 상하면 어떡해."

"관계없어요. 자, 뒷문까지 달음박질한다고요."

앞을 서서 달려가는 연순이 전신은 탄력 있는 고무공과 같았다. 성수는 일부러 천천히 달렸다.

"거북, 거북. 거북이 아무리 쫓은들 내 걸음은 못 따를걸."

연순이는 뒤를 돌아보며 손짓을 하였다.

"정말? 시―작."

성수도 두 다리에 스피드를 내었다

"아이코!"

연순이도 갑자기 스피드를 내며 단발한 짧은 머리카락이 뒤로 나부꼈다.

"아이고머니!"

"앗."

연순이는 성수를 돌아보려다가 누구에게 몹시 부딪치며 옆으로 고꾸라지려 했다. 부딪친 사람은 이편으로 걸어오려던 젊은 신사였다. 연순이 달려오는 김에 신사는 하마터면 뒤로 넘어질 뻔한 것을 간신히 스틱으로 꽂으며 몸의 중심을 잡아 섰다.

연순이는 놀라기도 하고 아프기도 하여 가쁜 숨결에 뛰노는 가슴을 한 손으로 눌렀다.

"용서하십시오."

"천만에 다치시지 않으셨나요?"

헐떡이며 얼굴이 붉어진 연순에게 신사는 미소를 띠우고 친절하게 물었다.

"잘못됐습니다. 용서하십시오."

성수도 미안한 듯이 신사에게 머리를 숙였다

"아니 염려 없습니다. 아가씨께 도리어 미안하게 되었습니다."

신사는 스틱을 한편에 걸고 모자를 벗어 조금 상반신을 구부려 보이고는 태연한 얼굴로 지나가 버렸다.

웬일인지 연순이는 갑자기 얼굴이 파래지며 고개를 갸웃하고 천천히 걸어가는 신사의 뒷모양을 바라보고 있었다.

"왜? 얼른 가지 않고 섰어요. 자, 저 문까지 내기한 것 계속하자고."

성수는 연순이 팔을 잡아끌었다.

"아니, 아저씨! 저 신사 송곳니 봤나요."

"송곳니?"

성수도 고개를 갸웃하고 벌써 보이지 않는 신사의 뒤를 바라보았다.

"글쎄 이제 부딪칠 때도 연순이가 달려오는 것을 저는 빤히 보았을 텐데…… 아니 저놈의 자식 일부러 부딪치게 한 것이 아닐까."

성수는 신사에게 사과한 것이 좀 분한 것 같았다.

"아저씨."

연순은 무슨 말을 하려다가 도로 고개를 갸웃하고 입을 꽉 다물었다.

"어쨌든 간에 집으로 갑시다."

연순은 역시 무엇을 생각하는 표정으로 일부러 딸딸 게다 소리를 높이며 공원 문을 나섰다.

이제 그 신사와 서로 부딪칠 때 헐떡이는 연순이 왼편 가슴은 이상스런 감각을 받았다고 생각하였다. 징글징글하게 그의 유방이 꾹 눌린 것도 아니었고 또 넘어지지 않으려고 우연히 붙던 것이라고도 할 수 없는 이상야릇하고도 델리케이트한 형용 못할 감각을 받은 것은 사실이었다.

"그놈의 자식."

연순은 불쾌한 생각이 무럭 치밀며 부딪칠 때 약간 자기 가슴 위를 스쳐 지난 신사의 손길이 생각나서 몸서리가 나게 소름이 끼쳤다.

"허허허, 그 신사 참 하이칼라던데 아주 시크보이3)야. 서양 바람 깨나 쏘인 작자가 아니고는 그만한 차림차림은 못하고 나설걸."

성수는 잠잠하게 걸어가는 연순이 가슴을 엿보듯 하며 이렇게 말하였다.

"단번에 녹초가 된 모양인가? 내가 여자라도 홀딱 반하겠던데."

성수는 연순을 놀렸다.

"아저씨, 그 작자는 어떤 종류의 사람일까요?"

연순은 그 농담을 받지 않고 얼굴을 찌푸린 채 물었다.

신사의 아무 기교 없이 덥석 쓴 모자의 멋진 태도나 양복 스타일이라든지 스틱을 팔에 거는 태라든지, 가벼우면서도 정중한 걸음걸이라든지, 모자를 벗고 약간 상반신을 굽혀 인사하는 유화하고 우아한 태도라든지 모두가 세련되고 당당한 영국 타입의 청년신사임에 틀림없다고 생각하는 성수였으므로

"어떤 종류가 뭐야. 영국 가서 케임브리지쯤 졸업하고 돌아온 청년 신사 아니 유한 신사 아니 청년 학자랄까?"

그 신사를 입에 침이 마르게 추켜올리는 성수의 말에 연순이도 적이 안심이 되었다.

"그러면 반짝하던 그 송곳니는 아마도 다이아몬드인가 보오."

하고 비로소 장난꾸러기 같은 미소를 띠웠다.

"그쯤이면 다이아가 아니고는……."

어디까지든지 성수는 그 신사에게 홀딱 반한 모양으로 말했다.

"그렇지만 아저씨, 이제 부딪칠 때……."

연순은 왼편 가슴을 누르며 더 말을 계속하지 못했다.

---

3) 시크보이: 세련되고 멋있는 남자.

"부딪칠 때? 허허허, 가슴이 두근두근하더란 말이지? 홍 연순이도 그럴 나이니까. 그렇지만 허허허, 짝사랑이야. 그런 신사가 연순이 같은 말괄량이에게 일부러 부딪칠 리도 만무하고…….."

성수는 농담을 그치지 않았다

"홍, 아저씨같이 가치 없는 외면만을 가지고 그 사람 전체를 비판하는 연순이가 아니라오."

연순이는 입을 삐죽해 보았다. 그러나 그 신사의 얼굴이 자꾸 눈앞에 와 어른거려 좀처럼 사라지지 않았다.

연순이는 그 신사를 오늘 처음 본 것이 아니다.

벌써 며칠째 공원에 산보를 가면 으레 한 번씩은 눈에 띄던 사람이었다. 아무리 말괄량이처럼 어린이들과 한 뭉치가 되어 장난하는 연순이라 해도 이미 스물에서 한 자국 내딛은 처녀인 만큼 이러한 시크보이를 아무 느낌 없이 길 가는 첨지 보듯 하지는 않았던 것이다.

그러나 무엇이든지 차곡차곡 꼼꼼하게 생각하지 않는 연순이었으므로 볼 때뿐으로 진작 잊어버리는 것이었으나, 오늘 우연히 그 신사와 부딪치며 자기 가슴 위에다 야릇한 수수께끼 같은 감각을 날인捺印하고 간 그 손길은 좀처럼 머리에서 떠나지 않았다. '날름' 하는 뱀의 혀끝이 와 닿는 것 같았다고나 할까, 대체 그 신사의 손끝이 어떻게 내 가슴에 와 닿았을까? 하는 해득 못할 생각이 자꾸 떠오르는 것이었다.

그 이튿날도 예의 빠지지 않고 연순이는 학교에서 돌아오자 교복을 벗고 곧 공원으로 산보를 갔다.

'오늘 또 만날까.'

그는 공원 문을 들어서자 곧 그 신사 생각을 하였다. 그날은 토요일이었던 까닭에 새로 두 시 가량 되었을 때였다.

그는 아직 볕이 쨍쨍하고 더운 까닭에 늘 놀던 어린이 운동장으로는

가지 않고 그늘 아래 앉아 테니스하는 구경이나 해 볼까 하고 테니스 코트로 철렁철렁 걸어갔다

동물원을 지나 코트 편으로 넘어가려는 그늘 아래 그 신사는 저편을 향하여 서 있었다.

석양이 되어야 나타나는 그 신사가 벌써 어떻게 왔을까…… 하는 생각이 들자 가슴이 뭉클해지며 뱀의 혀끝 같다고 스스로 생각해 오던 신사의 손길이 선뜻 생각나며 눈살이 찌푸려졌으나 모르는 척하고 덥석 그 앞을 지나갔다. 지나가며 보니 그 신사는 소녀 하나와 마주 서 있었다.

'누이동생인가 보다.'

그는 이런 생각이 들었으므로 원래 어린이 좋아하는 성질이라 그만 힐끔 그 소녀만을 돌아보았다.

소녀는 돌아섰음으로 얼굴은 보이지 않으나 짤막한 머리를 리본으로 되는대로 잘라매고 짤막한 보일로 지은 드레스를 입고 있었다. 두 팔은 어깨에서부터 아무 걸친 것 없이 모양 있게 내놓았다.

'아마도 양장이 어울리는 품이 외국물을 먹었는데.'

혼자 속으로 중얼거리며 그대로 테니스 코트 바깥 둑 위에 그늘진 벤치를 골라 앉았다.

"게임 끝. 하하하……."

코트에서는 그때 막 시합이 끝나며 심판이 뛰어내렸다. 못 이긴 편 전위前衛가 라켓을 그만 두들겨 부술 듯이 울러 메더니

"에 꼬라샷도, 내 라켓은 구멍이 뚫어져 할 수가 없었네."

하며 껑충 네트를 뛰어넘으려다가 왼발 끝이 네트에 탁 걸리며 보기 좋게 큰 대 자 헤엄을 쳤다.

"아하하, 아하하."

코트 내외의 모든 사람들이 일제히 손뼉을 치며 웃었다. 연순이도 우

스워 한참 웃었다. 그때 자기의 귀 뒤에서 아주 고막이 뚫어질 듯한 소프라노로

"오호호호."

하고 웃는 이가 있었다.

'가뜩이나 넘어져 부끄러울 터인데 이렇게 딱새소리로 막 웃어대는 사람이 누구야!'

연순이는 홀쩍 뒤를 돌아보았다.

"오호호, 아이고 배 아파라. 아이고 우스워 죽겠다."

그는 아까 신사와 마주 섰던 소녀였다.

"오호호."

소녀는 웃음을 그치지 않았다. 웃는 웃음소리는 소녀답지 않게 체를 낸 갹은 소리였다.

"아이고 언니. 당신은 우습지 않아요?"

소녀는 연순이 곁에 와 앉으며 곧 상글상글 말을 건넸다.

"글쎄요."

연순이는 이 소녀가 다행히 자기 곁에 온 것이 반가웠다. 그 신사가 누구인지를 알아낼 수도 있거니와 이렇게 귀엽게 생긴 소녀와 말을 하게 되는 것도 좋았다.

그러나 다음 순간 웬일인지 연순이 시선은 소녀의 얼굴 위로 자꾸 끌려가고 있었다.

"?"

연순은 처음 보는 소녀의 얼굴을 무례하게 자꾸 바라보는 것이 미안하기는 하나 두 눈은 소녀의 얼굴에 가 딱 들어붙어 떨어지지 않았다.

한 번 보고 또다시 보고 해도 도무지 판정해 낼 수 없는 수수께끼를 쌓은 그 소녀의 얼굴에 무럭무럭 호기심이 치받혀 올랐다.

"오호호, 저이가 그만 돌아가는구먼. 엎어진 것이 부끄러우니까."

소녀는 코트만 열심히 바라보며 다시 말을 건넸다.

"어디 다쳤나 보오."

연순이도 그제야 시선을 돌려 코트를 바라보았다.

"보세요, 언니 당신 이름을 어떻게 부르나요?"

소녀는 다정스럽게 다가앉으며 물었다.

"내 이름? 런."

연순이는 일부러 연자 하나만 가르쳐주었다.

"런? 하스?"

소녀는 두어 번 되씹고 나더니

"나는 로라."

"로라?"

"그래요. 우리 동무됩시다요."

연순이는 그제야 그 소녀 얼굴의 수수께끼를 하나 풀어낸 것 같았다.

'옳아, 양키로구먼. 아니 혼혈아로다.'

혼자 속으로 중얼거렸다.

희고도 핏기 없는 빛깔, 아주 쭉 선 코 넓은 이마. 움쑥 들어간 큼직한 눈. 긴 속눈썹. 틀림없는 양키다. 그러나 칠漆같이 검은 머리, 산포도 알 같이 새까맣고 광채 나는 두 눈동자는 틀림없는 동양 사람이다.

"혼혈아!"

연순이는 이렇게 단언을 내렸다. 그러나 로라에 대한 호기심과 의혹은 그대로 가슴속에서 사라지지 않았다.

"대체 어른이냐. 정말 소녀이냐."

짧은 머리를 리본으로 묶어 내린 것이나 드레스의 스타일이나 사척 반이 될락말락한 작고 가녀린 몸집. 천진스러운 두 눈동자. 정녕코 열다섯도 채 못 된 소녀이다. 그러나 그 반면 희고도 핏기는 없으면서도 소녀다운 탄력 없는 팔과 뺨, 연순이 자기 손보다 더 말라 여윈 손등, 아무리 잘 보아도 스물다섯이나 되어 보였다.

"이상스런 사람도 다 보겠구나."

연순이는 그 신사의 말을 물어볼 것도 잊고 이 로라에게만 정신이 쏠렸다.

그때 로라는 연순의 의혹을 알아차린 것 같이 얼굴을 홱 돌려 가만히 쳐다보았다.

'모나리자.'

연순이는 미전 학생답게 레오나르도 다빈치의 「모나리자」가 문득 연상되었다.

지극히 어려보이는 로라의 표정, 모나리자의 미와 신비와 불가사의를 숨긴 로라, 그 점잖은 신사 이 두 인물은 형용할 수 없는 미묘한 ?[4] 이었다.

"언니, 어린이 운동장으로 갑시다."

"그럴까요. 그럼 같이 온 어른에게 허가받고 오구려."

연순이는 이 기회에 신사의 말을 물어보리라고 생각을 하였다.

"같이 온 어른? 누구예요?"

로라는 눈을 둥글하며 휘휘 둘러보았다.

"아니, 아까 저 나무 아래서 당신과 같이 서 있던 이 말이에요. 오빠가 아니었나요?"

연순이는 이상하여 이렇게 겨우 말을 하였다.

"오, 저 백일홍 아래서 말이지? 난 모르는 신사야. 그러한 오빠가 있으

---

4) 원본에 물음표로 표시되어 있다.

면 오죽 좋게요."

그 신사를 알지 못한다는 말에 연순은 조금 실망이 되었다. 따라서 지금까지 그 신사 까닭에 로라에게 자기의 의혹되는 바를 물어보지 않고 참아오던 것이 갑자기 장난꾸러기같이 무럭무럭 호기심이 치밀어 올라왔다.

"그런가요? 로라 대체 당신 나이가 얼마에요?"

연순은 짓궂게 로라를 바라보았다.

"맞혀 보오. 알아맞히면 선물하지."

로라는 재미있다는 듯이 연순이 팔에 매달렸다.

"스물다섯."

연순은 서슴지 않고 말해 버렸다. 남의 나이를 묻는 것이 실례인 것도 또 더구나 자기 딴엔 어린 소녀인 체하는 것을 대담하게 스물다섯이라고 하면 여간 실례가 아닌 것을 뻔히 알면서도 노하면 노하고, 실례라고 욕하면 먹을 셈치고 이렇게 넘겨짚은 것이었다. 의외에도 로라는 손뼉을 치며 기뻐했다.

"스물다섯? 오 감사해라. 정말요? 정말 스물다섯으로 보여요. 아이고 좋아."

아주 기쁘다는 듯이 연순이 두 눈을 쳐다보았다.

아무리 보아도 아니 보면 볼수록 나이 먹어 뵈는 로라. 그러나 그 두 눈동자는 보면 볼수록 천진스럽고 어여쁘고 맑은 로라이다.

"그러면 몇 살이오?"

연순은 로라의 좋아하는 꼴이 우스웠다. 그 모양은 나이 많은 사람을 적게 먹어 보인다고 하여 기뻐하는 것이 아니고 어린아이를 어른 같다고 하면 철없이 기뻐 뛰는 그 모양이었다.

"오호호, 알아맞혀요."

"열다섯?"

연순은 조롱같이 한번 똑 떨어뜨려 보았다. 로라는 연순이 기대한 바와는 반대로 고개를 끄덕하였다.

"열다섯."

"그럼, 나는 생일이 섣달인 까닭에 만 열다섯은 아니에요. 선물을 해야겠네."

로라는 스물다섯이라고 우겨대지 않음을 도리어 실망이나 하듯 고개를 내려뜨렸다.

'정말일까……. 아니다. 거짓말이다. 앙큼한 여자다.'

연순은 혼자 속으로 중얼거렸다.

"로라, 내가 꼭 바른말을 한다면 로라는 꼭 스물다섯 살이나 먹어 보여요. 몸뚱어리는 작지만 꼭 어린아이를 낳은 여자같이……."

이미 뻗치는 김에 연순은 어디까지든지 로라의 정체를 판정하고야 말리라는 호기심에 이렇게 심한 말까지 쑥 나오고 말았다. 그러나 로라는 얼굴이 파래진 채 조금도 노하지 않고

"정말? 하느님께 맹세하세요. 정말로 그렇게 보이나요? 나는 얼른 어른이 되고 싶어."

로라는 애원하듯 말하였다.

"맹세? 이렇게 말이지."

연순이는 팔을 들어 맹세하였다.

"에고머니, 나도 맹세해요. 꼭 열다섯 살."

"열다섯?"

"그럼 이렇게 맹세하지 않아요."

로라는 한 손으로 하늘을 가리켰다.

"그래요. 잘못했습니다. 용서하세요."

연순이는 로라가 맹세하는 모양을 바라보며 너무나 심하게 실례를 하였나 하고 후회하였다.

"그러면 로라는 어느 나라 사람?"

"아버지는 아메리카, 어머니는 스페인."

"으."

연순은 그 말이 또 이상스러웠다. 스페인 사람이 아무리 동양적이라 해도 머리털이 저렇게 검고 두 눈동자가 저렇게 검고 아름다울 수야 있을라구…… 하는 생각이 든 까닭이었다.

"거짓말 마라. 엄마는 일본 사람이지?"

"아이고머니, 당신은 아주 맘이 나쁜 사람이야."

로라는 새침하여 돌아섰다.

"흐흥, 거짓말쟁이 혼혈아."

연순이는 그대로 로라를 버리고 혼자 달음박질하여 집으로 돌아왔다.

"아이고 언니, 아저씨! 나는 지금 참 천하에 제일가는 괴물을 구경했다오."

연순이는 아파트 8호실로 들어서며 이렇게 외쳤다. 가지런히 앉아 빙수를 마시고 있던 성수와 연주는 일제히 돌아보았다.

"나는 참 좋은 구경을 했어요."

연순이는 성수의 빙수 그릇을 빼앗아 마시며 자랑같이 하였다.

"무슨 구경?"

연순이는 로라 이야기를 다 하여 듣게 했다. 성수와 연주도 호기심이 바싹 일어났는지 그대로 벌떡 일어섰다.

"그러면 가볼까."

"우리 셋이 함께 가자구. 나가는 길에 어디 가서 시네마도 구경할 겸."

성수는 토요일이면 으레 영화 구경을 가는 버릇이 있었으므로 이날은 로라도 구경할 겸 그대로 셋이서 공원으로 나왔다.

연주는 어서 바삐 로라가 보고 싶어 공원 안에 들어 사방을 휘휘 살폈다.

세 사람이 신음악당 앞 숲속을 지나다가 로라를 발견하였다.

로라는 아까와 한 모양으로 고개를 숙인 채 벤치에 걸터앉아 있었다.

연순이는 자기 형에게 로라 구경을 시키게 된 것이 기뻐 크게 불렀다.

힐끔 돌아보는 로라는 입을 삐쭉 하여 보이고는 뽀로통한 얼굴로 싹 돌아앉았다.

"연순이는 공연히, 아주 귀여운 아가씨인데."

성수는 첫눈에 로라에게 호의를 가졌다.

"스페인 사람이란 말이 옳구려. 머리는 염색을 한 모양이구."

연순이는 아까 로라에게 너무 심하게 군 것이 미안스러웠다.

"로라, 용서하구려. 장난이었다오."

"싫어요. 당신은 맘씨가 좋지 못해요."

로라는 금방 울 듯이 입술이 떨렸다.

"로라 이제는 정답게 동무되자고. 다시는 그러지 않을 테야."

"로라 상, 아가씨! 보세요, 아가씨!"

성수와 연주도 허리를 구부리고 로라를 들여다보며 달래었다

"오호호, 이제부터는 나를 놀리면 안돼요. 응?"

로라는 그 크고 검은 두 눈동자를 반짝이며 벌떡 일어섰다.

"그렇고말고, 로라 참 예쁜 아가씨야."

연순이는 일부러 로라의 어깨를 쓰다듬었다.

"보세요. 당신보고 아저씨랄까요? 당신에게는 언니라 그러고."

로라는 성수와 연주에게 매달리며 가느다란 소프라노로 곱게 말하였다.

"네, 그렇게 부르세요."

두 사람은 쾌히 승낙하였다.

"아이고 좋아. 오늘 나는 아저씨 하나 언니 둘이 생겼네."

로라는 몹시 좋아하였다.

"흥, 인제 완전히 모나리자의 성이 풀리신 모양이구려."

연순이는 로라의 팔을 끼며 말하였다.

"댁이 어디세요. 어디 가서 놀다 오겠다고 허락받고 오시면 시네마에 데리고 가지요."

성수는 로라를 아주 어린 소녀로 여기는 모양이었다. 연주 역시 그러한 표정이었으나 연순이만 그 형들의 안광이 흐린 것이 우스웠다.

≪중앙≫, 1935년

학사

이병환은 W대학을 졸업한 경제학사이다.

그의 선친 때는 2백 석 추수는 하던 것인데 그들의 형제가 상속받은 것은 커다란 집 한 채와 때 묻은 가구뿐이었다.

그러므로 대학 본과부터는 고학을 했던 것이다.

돈 있는 친구의 보조도 받고 또 노동도 했고 이따금 그 형이 얼마씩 보내주기도 했으나 그의 대학 생활은 처참하여 실로 억지의 학생 생활을 했던 것이다.

졸업을 앞으로 일 년밖에 남기지 않았을 때는 그 형은 늙은 모친과 어린 자녀를 거느리고 끼니도 이어 나가지 못할 형편이었으므로 이따금 병환에게 곤란한 자기 형편과 얼마만이라도 학비를 보조해 주지 못하는 무력함을 한탄하는 편지를 하는 것이었다. 병환은 이러한 편지를 받을 때마다 말할 수 없는 초조와 안타까움을 느꼈다.

대학을 졸업만 하고 나면 자기 일가의 모든 불행과 괴로움은 금시에 해소되고 말 것이라고 그는 믿었다. 졸업 후에 할 일이 확정되어 있는 것도 아니요. 또 취직이라도 할 무엇이 있는 것도 아니었으나

"설마 졸업만 하고 나면야."

하는 막연하다면 기막히게 엉터리없는 막연한 생각이었으나 병환에게는 벌써 졸업 후에 할 일이 확정되어 있는 것보다 몇 갑절 더 달콤한 희망이 었으므로

'졸업만 하면.'

하고 생각하면 용기가 충천하는 것 같았다. 세상에 부러운 사람이 없고 어떠한 일이라도 졸업만 하고 나면 자기를 이겨낼 사람이 없을 것 같이 생각되었다.

이러한 생각을 하면 모든 이상은 졸업하는 날부터 실현되는 것이니 세월이 어서 달음질하여 졸업 날을 가져오라고 고함을 치고 싶은 것이었다.

그러나 세월은 병환을 저주나 하듯이 더디고 그 형에게서 오는 가난하고 괴로운 눈물의 편지만 도수가 잦아졌다. 그는 자기 일가족에게 모든 행복을 가져오는 졸업할 날을 어서 가져오지 않는 세월이 자기 일가족의 모든 불행의 원인이라고 끝없이 한껏 세월만 원망하였다.

불행하면 누구든지 자기를 불행하게 한 원인이 있고 이 원인을 사람들 앞에서 원망해 보임으로써 자위와 만족을 느끼며 체면유지를 하려는 것이라 그 원망스런 불행의 원인을 극복시키려는 사람은 드물다. 병환이도 자기 형 편지를 볼 때마다 가슴이 미어지는 것 같아 세월만 가득 원망하여 편지 답을 써 보내는 것이었다.

이 편지를 받아 보는 병환의 형은

"흥, 너는 아직 원망할 대상이 있으니 행복하구나. 나중에 원망하고자 하나 할 대상이 없는 날의 그 불행을 어떻게 이겨나가려노."

하고 한탄하는 것이었다.

병환은 기다리고 바라던 졸업 날이 닥쳐오자 곧 경제학사 이병환이란 명함을 박았다. 그 형이 무슨 노릇을 하여 어떻게 구변해 낸 돈인지 사십 원을 보내 주었으므로 그것으로 봄 양복 한 벌을 지어 입고 졸업사진을 상자에 곱게 간수해가지고 부랴부랴 고향인 A로 돌아왔다. 아무도 마중 나와 주지도 않은 고향 정거장에 그는 활기 있게 내려섰다.

그는 자기 집에 들어서자 부지중에 눈살이 찌푸려졌다. 늙은 어머니, 말 못하게 초라한 옷을 입은 그 형, 거러지 떼같이 욱덕이는 조카아이들더구나 그 형수의 곪아 붙은 얼굴, 모두가 가엾다기보다 불쾌함이 앞을 서는 것이었다.

길고 긴 오년 동안 객창에서 형설의 공을 닦아 금의환향한 오늘의 자기를 맞아주는 사람들이란 것이 모두 이 모양들이라고 생각하자 부지중에 한숨이 나오지 않을 수 없었다.

저녁상을 받고 앉으니 조카아이들이 자기 어머니 눈치를 엿보아가면서 병환의 상 위를 바라보며 큰아이는 침을 삼키고 작은아이는 나도 이 밥 달라고 징징댔다. 병환은 그 밥이 넘어가지 않았다.

답답한 가슴으로 거리로 나가보았으나 형설의 공을 닦고 돌아온 자기를 바라보는 사람들의 얼굴은 모두가 무표정하고 쌀쌀하여 대학 출신인 자기를 몰라보았다. 스마트한 그의 새로 맞춘 양복을 보고는 눈 하나 크게 뜨는 사람이 없었다.

"이요, 형식 군 아닌가."

그는 문득 눈앞에 나타난 옛 친구 한 사람에게 활기 있는 인사를 건넸다.

"아? 병환 군인가, 언제 귀향했나."

그 친구는 반갑게 병환의 손을 잡았다.

"오늘 돌아왔네."

"응. 언제 또 가나?"

"인제 졸업했으니까."

"오, 그런가. 축하하네. 그런데 어디 취직처나 정했나."

"……."

병환은 총알이나 맞은 것 같이 뜨끔해져 얼른 대답이 나오지 않았다.

"경쟁이 심하니까 어서 어디 취직부터 해야 할 것인데."

그 친구는 이렇게 말했다.

"글쎄, 설마 취직쯤이야."

그는 얼마만치 그 친구에게 우월감을 가지며 이렇게 걸림 없이 말했다.

"대학 졸업을 했으니까 취직쯤이야 어려울 것 없지만 자네도 짐이 많으니까 말일세."

"나야 무슨 짐이 있나?"

"없다면 그만이겠지만 자네 형님이 별 기술이 없으니까."

친구의 이 말에 병환의 자존심은 여지없이 내리박히는 것 같았다. 그의 눈앞에 자기 집 식구의 지지한 꼴이 떠오르며

'우리 집안이 이렇게 된 줄 모르는 사람이 없구나.'

하는 생각이 번쩍하여 그 친구와 더 말을 하고 서 있기가 불쾌했으므로

"또 천천히 만나세. 지금 좀 가볼 데가 있어서."

하고 그 친구와 갈라졌다.

그는 그길로 자기의 고종사촌 되는 누이의 집으로 향했다. 이 누이는 고등여학교 출신으로 은행원에게 시집가서 따뜻한 문화생활을 하고 있는 터이라

"아이고 오빠, 잘 오세요. 축하합니다. 이제는 학사님이시지."

불과 한 살 차이요 어릴 때 서로 한곳에서 자란 탓으로 친함이 친구와 같았으므로 누이는 그를 보자 곧 농담을 섞어 반겨 맞았다.

"그래 잘 있었나? 바깥주인은 어데 갔어?"

하고 전등불이 휘황한 방 안으로 들어갔다.

"오빠 이제는 여기서 사실 텐데 큰오빠 댁에 그대로 계시려나요?"

누이의 이 말이 병환은 반가웠다. 동경같이 화려한 곳에 있던 몸, 더구나 최고학부까지 졸업한 당당한 청년 신사의 몸으로서 어떻게 그런 구지리한 집에 살 수가 있겠느냐고 묻는 말같이 그는 느꼈던 것이었다.

"그래, 대체 집구석이 왜 모두 그 모양으로 되고 말아서……."

하고 그 형의 변통머리 없음을 원망하듯 말하였다.

"그러기에 말이지요. 큰오빠는 좀 성질이 눅눅해서 말이 아니어요. 장차 오빠 혼자서 어떻게 그 짐을 지시겠어요."

누이는 어디까지든지 자기를 잘 알아주는 것 같이 느껴져 하는 말이 모두 자기 맘에 맞았다.

"말이 아니야. 어떻게든지 내가 책임을 져야 되는 것이니까! 그렇지만 그까짓 것 염려할 것 없어."

그는 졸업만 하고 나면…… 하고 벼르고 바라던 용기가 아직 그대로 있는 터이라 가볍게 대답하였다.

"아이고 참, 월급 생활을 하려면 아니꼬운 꼴이 많으니까 오빠도 장차 어떻게 참고 지내실 터요?"

"구태여 월급쟁이가 될 필요가 있나?"

그는 명랑하게 웃었다. 누이가 자기를 월급쟁이가 되는 줄만 아는 것이 철없어 보였다. 그의 꿈은 적어도 청년실업가에 있었던 것이었다.

"월급쟁이가 아니라도 좋은 일이 있다면야 오죽 좋겠어요. 오빠는 월급쟁이 노릇을 하시지 않으려나요?"

"월급쟁이라도 계급이 있는 것이니까 구태여 안 하겠다는 것은 아니지만."

그는 누이 남편이 상업학교 출신밖에 되지 않으니까 아니꼬운 꼴을 보는 것이지 자기처럼 대학 출신이라면 남의 아래 갈 리가 없으니 아니꼬운 꼴을 볼 턱이 없다고 생각하였다.

그러나 민감한 누이는 병환의 이 말에 조금 불쾌함을 느꼈는지

"물론 월급쟁이라도 계급이 있지만 첨부터 그렇게 좋은 자리를 주나요."
하고 응수하는 것이었다.

"참 오빠, 장가는 드실 생각 없어요?"

하고 자기가 병환에게 응수한 것이 과하지 않았나 하여 얼른 말끝을 돌리며 홍차 따를 준비를 하였다.

"장가? 글쎄."

병환이도 말머리가 돌려진 것이 반가워 얼른 대답을 하며 싱글싱글 웃었다.

"어여쁜 색시야 많이 있지만 오빠 맘에 드실지."

"글쎄, 어떤 색시가 좋은지 나는 참 모르겠더라."

병환이는 지금까지 이 중대한 문제를 한 번도 구체적으로 생각해 보지 않았던 것이 이상하였다고 느낄 만치 지금의 자기에게 빼놓을 수 없는 긴급하고 중대한 문제 중의 하나라고 생각되었다.

"내 중매해드려요?"

누이는 상긋 웃으며 찻잔을 병환의 앞에 놓으며

"대체 결혼에 대한 오빠의 이상을 알아야지요."

하고 과자 그릇을 열어놓았다.

"글쎄…… 나는 아직 그런 것을 생각해볼 여가가 없었다."

"그러면 내가 알아맞힐까요? 첫째 인텔리 여성일 것, 둘째 얼굴이 얌전할 것, 셋째……."

하고 누이는 웃고 말았다.

'돈 있는 집 딸.'

이라고 하려던 것을 병환의 자존심을 보장해 주기 위하여 웃고 만 것이었다. 병환은 이어서 조건의 뜻을 알아채지 못하고

"나는 모르겠다. 좌우간 모든 점에 있어서 너만큼만 하면 충분하지."

하며 찻잔을 들었다.

"아이고 천만에, 내 따위만큼 한 색시야 와글와글 하지요."

"그렇게 많거든 하나 중매해 보렴."

"그런데, 오빠 결혼하시려면 한 가지 빠져서는 안 될, 아니 제일 중요한 조건이 뭐에요?"

"제일 조건…… 글쎄 모르겠다."

"사람만 맘에 들면 아무리 신분이 나쁘든지 가난하든지 해도 관계없어요?"

영리한 누이는 병환의 결혼에는 가장 큰 조건이 될 것이 이것임을 미리 짐작한 바이나 이렇게 병환의 귀에 거슬리지 않게 슬쩍 물어보는 것이었다.

"신분 낮은 것이 무슨 관계이겠나. 더구나 가난한 것이 문제될 턱이 있겠나. 돈 있는 집 여자는 당초에 원하고 싶지 않다."

"……."

누이는 병환의 이 대답이 철없게도 보이고 가엾게도 여겨졌다.

"돈 있는 집 여자는 건방져서……."

병환은 누이의 맘속은 알아차리지 못하였다.

"돈 있는 여자는 건방지다고 싫단 말씀이지요?"

"건방질 뿐 아니라 내 친구의 말을 들으니 남편을 막 쥐고 흔들려고 한다더라. 그뿐 아니라, 여자 건방진 건 못써."

"아이고 참 오빠, 그것 말이 되나요. 여자가 건방지고, 남편을 깔고 앉으려면 그것이 되는 일인가요. 모두가 그 남편에게 달렸지요. 남자가 여자에게 쥐이는 불출이가 어디 있겠으며 제아무리 건방진들 남자보다 더한 여자가 어디 있겠어요."

"그렇기야 하지만 이것은 이론이고 정말 건방만 부린다면 죽이지도 못하고 기막힐 것이야. 좌우간 여자는 여자답게 부드럽고 얌전해야 돼."

"아니, 오빠는 아주 머리가 고물이구려!"

"아니, 너도 남녀동등을 찾니?"

"천만에 동등이 아니라…….

누이는

'아따, 어디 봅시다. 만일 취직처가 얼른 나서지 않고 그 집구석에서 고생을 조금 해 보면 알 것을. 나중에는 돈 있는 집에 장가가려고 헤맬 것을.'

하는 말이 입술까지 튀어나오는 것을 참아 버리고 이 말도 오래 할 것이 못 된다고 그는 더 계속하지 않았다.

"군청에 들어가지 않겠나?"

며칠 후에 병환의 형은 딱한 얼굴로 이렇게 물었다.

"군청에요?"

"그래."

"군청에…….

그는 아니꼽다는 듯이 군청에를 되씹고 나서

"좋은 자리가 있습니까?"

하고 그 형을 바라보았다.

"아마 네 맘에는 차지 않겠지만 하는 수가 있나. 집안 형편이 이러니까 취직부터 해야지."

형은 아우에게 애원하는 듯한 어조였다.

"대관절 월급은 얼마쯤이나 되나요?"

병환은 바쁘게 물었다. 경제학사인 자기가 월급 생활로 들어간다면 얼마로 평가되느냐 하는 호기심에서이다.

"한 사십 원은 될 거야. 이것도 대학 출신이니까 특별이지."

그 형은 간신히 머뭇거리며 바른말을 했다.

"뭐요? 사십 원…… 하하하."

그는 어이없다는 듯이 쾌활하게 웃었다.

보통학교나 겨우 졸업한 내기들이 몇 십 년 군청밥을 먹다가 나중에는 제법 군 주사입네, 하고 다니는 사람들을 불쌍한 미물들이라고 아득한 꼴자구니를 내려다보듯 해온 터이라. 오늘의 자기가 돈 사십 원에 팔려 그들과 한 집안 공기를 호흡하며 동료가 되라고 하는 자기 형의 말은 정말 정신없는 익살이라고 느끼며 잇따라 두어 번 더 웃었다.

"그렇지만 이 자리를 떨어트리면 정말 어렵다."

그 형은 철없어 보이는 자기 동생을 안타깝게 여기며 기어이 승낙을 받으려 했다.

그러나 병환이는

"나로서는 차마 못하겠는데요."

하고 보기 좋게 그 형의 의견을 일축해 버렸다.

그 후 병환이는 자기 친구들에게 편지로 취직을 의뢰하기도 하고, 그 형이 결사적으로 애를 쓴 결과 서너 군데나 월급자리가 있었으나, 맨 처음 군청 고용 자리보다 조금도 나은 곳이 없었다.

"사십 원……."

이것이 병환의 정가正價와도 같아 그는 이 모욕을 참을 길이 없었다.

아우의 이 맘속을 잘 아는 그 형은 그 철없음이 가엾기도 하고, 속이 상하기도 하고 또는 비웃고도 싶었으나 그래도 한 자리 차 던지면 또 한 자리 물어다 바치곤 하여 쉬지 않았다. 병환이는 학생 시대에 한 가정도 구원하지 못하는 그 형을 변통머리 없는 못난 사내라고 불쌍하게 여겨왔으나, 오늘에 와서는 도리어 그 형이 자기를 위하여 취직 운동에 맹렬히 활동함을 봄에 새삼스럽게 놀라지 않을 수 없었다.

"정말이지 현하 조선에 있어서는 대학이 아니라 대학의 선조 꼭지까지 졸업한 사람이라도 단번에 회사 중역이나 군수나 서장이나 그런 자리를 네 기다렸습니다, 하고 내다바칠 데가 없는 것이다. 너도 그만 취직할 작정을 해라."

하고 갖은 말을 다하여 승낙하기를 바랐다.

"그렇지만 너무 억울하고 아니꼬워서 어떻게!"

병환은 한결같이 뻣뻣하였다.

"그렇기야 하지만 첫째 집안 형편이 말이 안 되니 우선 급한 대로 아무데나 들어가 놓고 차차 기회와 왕운[1]을 기다려야지."

"그건 그렇지 않아요. 아무리 일시적이라 하고 아무렇게나 취직을 한다고 하지만 한번 취직을 하고 나면 그 사람이 이미 평가되고 마는 것이 되고, 또 아니하고 있느니보다 좋은 자리를 그 직업에 좇아 고르게 될 기회가 적어지는 것이어요. 첫째 누구라도 사람이 필요하여 나를 초빙하려면 내가 취직하고 있는 것보다 놀고 있는 편이 유리할 것이 아니어요. 그렇기도 하고 또, 어디 우리 살림에 사십 원 가지고 지탱할 것 같습디까? 좀 고생되더라도 시작을 좋은 자리에 해야 되는 것입니다."

병환이도 사십 원에 취직하지 않으려던 이유가 차차 변해왔다. 지금은 사십 원이란 월급에 기가 막혀 웃지도 않고, 보통학교 졸업 자리와 한 동료가 되기 아니꼽다던 것도 차차 말하지 않게 되며 얼마만치 유리하게 타산적으로 변하게 된 것도 오랜 세월이 걸렸었다.

그 봄, 여름, 가을이 지나고 겨울이 닥쳐오자 병환 일가의 생활은 기막히게 되어 갔다. 아무 수입이 없이 그 형이 예전 친구에게서 취해 오는 돈과 염치 체면 없이 건달 노릇을 하여 잡는 돈으로 살아오는 터이라 이따금 끼니를 굶는 것은 예삿일이 되었다. 병환의 앞에 수없이 갈아들이던 취직자리도 그렇게 무진장은 아니었던지

"답답하니 사십 원에라도……."

---

1) 왕운(旺運): 왕성한 운수.

할 데는 허갈밭²⁾을 매도 쉽게 나서지 않았다.

봄, 여름, 가을은 졸업할 때 지어 입은 봄 양복으로 어떻게든지 출입을 했으나, 겨울이 탁 닥쳐오니 병환은 방 안에 갇혀 앉지 않을 수 없었다.

동경서 입던 학생복은 귀향할 때 고학하는 친구에게 훨훨 벗어주었고 단벌 양복은 봄옷이니 그는 찬 방에 종일 틀어박혔다가 그 형이 집에 들면 두루마기를 얻어 입고 간신히 문밖 구경을 하게 되었다.

"이럴 수가 있나."

그는 목도리도 없이 소름끼친 두 뺨에 쓴 냉소를 띄우고 친구의 사랑으로 찾아다녔다.

그는 졸업한 후 오늘까지 근 일 년 동안을 돈이라고 손에 쥐어 보지 못했으나 술과 담배 피는 양은 무척 늘었었다.

"저놈의 자식 대학 졸업을 했으면 제일인가. 왜 일없이 밤낮 남의 사랑에 눌어붙어 멀쩡한 자식을 끌고 요릿집에 못 가서 애를 쓰노."

친구의 마누라나 어머니들은 모조리 병환을 미워하고 욕하였으나 병환 자신은 꿈에도 그 미움을 느끼지 못하고 자기는 비록 곤궁한 신세이나 돈 있고 중학 졸업도 못한 친구들에게는 자기가 그렇게 놀러 다녀주는 것이 영광은 못 될지라도 불쾌하거나, 싫어할 리는 없으리라고 믿었으므로 모양은 초라하나 친구와 요릿집에 가는 데는 상좌를 점령하는 버릇까지 들고 말았다. 그는 비록 불청객이 자래³⁾로 요릿집 가는 친구에게 따라가기도 점점 무관하여져서

"나만 공술을 밤낮 얻어먹기 미안하네. 나도 돈 있으면 한턱 쏘고 싶네."

하던 체면도 차차 사라지고 자존심도 우월감도 억제심도 어디로 달아났

---

2) 허갈밭: 없거나 혹은 거친 밭뙈기를 일컫는 말.

3) 자래(自來): 스스로 옴.

는지 턱없고, 미움 받는 공술에 공연히 주량만 늘게 되었다. 그의 집에서 끼니를 자주 굶게 됨에 따라 그는 취직보다 무엇보다 제일 앞서는 문제는

"어디서 누가 한턱 쏘지 않나."

하는 생각이었으므로 이 친구 저 친구 집을 엿보다가 혹은 권하고 혹은 예언하듯, 혹은 억지로라도 한턱을 시켜 우려먹기도 일쑤가 되었다. 그러나 그도 이따금, 너무 억지의 술을 얻어먹고 돌아오면

"허? 이거야 참 거러지에 질 배가 있나?"

하고 가슴이 아플 때도 있으나, 그렇다고 어떻게 할 수도 없는 사정이라, 울분하여 한숨만 짓다 마는 것이었다.

대학 출신인 당당한 장래 청년실업가가 될 이 병환이가 고등 부랑자 룸펜으로 진출하게 된지 몇 달이 못 되어 그의 친구라는 친구는 모조리 서로 마주칠까 몸서리를 내게까지 되었다.

친구들이 그를 만날까 울겁⁴⁾을 내며 요릿집엘 가든지 무슨 회합을 하든지 하는 것을 알게 되면,

"내가 이렇게까지 못난 놈이 되었던가."

하고 반성이나, 자책은 할 생각이 없고 도리어

'죽일 놈들, 어디 보자. 기어이 이 턱을 빼앗아 먹고는 말리라. 네놈들이 아무리 건방 떨어도 빨가벗고 늘어서서 보면 세상의 대우도 또는 기생들까지라도 너희 놈들을 좋다고 하지는 않을 것이다. 오직 돈이 있으니, 그 돈으로 몸을 잘 장식하고 있는 까닭에 너희 놈을 제일로 여기는데 불과하다.'고 그는 가슴속으로 중얼거리는 것이었다. 지금의 병환에게는 양심이나 자존심을 가지지 못한 만큼 나날이 그 생활은 핍박하여 갔

---

4) 울겁: 필요 이상으로 과장되게 겁을 내는 행위.

던 것이다.

병환을 멸시하고 미워하는 것은 오직 그의 친구며 친구들의 아내, 부모들뿐만 아니라 고종 사촌 누이까지도 동경서 첨 나오던 날과는 대우가 첫째 천양지차로 달라졌다. 요즘은 그를 대하면 비웃는 것이 인사가 되었다.

"오빠는 늘 그러고 놀아서 어떡해요. 좀 염치가 있어야지. 첫째 큰오빠댁 보기 창피하지 않아요."

하고 볶아대는 것이었다.

"애, 듣기 싫다. 낸들 이러고 있기를 자원하는 줄 아니."

"에이그, 지금 세상이 어떠한 세상이라구."

"너보다는 좀 더 알고 있을 터니 염려 마라. 어디 중매나 좀 하렴."

"아하 오빠도, 내가 그렇게 권할 때는 바로 안 하겠다더니……."

누이는 감춤 없이 입을 비죽거렸다.

"애. 너니까 부끄럼 없이 하는 말이다마는 어디 그럴듯한 색시 없니?"

이미 철면피가 된 병환이었으나 자기가 이 누이에게 돈 있는 여자에게는 장가들지 않으려고 하늘같이 버티어보였던 때가 있었느니 만큼 섭적[5] 돈 있는 색시에게 중매하라는 말이 나오지 않았다.

"그럴듯한 색시라니, 오빠의 이상에 맞는 여자 말씀이오?"

"이상보다, 좀."

그는 누이가 그럴 듯이란 말의 의미가 돈 있는, 하는 말을 암시하는 것인 줄 알면서도 일부러 파고 물음에는 대답하기가 간지러워 머뭇거리지 않을 수 없었다.

"저, 오빠야 돈 있는 집 색시는 죽어도 원치 않을 터이고……."

---

5) 섭적: 선뜻.

누이는 어디까지든지 비꼬았다.

"돈 있는 집 색시라도 괜찮다."

그는 이렇게 정색을 하며 말을 하는 것이었다.

"하하하, 오빠도 인제는 글렀어요. 졸업하고 나온 직후였다면 나도 너도 하고 시집오려던 색시가 많았지만 이제는 고등 부랑자요 건달건달 상건달이라고 아무도 시집 안 오려는데요."

누이는 침 끝같이 날카롭게 피육6)하였다.

"허허허, 나를 그렇게 생각하나? 그러지 말고 돈 있는 집 외딸이나 ……."

그는 누이의 찌르는 듯한 말이 가슴에 조금도 자극되지 않는 바는 아니나 그렇다고 무료하게 앉았을 수도 없어 농담같이 말을 붙이는 것이었다.

"아이코나, 오빠, 부잣집 외딸은 남편의 뺨을 막 친대요."

병환은 누이가 아무리 다잡더라도 자기가 부잣집 색시와 결혼할 결심은 이렇게도 굳고 변하지 않는다는 듯이 싱글싱글 웃으며

"그럴 리야 있나. 치면 두들겨 맞기도 하지. 그까짓 것 문제가 되나."

"인제는 오빠도 사람이 되나 보오. 그런데 오빠 내 말 좀 듣겠어요."

누이는 태도를 일변하여 정색하며 말을 꺼냈다.

"오빠, 나는 이래봬도 날마다 오빠를 어떻게 하나 하고 염려해왔어요. 그런데요, 오빠는 지금 바른말을 하면 부랑자로 세상이 인증하고 있어요. 그러니까, 좋은 일을 하나 가르쳐드리겠어요. 오빠는 오빠가 제일인 것 같지만 세상이 알아주지 않는 데야 어떡해요."

하고 이야기하는 것은 병환으로 하여금 노동자가 되라는 것이었다. 자

---

6) 피육: 참혹한 질타. 비아냥거림.

기 남편은 매인 몸이라 여가가 없지만 자기는 아이도 없으니 여가가 많이 있는 까닭에 지금까지 저축한 돈도 있고 소작으로 준 전지도 있으며, 더구나, 지난해에 국유지를 일만 오천여 평 대부해 놓은 것이 있으니 여기에 과수도 심고 다른 농작물도 지으며 한편으로 여러 가지로 애를 쓰면 할 일이 많으니까 자기와 같이 흙 속에서 일할 생각이 없느냐, 라는 것이었다.

"그것도 좋지."

"이것 보세요. 과수나무를 심으면 과실이 열릴 때까지는 아무 수입이 없을 테니 꿀벌도 먹이고, 양잠도 해야 돼요. 다른 일꾼을 쓰지 말고 될 수 있는 대로 두 사람이 노동합시다."

하며 과수 재배법을 연구한 적에서 잠대 내동든 양 꼬았다. 병환은 처음은 농담으로만 들었던 것이 차차 진검眞儉해지는 누이의 말을 듣자 다소 생각하지 않을 수 없었다.

"그래 그것도 좋다. 해 보자."

하고, 누이가

"아주 철저한 노동자가 되어야 해요. 남의 집 담사리[7]처럼."

하고 다짐을 하여도

"그래, 염려 없다. 꼭 해 보겠다."

하고 쾌히 응낙하였다. 그러나 속으로는

'내가 어디 농업학교 출신인가.'

하고 누이의 턱 모르고 열중하는 태도가 우습고 천진스러웠다. 그뿐 아니라 어서 돈 있는 집에 장가나 들게 중매하라고 조르고 싶은 맘만 가득하였으나, 그 누이의 태도에 어디인지 범할 수 없는 위엄이 자기를 압도

---

7) 담사리: 나이 어린 머슴이나 식모. 남의 집에 들어가서 머슴이나 식모살이를 하는 것.

하는 것 같아 그 말은 입에서 나오지 않고 농장 계획에 대한 자자한 예산을 귀 밖으로 들으며 대답만은 열심히 하고 있었다.

"그렇지마는 일 년 이 년에 돈이 벌어지는 것도 아닌데, 지루해서 하겠니."

병환은 이야기가 거의 끝날 때쯤 하여 참다못해 한마디 내놓고 말았다. 누이는 놀란 듯이 병환을 바라보며 그 표정이 점점 굳어지며

"아니 오빠는 내 말을 들어주는 줄 알았더니, 찬성하는 척하고 나를 놀린 셈이세요?"

하고 말소리가 가늘면서도 힘 있었다.

"아니야……."

병환은 누이가 자기를 가엾게 보는 듯한 그 표정과 말에 일변 놀라며 취소하듯 손을 흔들었다.

"아직 오빠는 더 고생을 해야겠어요."

하고 더 입을 열지 않았다. 병환은 조금 무료하게 앉았다가 일어서 나왔다.

'사람이란 고생을 하면 자연 정신을 차리게 되는데 오빠는 고생을 하면 할수록 그 고생에 이겨내지 못하고 그 자리에 엎어져 자기도 모르는 사이에 타락되고 마는 사람이야.'

하고 누이는 생각함에 어떻게 해야 병환이가 한 걸음 한 걸음 타락해 감을 뉘우치게 할 수 있으랴, 하고 한탄하였다.

≪삼천리≫, 1936년

정조원貞操怨

1

해 지자 곧 돋은 정월 대보름달을 뜰 한가운데서 맞이한 경순은 손목시계를 내려다보았다. 아직 일곱 시가 되기까지 한 시간이나 기다려야 했으나 얼른 방 안으로 뛰어 들어가 경대 앞에 앉았다.

분첩으로 얼굴을 문지른 후 머리를 쓰다듬어 헤어핀을 고쳐 꽂고 치마 저고리를 갈아입었다. 외투를 벗겨 착착 개켜 툇마루에 내놓고 안방으로 건너갔다.

"어머니, 잠깐 놀러갈 테야."

하고 밀창을 방싯 열고 말했다.

"어디를 가? 혼자 가나."

어머니는 그날 밤에 놀러 오기로 약속한 동네 부인네들을 기다리며 별로 의심하는 기척도 없이 순순히 허락하였다.

"내 잠깐만 놀다올 테에요."

경순은 어머니에게서 더 무슨 말이 나오기 전에 얼른 문을 닫아주고 툇마루에 놓인 외투를 집어 들고 달음질하듯 대문을 나섰다. 아직 땅거미가 들지 않아 너무 일찍 집을 나선 것이 후회되었다.

그러나 시계는 여섯 시 반이었다.

'그곳까지 가려면 십 분은 걸릴 것이고 하니 지금 가더라도 별로 이르지는 않겠구나.'

하는 생각이 들어 그는 총총걸음을 쳐서 뒷동산을 향하여 발길을 옮겼다. 소나무가 드문드문하게 서 있는 산비탈을 올라갈 때는 먼 데 사람이 잘 보이지 않았으므로 그는 안심하고 소나무가 자욱한 산꼭대기를 쳐다보며 걸었다.

달맞이하던 사람들은 각기 집으로 흩어져간 지 오래인 산꼭대기는 쏴하는 바람 소리만 들렸다.

그는 한 소나무 둥치에 가 몸을 기대고 섰다.

시계는 아직 여섯 시 사십오 분이었다. 차차 서편 하늘에는 해님이 남기고 간 마지막 빛조차 사라지고, 둥근 달님 혼자서 온 천지를 비출 뿐이었다. 경순은 자주 시계만 들여다보는 사이에 무시무시한 생각이 들었다. '만일 이대로 오지 않으면 어쩔까.' 하는 의심까지 터져 올라 연달아 사방을 휘휘 둘러보며 초조해하였다.

시계가 정각 일곱 시를 가리키는 것이 달빛에 간신히 보이자 그는 무서움을 더 참을 수가 없었다.

산 왼편 기슭에 있는 공동묘지 생각도 나고 소나무 가지에서 무엇이 떨어지지나 않는가 하는 생각도 났다. 그는 더 참을 수가 없어 이리저리 걸어 보다가, 시계가 일곱 시 십 분을 가리키자 모든 것을 단념하고 산꼭대기를 내려섰다. 산허리에는 키 작은 다복솔이 자욱하여 경순의 머리만 겨우 솔잎사귀 위에 솟았다.

그는 집으로 돌아가기로 결심이 된 후 더 무서움이 치받치어 그만 달음질을 치기 시작하였다.

"왜 가세요?"

어디서인지 사람 소리가 울려왔다. 그러나 경순은 두어 발 더 쫓으며 이 말소리를 듣지 못했다.

"잠깐 기다리세요, 경순 씨, 경순 씨."

이번에는 좀 더 크게 바로 경순의 등 뒤에서 부르는 소리가 들리자 경순은 무서움에 정신이 아찔하여 앞으로 고꾸라지고 말았다.

"나예요, 나예요, 정신 차려요."

외투를 입고 모자를 쓰지 않은 인섭이가 경순의 곁에 다가서며 급히 말했다.

"아이고머니."

경순은 무서움과 놀라움에 부르르 떨며 벌떡 일어나자 인섭의 가슴에 폭 안기듯이 매달렸다. 인섭은 본능적으로 두 팔로 경순을 굳게 포옹하려다가 깜짝 놀라 팔을 멈추고 한 손은 무료하게 외투 주머니에 집어넣고, 한 손으로 경순의 어깨를 잡고 자기 가슴에서 밀쳐내듯이 하여 이윽히 묵묵한 채 서 있었다. 조금 진정이 되자 경순이 자신도 깜짝 놀라 얼른 한 걸음 물러서려 했으나, 그 순간 새로운 무서움이 확 치밀어 또다시 인섭의 외투 깃을 꽉 잡고 얼굴을 파묻었다.

"무서워요?"

인섭은 아무 의지의 판단을 기다릴 여가도 없이 무의식간에 경순의 등을 꼭 싸안고 말았다.

이 순간, 인섭이가 경순이를 자기 팔 안에 껴안았음을 알고, 경순이가 인섭의 팔 안에 안기었음을 인식하자 마치 무엇에 튕긴 것 같이 따로따로 떨어져 섰다.

"잘못했어요, 용서하십시오."

묵묵히 고개를 내려뜨리고 섰던 두 사람의 침묵을 인섭이가 먼저 깨트렸다.

"어떻게 무서웠는지…… 용서하십시오."

하고 그제야 경순이도 입을 열었다. 그러나 두 사람 사이는 또다시 침묵해지고 말았다.

"경순 씨, 이것이 우리의 맹세를 깨트린 것이 될까요?"

얼마 후에 인섭이가 조용히 말했다. 경순이는 문득 불길한 예감이 떠오르며 가슴이 떨리기 시작하였다.

인섭이와 경순이는 서로 사랑하는 사이였으나 이 사람에게는 서로 범하지 말자고 맹세한 한 가지 계율이 있었다. 이 계율이란 것은

"결혼식을 거행하기 전에는 서로 손이라도 잡지 말 일."

이라는 것이었다. 이것을 어느 편이 먼저 제의했는지는 몰랐다.

불같이 뜨겁고 계곡물같이 맑고 샛별같이 아름다운 그 사랑과 열정을 모두 결혼하는 날의 즐거운 희망으로 남겨두려는 생각에서 이러한 계율을 지은 것은 아니었다.

'순결한 처녀의 몸으로 단 한 사람을 사랑하고 이 사람과 결혼하여 그 밤에 모든 것을 바치는 것이 참으로 정숙한 아내이다. 아무리 한 남자를 사랑하고 그 남자와 결혼한다 하더라도, 결혼 전에 그 남자와 손끝 하나라도 마주침이 있어서는 비록 정숙한 아내라고는 할 수 있으나 순결한 사랑을 한, 순결한 처녀라고는 할 수 없다.'

라는 생각을 굳게 가진 경순이었음으로 그를 열렬히 사랑하는 인섭 역시 경순의 입에서 이러한 말을 듣기 전에 미리 이해하고 스스로 경순이의 생각을 존중하는 사이에 이러한 계율이 생겨나고 만 것이었다.

'순결한 처녀의 몸으로 결혼하겠다.'

하는 것이 경순이의 신조였으므로 가끔 순결한 처녀는 사랑도 하지 않다가 결혼하는 것이다, 하는 생각도 들었으나 이미 사랑은 하지 않을 수 없게 되었으니 이 사랑을 순결한 사랑으로 기려나가겠다는 결론을 얻게 되었던 것이었다.

그러므로 그 밤에 더구나 하늘에 맑은 달님이 밝게 비치는 아래서 이 엄숙한 계율을 무의식간에 깨트리고 말았음에 두 사람이 다 같이 놀라

지 않을 수 없었다.

"경순 씨, 모두 내 잘못입니다. 용서하십시오."

인섭은 경순이가 너무 낙심하고 슬퍼할까 하여 위로하려고 애를 썼다. 그러나 경순이는 온몸을 떨며 절망에 가슴이 막혔다.

"이만한 것에 그같이 슬퍼할 것이 없습니다. 비록 맹세는 하였지만 결코 경순 씨의 순결을 상하게 한 것은 아닙니다. 더구나 무의식 간이었고."

인섭은 더 말이 나오지 않아 어떻게 해야 좋을지 몰라 했다.

"아아……."

경순은 그만 느껴 울기 시작했다. 그는 발을 구르고 그 산허리를 위로 아래로 구르고 싶을 만큼 안타까웠다.

"그러지 마세요. 그만한 것에 그다지 슬퍼하면 어떻게 해요. 장차 가까운 앞날에는 경순 씨의 전체가 나의 것이 될 게 아닙니까? 경순 씨처럼 너무 그렇게 생각하심은 좀 시대에 뒤떨어진 생각이요, 모순입니다. 나를 이미 사랑하신다면 그까짓 것쯤이야 고의라 하더라도 하등 경순 씨의 순결을 더럽힌 것이 되지 않습니다."

하며 인섭은 그 자리에서 경순이를 위로하려고 바싹 다가서 경순이 어깨에 손을 얹었다.

"싫어요."

경순은 인섭의 손을 뿌리치며 한 걸음 물러섰다.

그러나 인섭은 연달아 경순의 팔을 굳게 잡고,

"오늘밤 같이 아름다운 달님을 마음껏 바라보며 즐거운 이야기나 하려고 이곳에 왔는데 그까짓 대수롭지 않은 것으로 공연히 노할 것은 없어요."

하며 경순의 얼굴을 들여다보았다.

"싫어요."

경순은 인섭에게 잡힌 팔을 베어버리고 싶을 만치 안타까워 팔을 연해 뿌리쳤으나 인섭의 손아귀는 점점 힘 있게 잡고 놓지 않았다.

"경순 씨는 나를 사랑하지 않습니까? 사랑한다면 그러실 것이 뭐예요."

인섭이는 달빛에 더욱 창백하여 떨고 있는 경순의 아름다움을 바라보며 어떻게 하더라도 어서 급히 그 맘을 풀어주려고 애를 썼다. 애를 쓰면 쓸수록 경순은 자꾸 물러서고, 또 인섭이가 물러서서 타이르려면 그대로 달아날 것 같기만 하였다.

"경순 씨, 그만하십시오. 이제 다시 맹세합니다. 네? 용서하세요."

인섭이는 경순의 태도가 너무 완고하고 그 순결에 대하여 너무 결백하며 너무 신경질임에는 얼마만치 머리가 무겁지 않을 수 없었으나, 이러한 순결에 대한 결백성이 모두 자기 한 사람을 위한 것임을 알기에 경순의 이러한 생각에 끝없이 감사하고 엄숙하게 여겨졌다. 그러나 인섭의 정열은 이 밤에 경순의 맘을 풀어놓지 않고는 견딜 수 없었다.

"경순 씨, 나는 맹세합니다. 당신 앞에 손을 들고 맹세합니다. 보세요, 이같이 맹세하지 않아요? 당신은 순결하고 고귀한 감정을 가지신 처녀입니다. 이 세상에 당신을 빼놓고는 한 사람도 순결한 처녀는 없습니다. 비록 이제 우리의 맹세를 깨트렸다고 하나 이것은 허물이 될 것이 없습니다. 당신의 맘 그것만이 제일입니다. 나는 내 앞에서 당신이 백만 번 다른 남자와 포옹을 하고 키스를 한다 해도 허물치 않고 순결한 나의 애인, 정숙한 나의 아내라고 부르겠습니다. 맹세합니다."

인섭의 말소리는 떨려갔다.

"아아."

경순은 인섭의 이 말에 어안이 막히고 전신이 웅크러져 두 귀를 막아버렸다.

"왜 귀를 막아요."

하며 인섭은 뿌리치는 경순의 두 팔을 꼭 잡고 가슴에 힘껏 껴안으며 한사코 몸을 빼내려는 경순을 놓치지 않고 기어이 자기 가슴속을 다 말해 듣게 하고 말리라고 결심하였다.

"경순 씨. 감사합니다. 당신의 그 맘은 하늘의 별보다 더 아름답습니다. 나는 맹세합니다. 꼭 들으세요. 비록 당신이 나를 버리고, 어떠한 남자에게 시집을 가더라도, 나는 당신을 순결한 나의 애인이라고 부르겠습니다. 나는 내 일생을 바쳐서라도 당신의 순결을 아니 순결한 그 맘만을 안고 살아가겠어요. 당신의 순결을 오직 당신의 맘에서 찾겠습니다. 당신의 육체는 어떠한 일이 있고, 어떻게 남에게 짓밟혀도 나는 관계치 않겠어요."

하고 부르짖었다. 그러나 경순은 인섭을 떠밀며 죽을힘을 다하여 몸을 빼내려 했다. 인섭은 이윽히 경순을 안은 채 서 있었다.

"나는, 나는 싫습니다. 놓으세요, 놓아! 아! 무서워, 아."

경순은 소리를 지르며 인섭의 가슴을 떠밀며 주먹으로 두들기기도 하였다.

"아니 당신은 왜 이러세요. 나를 버리시려나요? 네?"

인섭은 허덕이며 물었다.

"싫어, 나는 싫어, 아"

"내가 밉나요? 왜 내 말을 들어주지 않습니까."

"싫어요. 싫어요, 아."

경순은 한결같이 몸을 틀었다.

"그러면 가십시오."

인섭은 경순을 놓았다. 경순은 한 걸음 비틀하며

"아, 나는 어떡해. 아! 어떡해."

하고 발로 땅을 구르며 뛸 듯이 몸을 날려 산 아래를 보고 총알같이 달려갔다. 경순의 전신은 불같이 뜨겁고 머리는 혼란하여 회오리바람이 부는 것 같았다. 자기 집 대문 안을 들어서서 자취끼 없이 건넌방인 자기 방으로 들어가 그대로 방바닥에 쓰러졌다.

"나는 순결한 처녀가 아니다. 내 몸은 망치고 말았다."

그의 생각은 인섭에게 한번 손을 잡힌 것이 처녀로서의 모든 자랑을 유린당한 것이나 조금도 다름이 없다고 생각하였던 것이었으므로, 인섭의 팔 안에 안기기까지 한 것을 생각하니 칼로써 자기 몸을 오려내고 싶도록 안타까웠다. 더구나, 자기가 먼저 인섭에게 달려가 안긴 것이었고, 인섭이가 떠밀려는 것을 무서워서 두 번째로 또 자기가 먼저 매달렸다, 하는 것을 생각하니 그는 두 번 다시 인섭을 대할 면목이 없고, 또 순결한 처녀로서 순결한 사랑을 하고 정숙한 그의 아내가 되려고 하였던 자기가 이제는, 이제는 모두 망쳐지고 말았다고 생각하였다.

안타까워 울음소리가 목구멍에 꼬깃꼬깃 매어 올라 안방에서 어머니와 어머니의 친구들이 재미있게 이야기하는데 울음소리가 들릴까 하여 손바닥으로 입을 눌러 막았다.

2

산허리에 혼자 남긴 인섭이는 어찌할 바를 몰랐다. 이 해에 처음 비치는 둥근달 아래서 즐겁게 앞날의 포부와 감상을 이야기하며, 이 한 해 동안에 많은 기쁨과 행복이 있으라는 축복도 주고받으려고 모처럼 남모르게 만나려던 것이 뜻밖에 이렇게 헤어지고 나니 얼마간은 몸도 움직이기가 싫었다. 경순의 그러한 태도는 가장 순결하고 엄숙한 것이라고는 할 수 있으나 이미 서로 굳게 사랑하는 사이인데 한 번 포옹에 그다지 심한 고통을 하는 것은 순결에 대한 감정이 너무 지나쳐 병적이라고도 할 수 있다고 생각하였다. 그는 무서움에 자아를 잃어버리고 나에게 매달린 것이요, 나 역시 무의식간에 그를 껴안은 데 불과하지 않았느냐.

이만한 것은 서로 웃고 두 번 다시 그런 부주의한 일은 없도록 경계하자고 하면 그만일 것이 아닌가.

비록 그가 결혼하기 전에는 손끝도 한번 마주침이 없고 서로 맘속으로만 사모하는 것이 가장 옳다고 믿으며, 자기의 모든 것은 결혼식을 이룬 후 비로소 허락하려고 오직 그날만 바라고 고대하며 타오르는 정열을 죽을힘을 다해 참고 견디어 왔던 것이 무의식간에 깨트려지고 말았으니 안타깝기는 할 것이지만, 그 상대가 나인 이상 그같이 노하여 달아남은 너무나 심하지 않을까. 혹 또 그가 먼저 나에게 매달린 것을 괴로워함이 아닐까. 그렇다면 나도 그런 괴로움을 하지 말라고 억지로 그를 끌어안은 것이 아니었던가, 하고 생각하니 두 다리에 맥이 풀리는 듯하여 겨우 자기 집으로 돌아왔다.

인섭은 지난 해 ××××의학전문학교를 졸업한 후 그 고을 동명병원이라는 개인병원에서 자기의 연구도 할 겸 외과를 담당하여 있었다. 자기 집은 얼마 되지 않는 재산이었으므로 인섭이가 졸업하자 인섭의 도움이 없이는 생활하기가 곤란할 지경이었다. 더구나 그 아버지는 무능력자라 집안에서 놀기만 하는 사람이요, 하나 누이는 시집가고 올해 중학교 사 학년이 되는 동생뿐이었기에 그 가정의 책임은 장자인 인섭이가 혼자 다 지지 않을 수 없게 되었었다.

자기 방으로 들어간 인섭이는 이윽히 책상에 팔을 고이고 앉았다가 경순에게 편지를 썼다. 쓴 편지를 주머니에 집어넣고 다시 집을 나오기는 했으나 경순에게 시급히 전할 도리가 없었다. 한참 길거리를 돌아다니다가 삼 전 우표를 사 붙여 우체통에 넣었다.

경순이는 그 이튿날 점심 때 인섭의 편지를 받아 급히 자기 방으로 들어갔다.

그러나 얼른 그 편지를 뜯어볼 수가 없었다. 이미 자기는 인섭의 편지를 받을 자격이 없다고 생각되었던 것이었다. 인섭의 정숙한 아내가 되려고 털끝만 한 티끌도 없는 순결한 처녀로 행복한 결혼을 기다리던 것은 수포로 돌아가고 말았다고 생각하였다.

'아무리 무서웠다 할지라도 처녀의 몸으로 남의 남자 가슴에 가 매달리지 않았던가. 더구나 인섭은 남자였으나 그 맹세를 잊지 않고 나를 밀어내려 하였다. 그러나 나는 또다시 그에게 매달렸다. 나는 그이보다도 부정한 행동을 하였다. 내가 자꾸 매달려 그로 하여금 마지막에는 나를 무리로까지 안고 놓지 않게 하였다. 그는 얼마나 나를 원망할 것이냐. 나의 순결을 얼마나 의심하겠는가. 남자에게 먼저 달려든 여자! 아아 나는 어떡해. 나는 두 번 다시 그에게 대할 면목이 없구나. 아! 부끄럽다.'
하는 생각이 끝없이 북받쳐 올라 인섭의 편지를 열어보기가 무섭고 부끄러웠다. 자기가 인섭에게 먼저 매달린 것은 천하에 용납 못할 천한 행동이며 아주 천하고 음탕한 여자가 취하는 행동이라고까지 생각하였었다.

그는 손에 쥐었던 편지를 그대로 책상 서랍에 집어넣어 얼른 닫고 몸서리를 치며 밖으로 뛰어나갔다. 인섭에 대한 열정은 어디로 가버렸는지?

그의 가슴은 인섭에 대한 부끄러움과 무서움과 후회로 꽉 차고 찢어질 듯 안타까웠고, 인섭에게 안겼던 것을 생각하면 몸서리가 나고 정신이 웅크러졌다.

'아! 나는 영원히 그를 대하지 않겠다.' 하고 부르짖었다. 그가 이렇게 인섭이를 영원히 대하지 않겠다는 결심이 들 때, 비로소 얼마만치 진정이 되었다.

그 후 인섭이는 늘 고민하며 경순의 답을 기다렸다. 그러나 경순에게는 답이 없었다. 일주일이 지난 후 또다시 편지를 했다. 그러나 또 일주일이 지나도 답이 없었다. 그는 초조해졌다. 어떻게 하더라도 한 번만 만날 수 있기만 바라며, 그런 기회를 얻기 위하여 자주 경순의 집 근처를 배회도 해 보았다. 모두가 헛수고였다. 그는 생각다 못하여 직접 경순의 부모에게 청혼을 해 볼까도 생각하였었다. 거의 두어 달 동안이나 이렇게 지내는 동안에 문득 한 가지 의심이 생겨났다.

 '아무리 경순이가 절망하고 노여웠다 할지라도 그만한 까닭에 이다지 냉정할 리가 없다. 그의 부모가 나의 편지를 도중에서 없애버리는 것이 분명하다.'라는 생각이었다. 그래서 인섭은 이제는 편지를 보내는 것은 헛수고일 것이며, 그동안 경순이가 얼마나 나의 소식을 기다렸을까, 생각하면 잠시도 그대로 있을 수가 없었다. 하루 급히 경순을 만나 자기의 맘속을 잘 타일러서 고민 중에 있는 그를 구해야 되겠다고 생각하였다.

 인섭이가 있는 병원 원장의 딸 명주는 경순이와 여자고등학교를 함께 졸업한 동무인 것을 인섭이는 알고 있었다. 경성 ××전문에 다니는 명주가 요즘 춘기 방학이라 집에 돌아와 있는 것도 알고 있었다.

 '옳지, 명주에게 한번 부탁해서 경순이를 나와 만나도록 해달라고 해보자.' 하는 생각이 문득 나자 인섭은 그날부터 명주가 병원에 나올 때를 기다려 보았다. 그러나 명주는 좀처럼 병원에 나오지도 않고 병원과 잇대어 있는 원장의 사택에서도 서로 마주칠 기회가 없었다.

 그날은 웬일인지 환자도 별로 없고 하여 인섭은 경순이를 만날 계교를 생각하며 어떻게 해야 명주에게 부탁을 해 볼까, 하는 생각에 젖어 있었다.

 그때, 외과 진료실 문이 소리도 없이 열렸다. 인섭은 멍하니 창밖만 내다보며 하염없이 앉아 돌아다보지도 않았다.

 "아파요. 약 좀 발라요"

하며 원장의 어린 아들 석주가 명주와 함께 들어왔다.

"응? 또 어데 다쳤니?"

인섭은 돌아보지도 않고 그대로 앉아 귀찮은 듯이 대답만 하였다.

"저, 선생님."

조금 무게 있는 명주의 음성이 들리자 인섭은 깜짝 놀라 펄쩍 뛸 듯이 일어섰다.

"아이고, 실례했습니다. 석주 너 어데 다쳤나?"

하고 석주의 팔을 끌어 의자에 앉혔다.

"어제 엎어졌어요."

하고 명주가 불만인 듯이 말했다. 인섭은 뜻하지 않은 이 좋은 기회에 가슴이 쿵덕 방아를 찧으며 기뻤다. 석주는 손바닥과 정강이를 조금 다쳤을 뿐이었으므로 얼른 소독을 한 후 요오드포름[1]을 허처[2] 붕대를 감았다. 석주는 그만 밖으로 뛰어나갔다. 명주도 뒤따라 나가려 하므로

"명주 씨, 언제 상경하십니까?"

하고 인섭은 급히 불러 세우듯이 말을 건넸다.

"네? 곧 가겠습니다."

명주는 얼굴이 새빨개지며 돌아섰다.

"벌써 개학 때가 되었습니까?"

웬일인지 인섭이도 얼굴이 붉어졌다.

"아뇨."

"그러면 왜 벌써 가세요."

"……"

---

1) 원전에는 '요도호로무'로 되어 있다.
2) 허처: 흩어서 뿌려.

명주는 대답 대신 잠깐 미소하며 아랫입술을 깨물었다. 인섭은 어떻게 경순의 말을 꺼낼까 하고 궁리하였다.

"명주 씨는 이곳에 동무가 없습니까?"

"……."

명주 얼굴은 잘 익은 능금같이 붉어지며 고개를 내려뜨렸다. 인섭은 더 말을 꺼낼 수가 없어 무료히 담배를 꺼냈다.

"저, 이경순 씨를 모르세요?"

이윽고 인섭은 이 기회를 놓치지 않으려고 필사적 노력으로 이렇게 말하고 말았고 명주는 잠깐 인섭을 쳐다보았다.

"선생님, 경순이를 어떻게 아세요?"

하며 역습을 하듯 물었다.

"아니. 저야 잘 모릅니다만 제 친구가 자꾸 칭찬을 하니까."

인섭은 지금 명주 앞에서 바른말이 아무래도 나오지 않고 도리어 경순이와의 사이가 청백한 백지라고 변명이나 하듯 이렇게 말끝을 흐렸다.

"경순이와는 여고를 함께 마쳤습니다만, 걔는 저하고 성질이 잘 맞지 않아서 친하지 못합니다."

명주는 저윽히 안심이나 하듯 자기의 의사를 표명하였다.

"그렇습니까?"

"네, 경순이는 얌전하고 나는 말괄량이니까요."

하며 명주는 인섭을 또다시 쳐다보았다. 인섭은 가슴이 뜨끔해지며 등이 섬뜩하였다. 자기를 바라보는 명주의 시선. 그것은 경순이가 그 어느때 자기를 바라보던 광채 나고 뜨거운 그 눈동자 속에 있던 그 시선과 꼭 같은 것이라고 느꼈던 것이었다.

인섭이는 얼마간 입이 꽉 막히고 말았다. 명주는 머뭇머뭇하며 자기 몸을 어떻게 가져야 옳을지를 잊어버린 것 같이 망설이다가 휙 돌아서

문밖으로 달려갔다. 인섭은 멍하니 선 채 자기 역시 이 당장에 어떠한 표정을 가져야 좋을지를 몰랐다.

"선생님 계시나요?"

빨리 달려 나가는 명주와 하마터면 이마받이를 할 뻔하여 몸을 피하며 천만뜻밖에 경순의 어머니가 들어왔다. 인섭은 가슴의 놀라움을 숨기려고 기침을 한 번 크게 하고 담배에 불을 붙이며

"어서 오십시오."

하고 인사를 했다.

"네. 저, 이 손가락이 무단히 아파서요."

하고 인섭의 앞 의자에 와 앉으며 왼편 셋째손가락을 치켜들었다.

3

경순의 어머니에게 필요 이상으로 친절하게 치하를 하여 돌려보낸 후 인섭은 머리를 부둥켜안고 의자에 털썩 걸터앉았다. 명주에게 애원을 하든지 또는 간청을 하여 경순을 만날 기회를 지어보려고 생각하였던 것도 뜻하지 않은 명주의 묘한 태도로 말미암아 이상야릇한 결과를 짓고 말았던 것을 생각하면 가슴이 혼돈해지지 않을 수 없었다. 그뿐 아니라 하필 그 장면에 경순의 어머니가 뛰어든 것은 인섭의 머리를 극도로 어지럽게 하였다. 경순이와 인섭의 사이를 전혀 모르고 있는 것이면 그래도 조금 나을 것이다. 만일 인섭이가 상상한 바와 마찬가지로 경순에게 가는 자기의 편지를 모조리 앞채여 읽고 있는 터이라면 자기는 얼굴을 들 수가 없을 만치 부끄러운 일이다. 아무리 명주와 청백한 사이라고 변명한들 명주의 달려 나가던 그 태도를 보고 수상하게 생각하지 않을

수 없을 것이며, 그리고 만일 경순에게 이런 말이 들어간다면 그 결백한 성질에 얼마나 의심을 하며 괴로워할까, 하는 것도 큰 두통거리였다.

'어떻게 하면 좋을까. 아무래도 서로 만나야겠다. 지금은 오직 서로 만나 직접 이야기해보는 거 외에는 아무 좋은 수단이 없다.' 하는 생각을 하며 그는 불쾌한 그날을 보냈다.

경순은 인섭에게서 오는 편지를 한 장도 뜯어보지 않고 그대로 책상 서랍에 집어넣은 채 그 책상 가까이도 가지 않았다. 그의 부모는 처음부터 오늘까지 인섭과의 사이를 전혀 알지도 못했고 편지도 그리 수상하게 보지 않았으므로 한 장도 손대지 않고 꼬박꼬박 경순에게 전했던 것이었다. 만일 그 부모가 인섭과의 사이를 알아챘다면 더 한층 인섭의 편지를 받들었을 것이었다. 신분이라든지 사람 된 품위라든지 또는 외모 풍채라든지가 인섭이를 두고는 그 고을에서 경순의 짝 될 청년이 그리 쉽게 있을 리가 없다고 생각하며 자기네들 스스로가 은근히 인섭의 주위를 주의해 오던 터이었던 것이다.

경순의 어머니가 병원에서 돌아와 그 남편과 경순이 듣는 데서
"아마도 동명병원 외과 선생은 원장 딸 명주와 어떻게 됐는가 봐."
하고 말하자 그 남편은 태연은 하나 조금 실망의 빛을 띄웠다. 경순은 두 눈을 꿈쩍하며 하늘이 무너지는 듯 놀라
"누구하고?"
하고 자기 귀를 의심하듯 재차 물었다.
"걔, 명주하고 아마 좋은가 봐. 내가 병원에 가니까 둘이서 치료실에서 얼굴이 붉어져 정답게 이야기하더구나."
하고 비웃듯 대답하였다. 경순은 벌떡 일어나 자기 방으로 달려갔다. 방바닥에 힘껏 그 몸을 내던지려다가 우뚝하니 선 채 부르르 떨며 두 눈만 끔벅끔벅하였다.

'나는 인섭 씨와 영원히 만나지 않으려고 결심하지 않았는가.'

하는 생각이 푹 솟아오르자 그는 힘없이 주저앉고 말았다.

'모두가 나의 잘못이었다. 그날 밤을 새카맣게 지워 버릴 수 없는 이상 나는 그를 대할 길이 없다. 모두가 악마의 저주함이다.'

그는 이렇게 부르짖 듯하며 일어섰다. 그의 심사는 둘 곳이 없고 그날 밤 이후 오늘까지 인섭이를 잊으려고 애쓰고 인섭에게 매달리던 그 두 팔과 인섭에게 안겼던 그 허리를 긁어내고 베어내지 못하여 하던 괴로움을 생각하면 그의 마음은 집 잃은 작은 새끼 새와도 같이 애가 끊어지는 듯하였다.

'나는 장차 어떻게 할까……'

하는 생각이 들 때 그의 눈앞은 캄캄하였다. 다만 그 정월 대보름날을 인섭이와 결혼한 날이라 믿고 그리고 자기는 그대로 있다 죽으리라. 그러면 모든 괴로움은 사라질 것이며 순결한 처녀로서 정숙한 아내로서 일생을 마칠 수가 있다고 깊이 생각되었다. 그러나 인섭에게는 다시 얼굴을 들 수 없는 천한 행동을 보였으니 그는 자기의 순결을 의심할 것이다. 하는 생각이 들며 다시 눈앞이 어두워지고 마는 것이었다.

며칠이 지난 후, 그는 참다못해 인섭에게 편지를 쓰기로 결심하였다. 이미 몇 백 번 입안에서 되씹고 가슴을 서리며 생각해오던 것을 그대로 쓰기로 하였다.

마지막으로 올리는 글월이오니 버리지 마시고 읽어주십시오. 저는 어떻게 해야 좋을지 모릅니다. 그러나 그 지나간 정월 십오 일을 나의 결혼 날이라고 믿겠습니다. 그러면 저는 앞으로 살아 있는 동안 얼마만치 위로가 될까 합니다. 인섭 씨와 저는 결혼하였던 것이 됩니다. 그러나 인섭 씨께서는 저를 용서하시지 않을 것을 잘 알고 있습니다. 인섭 씨의 허락도 없이 제가 먼저 인섭 씨에게 몸을 던진 천한 몸입니다.

영원히 행복하십시오.

라고 편지를 썼다. 그러나 한 번 고쳐 읽어 보니 무슨 말인지 인섭이가 잘 알아 볼 수 없으리라고 생각되었다. 더 길게 많이 쓸 말이었으나 될 수 있는 대로 짧게 쓰려니까 이렇게 대중없는 편지가 되고 만 것이었다.

다시 고쳐 쓰려 했으나 그동안 자기 맘에 무슨 변동이 생기기 전에 뜯어버릴 생각에 그대로 봉투에 넣어 하인을 시켜 우체통에 넣고 말았다.

인섭은 오래간만에 이 편지를 받고 급히 봉투를 여는 손이 진정할 수 없게 떨렸다. 한 번 읽고 또 한 번 읽었다. 그러나 곧 이해할 수가 없었다. 그러나 경순이가 끝없이 고민하고 있다는 것만은 똑똑히 알 수가 있었다.

"어쩌면 만날 수 있으랴."

그의 가슴에는 경순이를 보면 일러주고 싶은 말이 산더미 같았다. 그는 생각다 못하여 경순에게 한 번 만나게 해달라는 애원의 편지를 보낸 후 또 며칠이 지나간 때였다.

명주가 서울로 떠난 그 이튿날이다. 인섭은 최후 결심을 하고 자기와 가까운 간호부 옥순이를 불렀다. 옥순이는 겨우 열다섯 살 되는 소녀로서 보통학교를 졸업한 작년 봄부터 그 병원 간호부 견습으로 와 있는 귀여운 아이였다. 인섭은 평소부터 누이동생같이 귀애하는 터이라 자기를 위하여 수고를 아끼지 않으리라고 믿었던 것이었다.

"옥순이 너 내 심부름 좀 해 주련?"

하고 정답게 물었다.

"네."

옥순은 조금도 의심 없이 대답하였다.

"그러면 오늘 저녁 일찍 먹고 우리 집에 잠깐 와 주지 않겠니?"

"몇 시쯤 말씀이십니까?"

"일곱 시쯤 해서 아니, 꼭 정각 일곱 시에."

"네."

옥순은 태연하게 승낙하였다.

인섭은 저녁을 먹는 둥 마는 둥 하고 집 대문간에서 일곱 시가 되기를 기다렸다. 옥순은 일곱 시가 채 못 되어 달려와 인섭에게 인사를 하였다.

인섭은 얼른 입이 떨어지지 않아서 골목을 한참 걸어가다가 말없이 따라오는 옥순을 훌쩍 돌아보며

"옥순아, 너 이경순이 알지?"

하고 물었다.

"저 우편국 뒤에 있는 이 말씀이세요?"

하고 어둠 속에서 눈을 둥그렇게 떴다.

"옳지, 그 경순이 말이야. 너 수고스럽지만 지금 나하고 가서 나는 밖에서 기다릴 테니 너 혼자 들어가서 경순이더러 명주가 잠깐 놀러 오라더라고 하고. 오지 않으려거든 기어이 만나자고 하더라고 말 좀 해다오. 그래도 오지 않으려거든 그러면 대문간까지라도 잠깐만 나가자고 해서 어떻게 하든지 나와 좀 만나게 해주지 않겠니?"

인섭은 이런 수단으로 경순을 만나려는 것은 양심에 거리끼는 것이었으나 그에게는 전후 체면을 생각할 여유가 없었다. 옥순은 자못 놀랐는지 아무 대답이 없이 머뭇머뭇하다가

"명주 선생님은 서울 가셨는데 만일 가신 줄 알고 오지 않으려면 어떻게 합니까."

옥순은 인섭의 뜻하지 않은 부탁에 일변 놀라며 이런 부탁을 받게 되는 것이 스스로 어색하여 얼굴을 붉히면서도 자기 위에 있는 즉 주인이

나 다름없는 인섭에게 충실하려고 애를 썼다.

"알아도 관계없다. 좌우간 대문간까지만 나오도록 해다오, 응?"

인섭의 간절하게 떨려 나오는 말을 듣자 옥순은 무슨 말을 더 하려다가 그대로 입을 다물고 잠깐 무엇을 결심하듯 눈을 감았다 뜨며

"갔다 오겠습니다."

하고 발길을 급히 돌렸다. 어느 사이엔지 우편국 뒷골목까지 갔다. 경순의 집 대문간에 켜져 있는 전등이 인섭의 눈에 비쳤다.

"그러면 옥순이, 미안하지만 속히 가소. 응."

하고는 발길을 멈추었다.

"선생님, 경순 언니를 어떻게 아십니까? 얼마 안 있어 영선이 오빠하고 결혼하는 것 아십니까?"

옥순은 자기의 경애하는 주인 선생이 경순을 만나려고 애쓰는 모양이 안타깝기도 하고 또 지금 이같이 애태우는 인섭에게 알려주어야 자기가 인섭에게 대한 충실함에 잘못이 없음을 깨달았던 것이었으므로 요즘 들은 경순의 얘기를 말하지 않을 수 없었던 것이었다.

"옥순이 뭐랬나?"

인섭은 자기 앞에 근심스런 얼굴로 서 있는 옥순을 물끄러미 바라보며 물었다.

"경순 언니가 영선이 오빠에게 시집간답니다. 선생님 모르셨어요?"

옥순은 인섭이가 경순의 결혼을 모르고 공연히 헛수고할까 봐 염려가 되어 알려준 뜻을 인섭이가 얼른 알아듣지 못함이 이상하였다.

"누가 결혼을 해? 너 어데서 들었니?"

"어저께 혼수가 갔는데요. 영선이는 우리 집 곁에 있어요. 영선이 오빠는 김영준이라는 사람인데 금융조합에 다닌답니다. 혼수가음³⁾을 받을 때 저의 어머니도 갔다 왔습니다."

하고 옥순은 자세히 이야기하였다.

"너 거짓말이지?"

인섭은 태연하였으나 그의 두 입술은 가볍게 경련을 일으키며 눈물이 핑 돌았다.

"정말. 정말입니다."

인섭은 멍하니 경순의 집 대문간 전등만 바라보았다. 옥순은 그제야 인섭의 가슴속을 이해할 수 있었다. 어떻게라도 인섭을 위로해 주고 싶었으나 무어라고 말해야 좋을지 몰랐다.

"선생님, 그래도 가보고 올까요?"

하고, 나무처럼 우뚝 선 채 어깨만 들먹거리는 인섭의 얼굴을 쳐다보며 보드라운 애정을 가득 실은 목소리로 물었다.

"아, 옥순이."

인섭은 옥순의 어깨를 두 손으로 걸어 잡아 와락 자기 가슴에 꼭 껴안고 옥순의 이마에 자기 이마를 얹고 한숨과 느껴짐을 참으려고 온몸을 부르르 떨었다. 그의 몸은 몽둥이를 얻어맞은 듯 비틀거리며 그대로 혼자 따로 설 기력이 없었던 것이었다.

≪삼천리≫, 1936년

---

3) 혼수가음: 혼숫감. '가음'은 '감'의 사투리로 어떤 일을 하거나 무엇을 만드는 데 재료 또는 바탕이 되는 물건.

호도湖途

"네까짓 것쯤이야 단주먹이야. 뭐 단주먹에 박살이 나고말고."

"……."

"이년, 어서 내놓아!"

"……."

"이년아, 글쎄 네 이년! 이년아."

"……."

"아, 저년이 귓구멍에다 ××을 박았나? 글쎄 이년아 돈 오십 전만 내놓으란 말이다."

"……."

"오십 전이 없거든 이십 전만이라도 내라."

"……."

"당장에 배때기를 푹 찔러 간을 빼어 지근지근 씹어놓을 년, 돈 십 전이라도 내 놓아라 응? 이년아."

"……."

"이년이 그래도 벼락을 맞지 않아서 근질근질하구나. 돈 오 전도 없어?"

"……."

"이런 빌어먹다가 얼음판에 가 자빠져 문둥 지랄병을 하다가 죽을 년아. 돈 오 전이 없다고 안 내놓는단 말이야? 허허 참 이년이야! 에라 이목탕목탕 썰어 죽일 년 같으니……."

후닥닥 지끈. 뚝딱, 하는 법석과 함께 마누라의 몸은 뜰 한가운데 가서 큰 대 자로 벌떡 때려 뉘어졌다.

"이년이 사람을 잡아먹고 아이새끼로 입가심할 년이, 돈 오 전이 없다고 남의 속을 이렇게 썩인단 말이지……."

연달아 박차고 밟고 두들기고 하다가, 나중에는 기운이 빠졌는지 방 안으로 뛰어 들어가, 다 떨어진 노랑 장롱 문을 뚝 잡아떼고 그 안에 들어 있는 의복 몇 가지를 골라잡고 밖으로 훌쩍 뛰어나와, 아직껏 뜰 한가운데에 퍼져 누운 마누라를 손에 쥔 옷가지로 두서너 번 후려쳐 갈겨주고는, 횡거리로 사라져 버렸다.

마누라는 죽은 것 같이 쭉 뻗고 누웠다가, 이윽고 부스스 일어나 앉았다.

"도둑놈……."

단 한마디 뱉듯 부르짖고 긴 한숨과 함께 일어서 방 안으로 들어가, 흩어진 옷들을 주섬주섬하여 농 안에 밀어 넣고 떨어진 농 문짝을 집어 농 문을 막으려다가. 그대로 윗목에 밀쳐놓았다.

"암만 생각해도 할 수 없구나."

마누라는 천천히 걸어서 김문서의 농장으로 일거리를 찾으러 가는 길이다. 벌써 그 먼 옛날의 꿈으로 사라지고 만 일이나, 그 행복스럽던 기억이 하나 둘 머리에 떠오르며, 며칠 전 남편에게 그렇게 얻어맞아 퍼렇게 멍이 든 뺨은 화끈하게 붉은 물을 들였다.

"사람의 팔자라는 건 정말 무섭다. 내가 그때 왜 그랬을까…… 아이고."

그는 자기 몸을 물어뜯고 싶을 만큼 안타까웠다.

"다 이년의 잘못이지, 이년의 팔자지……."

"그때 그이는 그렇게도 애를 썼는데, 이 못된 년이 무슨 개지랄이 들어서 달아나기는 왜 했던고."

"아이고오오……."

길 가던 사람이 웃을 만큼 그는 혼자 중얼거리며 섰다가 걸어가다가 하며 발끝을 망설였다.

그는 올해 스물아홉 살이다. 벌써 네 번째의 임신으로 배는 바가지를 찬 듯이 불쑥 높았다. 첫째와 둘째는 사십구 일 안에 죽고 말았는데, 그 죽은 것도 남편인 최 가에게 맞아 죽은 것이나 다름이 없었고, 셋째는 뱃속에 든 채 발길에 채여서 일곱 달 만에 죽어 나왔다. 이번 넷째는 웬일인지 아무리 맞고 차이고 밟히고 하여도 그대로 펄떡펄떡 저대로 자라고 있다.

"엄마! 나는 기어이 살아 나가겠어. 그래서 엄마 원수를 갚아줄게……."
라고나 하듯 좀처럼 낙태가 되지 않았다.

그러나 그가 김문서의 농장에라도 가서 일을 하지 않고는 살아갈 수가 없게 된 뒤부터는

"아이고, 이 원수 놈의 씨야…… 대체 이번은 왜 낙태도 되지 않고 남의 속에 들어붙어 나를 부끄럽게 하노. 이렇게 배가 불러 어떻게 그이를 대하노."
하며 그 옛날의 김문서를 눈앞에 그려보며 중얼거리는 것이었다. 그러면 배 안에서는

"이년아, 너는 전생에 죄가 많아서 나를 배었단다. 내가 나가면 아버지보다 더 골탕을 먹여주겠다."
고나 하듯이 자기의 창자를 휘어잡고 떨어지지 않는 것같이도 생각이 들었다.

그가 열일곱 살 적…… 그때 일이다.

그때 한동네에 사는 김문서가 상처를 하고 난 지 얼마 되지 않았을 때다. 문서는 동네 앞 샘터에 물 길러 간 그의 허리를 휘잡아 안으며

"옥남아! 나는 네가 좋다. 너 내게 시집와 주지 않겠니?"

하고 대들던 김문서였다.

"아이고머니, 놓아요."

소리를 빽 지르며 물동이도 집어던지고 그대로 달아났던 그이었다.

"이 계집애야, 너만 허락하면 만고 호강을 할 터인데, 내가 네게 싫어 보이는 것이 뭐냐?"

김문서는 간절히도 그에게 사랑을 요구하였다.

"아이고 더러워라. 상처한 남자에게 재취댁으로 내가 시집갈 줄 아나베."

하고 그는 어디까지나 침을 뱉었었고. 그의 부모도 암만해도 숫계집에는 숫총각이라야…… 라는 생각으로 끝끝내 김문서를 거절하고 지금 남편인 이 최 가에게 시집오게 되고 만 것이었다.

가장 행복한 배필이라고 믿었던 숫처녀 숫총각의 이 한쌍 부부는 오래지 않아 세상에서도 드문 비렁뱅이의 처참한 생활로 떨어졌으니, 최 가는 알코올 중독자였었다.

그러나 김문서는 어디서 얻었는지 꽤 얌전스런 아내를 맞아 살림도 쥐새끼 일듯 자꾸 불어서 지금은 동네 앞에다 큰 농장을 경영하며 봄철에서 가을까지는 거의 날마다 이삼십 명씩 일꾼을 부리게까지 벌어졌다.

그러므로 최 가의 아내가 된 그는 아무리 굶주려도 이 농장에 일하러 갈 생각은 하지 않고 오늘까지 왔다.

"아이고 더러워. 상처한 남자에게 내가 시집갈 줄 아나베."

하고 뿌리치던 그 일이 생각나는 까닭에

"나를 좀 써주시오."

하고 김문서에게 도로 애원하기가 차마 못할 노릇이었다.

그러나 오늘은 할 수 없었다. 그동안 참고, 또 참아 왔지만, 오늘내일로 해산이 임박하였고, 남편인 최 가는 단 하나 남은 솥을 들고 나간 지

사흘째 소식이 돈절하며, 입에 넣을 것이라고는 찬물밖에 없으니. 그래도 죽는 것보다는 나으려니 하고 이렇게 김문서의 농장으로 향해 나선 것이다.

차마 못할 일이었다.

그는 농장 앞까지 갔다. 철망 저쪽 농장 안에서는 여러 사람이 일을 하고 있었다. 그는 우뚝 서 바라보다가 가만히 그중의 한 사람을 향하여

"여보소, 덕동댁이."

하고 불렀다.

"누구야? 아아 옥계댁이요? 왜 불러요."

하고 불린 여편네가 그를 바라보았다.

"좀 할 말이 있어……."

그는 어물어물하며 조금 나와 달라는 듯이 말끝을 흐려 버렸다.

"아이고, 지금은 일하는 시간인데, 주인이 보면 야단합니다. 할 말이 있거든 당신이 이리 오소."

덕동댁이란 여편네는 다시 허리를 굽혀 일을 계속하였다. 그는 공연히 입을 비쭉한 후 앞뒤를 돌아본 후, 허리를 굽혀 부른 배를 감추듯 하며, 멍든 뺨을 한 손으로 가리고 농장 안으로 들어갔다.

다행히 주인 김문서의 얼굴이 보이지 않았으므로 얼른 덕동댁에게로 가까이 갔다.

"아이고, 하는 수가 없어요. 나도 일 좀 하게 해 주소."

그는 말이 잘 나오지 않아 와들와들 떨며 겨우 자기가 온 뜻을 말했다.

"아니, 오늘은 틀렸는데, 일 시작한지가 언제라고……."

덕동댁은 늦게 왔으므로 오늘은 일을 시키지 않으리라는 의견이었다. 그는 금방 눈물이 뚝 떨어질 것 같았다.

'설마, 그이가 보았으면 좀 늦게 온 것쯤이야…….'

하는 생각에 살이 와락 떨리며

"주인은 어디 있어요?"

하고 물었다.

"저기 배추밭에 서 있지 않아요."

하고 가리켜주는 편을 바라보며, 그는 무의식간에 그편으로 달음질하여 갔다.

사람의 기척에 배추벌레 잡는 여편네들을 감독하며 서 있던 사내가 고개를 돌렸다. 그는 틀림없는 김문서였다. 옛날 자기의 허리에 매달려 애원하던 그 김문서에 틀림없었다.

넓적한 얼굴, 뚱뚱한 몸집, 쭉 째진 입. 그때 그렇게도 징그럽게 뵈던 김문서가 오늘은 왜 이다지도 그를 슬프게 함일까……. 가슴이 쿵덕하며 눈물이 주르륵 떨어졌다. 말문이 막히고 두 귀가 '왱' 하며 얼굴이 화끈해졌다.

"일하러 왔소? 저기 가서 벌레를 잡아."

김문서는 태연하게 밭골을 가리켰다.

"아이고, 그 마누라 배를 보니, 어디 일하겠는가요? 그중에 또 늦게 오고……."

곁에 섰던 여편네 하나가 툭 튀어나왔다.

여편네 차림차림이 분명코 문서 마누라임에 틀림이 없었다.

문서는 그를 그 예전 자기가 무릎을 꿇던 아름답던 처녀 옥남인 줄을 알았음인지 몰라보았음인지 싱긋이 사람 좋은 웃음을 남기고 돌아서 저편으로 가 버렸다.

"여보, 당신은 늦게 온 대신 쉬는 시간에도 쉬지 말어."

하고 문서의 마누라는 연해 남편의 뒤를 따라갔다.

그는 겨우 진정 한 후 문서가 사라진 편을 잠깐 바라본 후 고개를 축 늘여 가지고 밭고랑에 가 앉았다.

"옥계댁이 오늘 웬일이요?"

일하던 여자 인부들은 모두 그와 한동네에 사는 터이라, 서로 인사를 건넨다.

"일하러 왔지요."

그는 고개를 내려뜨린 채 간신히 대답하였다.

그날 아침에 냉이나물 한 죽이를 소금에 찍어 먹고 왔을 뿐인 그는 해가 점심때 가까이 되자, 등줄이 당기며 두 눈은 목구멍으로 삼키려는 듯하고 배 껍질은 배가 고파 말라붙는 것 같건만, 찢어질 듯 따가우며 연해 쩡하니 울리듯 아팠다.

이마에 진땀이 흐르고 아무리 보아도 범상치 않았다.

점심시간이 되자, 다른 일꾼들은 밥 꾸러미를 안고 제각기 이곳저곳 둘러앉아 먹기 시작하였으나, 그는 가지고 온 것이 없을 뿐 아니라, 간간이 시작되는 아픔에 못 견디어 밭 한옆 움푹진 골에 가 엎드려 있었다.

아무리 생각하여도 해산 기미가 분명해지자, 그는 집으로 돌아갈 기력도 없을 뿐 아니라, 그대로 돌아가면, 삯전도 받지 못할 것을 생각하고, 오늘 해만 참으려고 이를 악물고 손가락을 갈고리처럼 옹크려 땅을 박박 긁었다.

점심시간인 한 시간 반을 그는 고랑에 엎드려 참지 못할 일인 줄 알면서도, 그이가 고맙게도 허락해 준 그 일자리를 위해서라도 참아야 된다고 애를 썼다. 그러나 아픈 것은 각각이 더해지며, 조수 밀듯 밀려오는 고통에 허리는 척 무너지는 듯하였다.

"아이고, 암만해도 안 되겠구나."

그는 속으로 부르짖고, 당장에 까무러치고 그 자리에 잦아질 것 같아지며, 그의 가물거리는 본능의 눈에 채 굵지 않은 봄 무의 고랑이 비쳤다. 다음 순간에 그는 흙 묻은 무 한 개를 잎사귀째 마구 씹어 삼키고 있는 자기를 보았다.

"아이고, 저기 누가 무를 뽑아 먹네."

누구의 말소린지가 들려왔다. 그러나 그는 움직이지도 않고, 무 꽁지, 무 잎사귀 남기지 않고 다 씹어 삼켰다.

"무를 그렇게 뽑아 먹으면 어째, 도둑년."

하는 소리가 그의 귓문 앞까지 갔을 때는 한 생명이 이 세상에 생겨나오는 순간이었다. 배추 고랑에 엎드린 그의 속옷 가랑이에 끼인 새 생명은 연해 고함을 치고 있었다.

밭 가운데서 어린아이를 순산한 것은 좋은 일이라고 문서는 그를 잘 단속하게 하며, 쌀 한 말을 가져다주었다.

해산한 지 여드레 만에 남편 최 가가 돌아왔다.

"이년. 또 아이새끼는 왜 내질러."

하며 누더기를 젖히고 아기의 다리 사이를 들여다보더니,

"이런 빌어먹을 년."

하고 벌떡 일어서 후다닥 연거푸 마누라의 뺨따귀를 올려붙인 후

"계집아이는 낳아 뭐 한다고, 재수 없게 이년, 이까짓 것 먹일 것 있거든 내나 먹자."

소리를 빽 지르고 누더기째 아기를 발길에 감아 차 던졌다.

"캑."

하는 소리와 함께 벽에 가 붙었던 누더기가 방바닥에 떨어지며 그대로 고요해졌다.

"아이고머니."

마누라는 와락 누더기를 끌어안았다.

"이년, 죽은 지가 오래다."

최 가는 한 마디를 남기고 휭 나가 버렸다.

그는 목을 놓고 울었다. 뼈가 저리게 슬펐다. 그러나 그는 앞으로 할 일은 단지 동네 구장에게 가서 죽었다는 말을 한 후, 호미를 가지고 공동묘지로 아기를 안고 가서 그곳에 파고 묻어 버리는 것, 이 일만 해야 되는 줄 알았을 뿐이었다.

이날. 남편 소식이 끊어진 지 열흘째 되는 날이요. 아기를 묻어 버린 지도 열흘째 되는 날이다.

이날은 동네에 새로 쟁긴 ××를 신축함으로서 상량식을 하는 날이다.

이 상량식에 올릴 제물을 장만하느라고 동네 여편네들은 모였다.

"이 음식은 장만할 때 맛을 본다든지 몰래 군입을 댄다든지 하면 안 되는 것이오. 아주 정결하게 제물을 올려야 하는 것이니까. 모두 입을 봉해서 만드오."

라고 구장이 선언을 내리자, 여편네들은 수건으로 입을 가려 뒤통수에다 잡아매고 혹은 떡을 치고, 혹은 고기를 굽고, 혹은 나무새를 볶는 것이었다.

최 가 마누라인 그는 나무새[1]를 만드는 데 끼었다.

음식은 착착 장만되어 갔다.

그는 마지막 콩나물을 볶는 솥에 불을 넣는데 어느 사이엔지 입을 가린 수건이 턱으로 미끄러져 내렸다. 그는 그것도 모르고 솥뚜껑을 열고 나물을 들여다보았다. 아무리 보아도 조금 싱거울 것만 같아 얼른 한 손가락으로 나물을 집어 입에 넣었다.

"이년."

하는 소리가 어디서 나자, 그는 깜짝 생각이 났다.

---

1) 나무새: 채소를 일컫는 사투리. 남새.

"제물이니 맛도 보지 말고 입을 봉하라."

던 구장의 말이 번개같이 머리를 스치자. 얼른 턱 아래 미끄러진 수건을 입 위로 추켜올리려 했다.

"이년."

"요망스런 년."

"제물에다가……."

하는 소리가 요란해지며 몇 개의 발과 손이 그의 가슴으로 내리 덮쳤다.

"아이고머니…… 옥계댁이가 죽지 않소!"

하는 비명이 어느 여편네의 입에서 솟아나자, 일순간 잠잠해졌다.

그의 입을 가린 수건 사이에 콩나물 한 개가 걸려 있을 뿐, 그는 눈을 뜬 채 영원한 침묵 속으로 사라져 갔다.

원전: 「식인(食因)」, ≪비판≫, 1936년

개작: 「호도(糊途)」, ≪여류단편걸작집≫, 1939년

어느 전원의 풍경
― 일명 · 법률

　말갛게 깎은 머리 위에 탕건만 눌러쓰고 활짝 돋운 남폿불을 바라보며 김상렬은 눈 하나 깜짝하지 않고 앉아 있었다. 건넌방에서는 아이들의 장난하는 소리가 분산하였다.

　'오늘밤만 새면 내일부터는 또 한 해가 시작된다.' 하고 그는 빨뿌리[1]에 마꼬[2] 한 개를 끼워 들고 생각에 잠기었다.

　'좌우간 오늘밤 안에 작정을 단단히 해가지고 내일부터는 근심이 없도록 해버려야지, 차일피일 하다가는 큰일이다.'

　그는 길게 한숨을 내쉬었다. 남들은 부잣집이라고 모두 부러워하나 실상 김상렬 자신은 기막힐 딱한 걱정이 두 가지 있었다. 그는 이 걱정거리를 없애기 위하여 오래 고민하여 왔으나 좌우 판단을 내리기에는 여간 어려운 일이 아님을 잘 깨달았던 것이다. 하나는 자기의 뒤를 이을 맏아들에 관한 일이요, 또 하나는 자기의 전 재산에 관한 일이니만큼 지금의 김상렬에게는 자기 생명 다음가는 중대한 걱정거리다.

　그는 이 두 가지를 생각할 때마다

　'지금 세상은 예전 세상과 다르다. 예전에는 천벌이 무서워 차마 하지 못하는 일이 많았지마는 지금은 천벌이란 것이 없어졌다. 톱으로 썰어 죽

---

1) **빨뿌리**: 물부리. 담배를 끼워 피우는 것.
2) **마꼬**: 그 당시 판매하던 담배 이름.

이고, 벼락을 때려 가루를 내어 죽여도 죄는 죄대로 남을 용덕이란 놈은 아직껏 네 활개 펴고 잘살게만 해 두고, 그렇게 순직하고 부지런하던 김서방은 재작년 여름에 벼락을 맞아 죽었으니 이것만 보더라도 천벌이란 정말 엉터리없는 것으로 타락되고 만 것임을 알 수가 있단 말이지. 그리고 이 땅덩어리로 말하더라도 옛적에는 부동여산不動如山이니 태산같이 믿는다느니 하여 대지를 변함도 움직임도 없는 절대의 것으로 믿고, 둘 곳 없는 심사라도 오직 이 땅 위에만은 맘 턱 놓고 발을 내려디디던 것이었으나 지금은 어디 땅이 흔들린다는 둥, 어느 곳 땅이 벌어지고 사람이 죽는다고 법석이란 둥, 아무 산이 터지며 불꽃이 충천한다는 둥 하니 이런 기막힐 일이 어디 또 있겠는가. 움직이지 않는다고 믿은 땅덩어리가 움직이니, 항상 움직이며 살아가는 사람이야 일러 무엇하랴. 변화무궁하고 교묘 교활하며 심지어 선악의 표준까지 혼돈케 되어 구별할 길이 없으니 나는 어느 것을 절대적 옳은 것으로 믿을 수가 없고, 이 가운데서 살아가기 정말 두렵다. 그러나 이 가운데서라도 절대로 믿을 수 있는 것이 하나 있기는 하다. 그러나 이것도 내 편을 만들고 내 수중에서 녹여낼 수 있어야 믿을 수 있는 것이다. 아니다. 이것에 나타나 있는 대로만 하는 것이 절대로 착한 일이며 절대로 옳은 일이다.'
라고 생각하는 것이었다. 김상렬이가 이같이 믿을 수 없다는 세상에서 오직 한 가지 믿을 수 있다는 것이란 무엇일까.

그것은 법률이다. 이 법률이란 것이 어떻게 생겨났던 것인지 또 누가 만들어낸 것인지 하는 것을 생각할 필요가 없었다. 그가 법률이란 것을 알게 되던 때(물론 『육법전서』를 다 알게 된 것은 아니다. 법률이란 것이 있다는 것만을 알게 된 때에 말이다.) 너무 기뻐 하늘이 무심치 않음에 감사하였던 것이다.

'천벌이 영험 없게 된 것도 하늘의 옥제가 이 땅 위에 당신이 택하신 임

금님을 내리시자 법률이란 것을 만들게 하서 간접으로 정사를 하시게 된 것이리라.'고 무한히 기뻐하였던 것이었다. 그리하여 그는 법률에 눈이 밝다는, 자기와 각별히 친한 친구 이정환을 자주 만나서 온갖 법률에 대한 이야기를 하였다. 그러나 그는 이야기를 많이 들으면 들을수록 한 가지 괴로움이 생겨났다. 그것은 자기 아들에 관한 일이었다. 물론 아들이 못나서 하는 걱정이 아니라 그대로 남에게 뒤지지 않을 만은 하지만 장가를 잘못 보낸 탓이었다. 처음 장가갈 때는 과히 싫다고는 하지 않던 것이 초행에서 돌아온 이후는 죽어도 색시 집에 가지 않겠다고 뻗대는 것이었다. 그 후 색시를 데려온 후도 한방에 거처하는 일이 없고 밤낮 그 부모에게 이혼시켜 달라고 졸라대었다. 그러므로 상렬은 그 아들에게 만단[3]으로 회유하고 때로는 위협도 하고 갖은 수단으로 달래 봐도 전혀 효험이 없었다. 그러나 어찌된 셈인지 그러는 중에도 며느리가 딸을 하나 낳았다.

"입으로는 싫어해도 속으로는 그다지 싫지 않기에 아이를 낳지 않았나." 하는 사람도 있고 하여 상렬은 아무래도 이혼은 시키지 않으려 하였다. 그러나 아들은 아내가 아이를 낳고 난 후 아무 말 없이 동경으로 달아나고 말았다.

"이혼해 주기 전에는 돌아가지 않겠습니다." 라고 틈틈이 말만 보내고, 삼 년이 되어도 귀국하지 않았다. 상렬은 차차 걱정이 되기 시작하였다.

아들의 장래와 집안 형편을 생각하면 얼른 이혼을 시켜 버리고 다른 데 좋은 며느리를 맞아 오고 싶으나 며느리 편에서 순순히 이혼해 주지 않을 것임을 생각하면 가슴이 답답하지 않을 수 없었다.

며느리도 처음엔 시부모가 자기편을 들어주었으나 차차 시부모의 맘도

---

3) 만단(萬端): 여러 가지. 온갖.

자기를 떠나감을 보고 분하고 안타까운 악심만 자꾸 들어갔다. 그러므로 양편의 가슴속이 얼굴에 나타나게 되자 집안은 평온한 날이 없어졌다. 날이 갈수록 상렬은 이 문제가 심각하게 머리에 떠올랐다.

법률만 없으면 그만 며느리를 쫓아 보내고 아들을 데려왔으면 좋으련만 아무 이유 없이 법률이 이혼을 허락할 리도 없고, 또 그대로 쫓아 보냈다가 법률에 걸리면 어떻게 하나 하는 것이 문제가 되었다. 시부모의 이런 생각이 날로 그 얼굴에 나타나자 며느리도 처음같이 유순하지 못했다. 피차 시비가 심함에 따라 상렬은 그같이 기뻐하였던 법이란 것이 도리어 가증스럽게 여겨졌다. 이때에 또 한 가지 걱정이 튀어나왔다. 그것은 어느 친구의 사정에 동정하여 오만 원 차용증서에 연대 보증인으로 도장을 찍어주었던 것이 이제는 자기가 그 돈의 어환 책임을 전부 지게 되었던 것이다.

원금은 단 오만 원이나 이자까지 합하면 천 석 추수밖에 안 되는 자기 재산 전부를 다해도 오히려 부족할 지경이었던 것이었다. 그는 이 뜻하지 않은 걱정에 이 일 년을 죽어지냈던 것이었다. 생각하면 이 두 가지 걱정이 모두 억울한 걱정임을 깨닫자 그의 초조함은 비할 데가 없었다.

'아들 장가도 지금 며느리에게 보내지 않고, 친구야 죽든 살든 보증인만 되어주지 않았으면 아무 걱정 없이 편안히 행복하게 살 것을…….' 하고 생각하면 이 두 가지가 모두 미묘하고 사소한 변변치 못한 동기와 인연으로 말미암아서 된 것임에 더 한층 답답해지는 것이었다. 지금 며느리와 혼인하지 않아도 장가갈 수 있는 자기 아들이요, 보증인이 되어 주지 않더라도 그 친구와의 우정이 상해질 리가 없었을 것이다.

상렬은 생각다 못하여 벌떡 일어나 의관을 갖추고 밖으로 나왔다. 골목마다 섣달 그믐날 밤이라 사람들의 걸음 소리가 바쁘게 들렸다. 그는 어두운 골목을 한참 걸어 이정환의 사랑으로 찾아들어 갔다.

"그믐날 밤에 찾아오기는 좀 미안하네만."

하고 방 안에 들어가며 인사를 하였다.

"자네는 친구 집에 놀러오는 데도 날을 받아서 오는가. 그믐날은 놀러 오면 안 된다던가?"

이정환은 구들목4)에 누웠다 일어나며 반갑게 맞았다.

"자네 춥지 않나, 그만 갓일랑 집어치우고 나처럼 겨울에는 모자를 쓰게나."

하고 엉성하게 추워 보이는 상렬을 조롱하듯 하며 아랫목으로 자리를 비켜놓았다. 그러나 상렬은 얼굴을 찌푸리고 윗목에 가 소매 속에 손을 넣은 채 구부리고 앉았다.

"자네 무슨 근심 있는가."

정환은 연달아 싱글싱글하며 상렬을 건너다보았다.

"자네에게 물어볼 말이 있어 왔네."

상렬은 그제야 소매에서 손을 빼고 담뱃갑을 끄집어내었다.

"무슨 말인가?"

"다름이 아닐세, 자네도 아다시피……."

상렬은 말을 어떻게 끌어내야 좋을지 맘속으로 생각하며 말끝을 길게 뺐다.

"글쎄, 자네 사정이야 내가 모르는 게 있나 그러나, 너무 걱정일랑 하지 말게."

"그러니 말일세. 저 우리 자식 놈의 일을 어떻게 하면 좋을까."

상렬은 이미 정환에게 속 통정을 해오던 터이라 바로 말을 끄집어내었다.

"허, 그 사람, 그까짓 것 걱정할 게 뭐야. 며느리가 아무리 중하다 할지

---

4) **구들목**: 아랫목. 온돌방에서 아궁이 가까운 쪽의 방바닥.

라도 내 아들만은 못한 것이니 아들이 정 싫다면 이혼을 해버려야지."

정환은 시원스럽게 말을 하였다.

"글쎄, 내 자식이 중하기는 하지만 이유도 죄도 없이 어떻게 며느리를 쫓느냐 말일세. 더구나 계집아이라도 벌써 새끼까지 낳은 것을. 설령 내가 또 쫓고 싶다고 한들 법이 있는데 임의로 쫓기어지느냐 말일세."

상렬은 그제야 자기의 맘속을 다 말이나 한 듯이 한숨을 내쉬고 정환을 쳐다보았다.

"저런 사람 좀 보게. 자네 내 말 듣게. 좌우간 이제는 자네도 법만 허락하면 이혼시켜 주려는 것이지?"

정환은 정색하며 다잡아 물었다.

"그렇지 않은가. 법만 없으면 그만 제 친정으로 보내 버리지."

"그럼 문제없네. 예끼 사람, 그까짓 게 뭐가 걱정이야. 내가 책임짐세. 법률이란 게 원래 무서워할 게 아니네, 언제든지 내 편을 만들어 놓으면 그만일세. 착한 일만 하는 사람이라도 악한 놈에게 못 이기는 수도 있게 하는 것이 법률이거든. 그 참 교묘하이."

정환의 말이 무슨 뜻인지 상렬은 알아듣지 못하였다.

"좌우간 자네가 이미 이혼시키려는 결심만 있다면 천 원 하나는 손해가 날 터이나 염려 없네. 내가 책임지고 이혼되도록 해 줌세."

"아니 천 원만 있으면 이혼이 될까?"

상렬은 정환의 말이어서 순순하게 들리므로 속으로 의아하였다. 돈 천 원만 있으면 이혼이 된다는 조목이 법률에 씌어 있으면 모르거니와 그렇지 않고는 불가능하다고 생각되었다. 자기 며느리는 목이 끊어져도 친정에는 가지 않으며 또 만일 남편이 다른 데 장가를 가면 백 번이고 천 번이고 초례청에 대들어 막 부수어멜 것이며 어린아이는 자기가 데리고 키우겠다는 등, 벼르는 것을 잘 알고 있는 상렬이었기 때문이다. 물론 며느리

한 사람뿐이면 좀 쉬울 것이나 며느리의 친정에도 상당한 젊은 남자가 많아서 좀처럼 이혼은 해 주지 않을 것이었으므로이다. 그러나 정환은 그까짓 이유는 말도 되지 않는다는 듯이

"예끼, 바보 같은 사람, 한번 이혼만 해 버리면 그만이지 무슨 상관인가. 제까짓 것이야 무어라고 시위를 한대도 염려 없네. 한번 이혼한 후에는 자네 집에 무단히는 오지도 못하네. 잘못 행패를 하다가는 콩밥을 먹이지……."

하고 자못 염려 없다는 듯이 우겨대었다.

"그렇지만 그렇게 되나? 초례청에 대들면 큰일이지."

상렬은 자꾸 염려가 놓이지 않았다.

"여보게, 이혼하면 남남인데, 남의 잔치에 대어 들면 법률이 가만히 있나?"

"음……."

상렬은 그제야 고개를 끄덕끄덕하였다.

"참 그렇지만 이혼하기까지가 문제지?"

하고 다시 정환을 바라보았다.

"염려 없네. 내가 수단을 가르쳐줌세. 좌우간 며느리를 잘 꾀어서 제 입으로 이혼하겠다고만 하도록 하면 그만일세."

하고 계교를 하나 가르쳐 주었다. 상렬은 그 말을 다 듣고 나니 그럴 듯도 하였으나 사람으로서 차마 하지 못할 일이었다.

"여보게. 그렇게 할 수야 있나?"

하고 상렬은 입맛을 다셨다.

"허. 이 사람. 지금 세상에는 어떠한 못할 짓을 하더라도 법률에 걸리지 않게만 하면 제일일세."

정환은 예사라는 듯이 말했다.

"그것은 그렇게 한다고 하면 그만일세만, 또 한 가지 있네."

상렬은 집에 가서 다시 더 생각해 보리라고 작정을 한 후, 또 한 가지를 마저 꺼내었다.

"무엇인가?"

정환은 벽에 어깨를 기대어 앉으며 어떠한 어려운 문제라도 끌고 오라는 듯이 버티었다.

"자네도 알지만 그 보증해준 오만 원 말일세. 반환 기일이 다섯 달밖에 남지 않았는데 어떡하나?"

"그까짓 것도 염려 없네. 내가 한 푼도 구경도 못 한 돈을 멀쩡하게 갚아줄 바보가 어디 있는가. 자네는 그 돈을 갚으면 거지가 되지 않나? 나 같으면 그 돈을 내가 써 없앴더라도 갚아 주지 않겠네."

정환은 이 말을 듣고 놀라는 상렬을 비웃는 얼굴로 바라보았다.

"갚지 않아도 배겨낼 수 있게 하는 법이 있는가?"

"있고말고."

"여보게, 농담이 아닐세."

"……."

"허. 누구는 농담인 줄 아는가? 당장에 안 갚아도 관계없게 해 줌세."

"예를 들어 말하자면 자네가 나에게 갚을 돈이 삼십만 원가량 있다고 하면 그만이 아닌가?"

"?"

"내 말을 잘 듣게. 만일 자네가 그 돈을 갚지 않고 있으면 돈 받을 자가 재산을 차압을 하지 않겠나?"

"그렇지."

"여보게, 내 말은 그자들이 차압을 하기 전에 자네가 한 푼도 없는 사람이 되어 버리면 그만이 아닌가?"

"예끼 사람, 그만두게. 나는 정말 걱정일세. 농담은 그만두고 좀 생각해 주게."

상렬은 웃으며 정환에게 간청하듯 말했다.

"허, 누가 농담을 한단 말인가. 자세히 설명할 테니 들어보게. 자네가 거짓 증서를 하나 쓰거든."

"어떻게······."

"삼십만 원쯤 자네가 나에게 차용한 것같이 거짓 증서를 써가지고 내 앞으로 공정증서를 낸단 말일세."

"공정증서?"

"옳지. 자네 재산은 전부 내 것이라고 즉 삼십만 원 대부해 준 까닭에 그 돈을 갚기 전에 자네 재산은 아무도 손대지 못하게 내 것이라고 공정 증명서를 하나 내놓으면 누가 보든지 자네 재산은 내 것이 되어 있으니 아무 놈도 손을 못 대지 않겠나."

"그래."

상렬은 너무 감격하였다. 지금 세상의 법률이란 이다지도 교묘하며 이다지도 나를 위해 갖은 법을 다 마련해 두었던가 하는 생각이 들었기 때문이었다.

상렬은 집에 돌아와 갓을 벗어 걸고 큰기침을 한 후

"아가."

하고 크게 불렀다. 그믐날 밤은 잠을 자면 눈썹이 센다고 막내아들과 딸들이 안방에서 떠들고 있었다. 두어 번 연달아 부르는 사이에

"네."

하고 며느리가 사랑으로 달려왔다.

"준비가 다 되었느냐?"

"네."

"하룻날 제사5)는 일찍 모시게 해라, 세배꾼들이 오기 전에."

"네."

그믐날 밤인 탓인지 며느리의 대답 소리는 평소보다 부드럽고 공손하였다.

물론 이만한 말을 하기 위하여 며느리를 사랑까지 불러낼 것도 아니며 전 같으면 며느리가 곁에 있더라도 마누라를 불러 분부하는 것이었으나 이제 듣고 온 이정환의 말이 생각났으므로 당장에 음모 공작을 개시하려고 일부러 며느리를 불러낸 것이었다. 그러나 며느리의 공손스런 태도를 보자, 그만 가슴이 턱 막혔다.

"아가, 춥지 않으냐? 잠깐 누워 쉬어라."

그는 이 말을 정환이 일러준 계교로 하려던 것이 참으로 속으로 솟아 나오는 위로의 말이 되고 말았다.

"네, 아버님 시장하시지 않습니까? 벌써 열두 시나 되었습니다."

"아니다. 그만둬라."

"약식이 다 됐습니다. 조금 가져오리까?"

며느리는 염려되는 듯이 조용히 물었다. 상렬은 정환과 자기가 조금 전에 어떠한 이야기를 하고 왔는지도 모르고 있는 며느리가 가엾기도 하고 또 스스로 부끄럽기도 하였다.

"그만둬라. 어서 들어가 좀 쉬어라."

말소리가 떨리어 나왔다.

"네."

며느리는 손을 이불 아래 넣어 방바닥을 만져 차지나 않은가 하고 물은 후 살그머니 물러나갔다.

---

5) 경북 남동부 지역에서는 명절 '차례' 지내는 것을 '제사' 지낸다고 한다.

"어허이."

상렬은 길게 한숨을 쉬고 드러누웠다.

"나는 정말 못하겠구나."

하고 중얼거렸다. 그는 정환이가 가르쳐 주던 계교가 다시금 생각났다. "될 수 있는 대로 며느리를 귀히 여기는 척하여 그동안 상했던 사이를 회복시킨 후 이혼만 하면 아들이 돌아온다고 하니, 이혼장에 도장만 찍어 동경으로 보내면 아들이 돌아올 테니 돌아오면 시부모가 잘 회유하여 서로 의가 상합하도록 할 테니 염려 말고 도장만 찍어라. 그리고 너의 친정 부모도 알면 재미없으니 네가 가만히 도장을 찍어가지고 오너라."고만 자꾸 꾀던 정환의 얼굴이 떠오르며 몸에 소름이 끼쳤다.

'법률이 이러한 간사한 꾀를 용납시킨다 하더라도 사람으로서 차마 못할 짓이다.'

라고 상렬은 생각하였다. 그러면서 한편 자기 재산에 대하여는 정환이가 말하는 대로만 하리라고 결정하였다.

정월 대보름이 지난 후 어느 날 사랑에 내려온 마누라를 보고 상렬은 정환에게서 들은 계교를 이야기하였다.

이 말을 듣고 난 마누라는 명절 때마다 더욱 간절한 아들 생각에 속을 상하던 마음이라 펄쩍 뛸 듯이 기뻐했다.

"암만해도 내 자식이 있은 후에라야 남의 자식 사정을 보는 법이야."

하며 당장에 그 계교를 쓰겠다고 야단을 했다.

"안 돼."

상렬은 그믐날 밤 이후 끝없이 가엾게 보이는 며느리를 차마 속여 넘기기가 가슴이 아팠다.

"영감은 정신이 빠졌소? 그래 이대로만 있다가 걔가 동경서 영영 안 나오면 어떻게 하며, 동경보다 더 먼 데로 가버리면 어쩔 테요. 그리고 또 원래 싫은 부부를 사람의 힘으로 어떻게 하나요. 피차 팔자가 아니에요."
하고 마누라는 빡빡 세웠다.

상렬은 잠잠하고 앉았다가 도장을 주머니에 넣어가지고 집을 나섰다.
이미 자기 집 재산은 전부 동산, 부동산 할 것 없이 하나도 남기지 않고
이정환의 앞으로 공정증명을 내기로 준비가 다 되었던 것이었다. 물론 상
렬도 자기 전 재산을 남의 명의 아래 두기가 위태한 것 같기는 하나, 이정
환의 재산도 이삼십만 원은 될 뿐 아니라고 죽마고우로서 오늘까지 친형
제 진배없이 지내왔던 터이라 십분 안심하였던 것이다. 만일 그대로 두었
다가는 채권자에게 그대로 홀딱 빼앗길 것이었으므로 그는 아주 맘을 놓
았던 것이었다. 그러므로 그날 모든 수속을 마치고 집에 돌아오니 한쪽
어깨가 가뿐하여 맘이 무척 상쾌하였다.

"아가, 술 한 잔 덥혀 다오."
하며 그는 안으로 들어갔다. 며느리는 뜰에 내려와 상렬을 맞아들인 후
술상을 차려 들고 안방으로 들어왔다.

"어, 이제 안심이다. 너희들은 몰랐어도 나는 그 보증해 준 것 때문에 어
떻게 염려를 했는지 모른다."

상렬은 술잔을 들며 이렇게 말하였다.

"안심이라니, 어떻게 된 셈이오?"

마누라도 이미 그 보증해 준 오만 원 까닭에 무척 애를 써 오던 터라 반
기어 물었다.

"이야기할 테니 듣소."

상렬은 정환과 그동안 해놓은 공정증서 이야기를 다 했다. 마누라는 자
세히 듣고 나더니 만일 며느리가 장차 이혼을 당하고 나면 누설하지 않을
까 두려운 듯이 상렬에게 눈짓으로 염려하는 표정을 지었다. 그러나 상렬
은 요즘 그 며느리가 가여워 가슴이 아픈 터라 모르는 척하고

"아가, 이제는 안심해라."

하고 연해 술잔을 기울였다. 마누라도 지금까지와는 태도가 일변하여 며느리를 무척 중히 여기는 척하였다. 상렬은 비록 자기 마누라가 거짓으로 며느리를 사랑하나 며느리는 그 사랑을 참으로 받고 감격하여 공손히 받드는 것을 보며 도리어 마누라와 아들이 얄밉고 괘씸해졌다.

"아버님, 드릴 말씀은 아니올시다마는 제 생각에는 염려가 됩니다."

하고 며느리는 상렬 부부의 맘속에는 무관심하고 이렇게 입을 열었다.

"엉? 무엇이!"

"아무리 친하신 사이시더라도 사람의 속을 어떻게 아실 수 있습니까? 그러하오면 전 가산이 이정환 씨 명의로 있게 되오니 염려올시다. 아무 증인도 없는데…… 아니올시다. 설혹 증인이 있다 하더라도 벌써 법률적으로 뚜렷이 그분의 것이오니 그분이 만일 마음을 잘못 쓰신다면 어떻게 하겠습니까?"

하고 며느리는 얼굴이 푸르러졌다.

"엉?"

상렬은 심 황후를 만난 심 봉사처럼 두 눈이 활짝 뜨인 것 같아 벌떡 일어나 섰다.

"아가, 네 말이 과연 옳구나. 법률이란 참 교묘하구나. 위에 위가 있고, 아래에 또 아래가 있어 끝이 없겠구나. 만일 정환이가 거짓 증서 아니라고 하면 그만이지…… 정말 무섭다."

"아이참 그래. 그러면 어쩌나."

마누라도 펄쩍 뛰었다.

상렬은 바쁘게 정환의 집으로 달려갔다.

≪영화조선≫, 1936년

광인수기

아이고.

비도 비도 경 치게[1] 청승맞다.

이렇게 오면 별것 없이 흉년이지 뭐야.

아이 무서워라. 또 큰물이 나가면 어떡해요. 그 싯누런 큰물 아이 무서워.

글쎄 하느님! 제발 덕분에 비를 조금 거두시소……. 그래도 안 거두시네!

허허 참. 사람 죽이는구나. 글쎄 이 얌뚱마리[2] 까지고 소견머리가 홀랑 벗겨진 하느님아 내 말씀 들어 봐라.

이렇게 자꾸 쓸데없는 물을 내리쏟으면 어떻게 하느냐 말이다. 큰물이 나가면 다리가 떠내려가고 사람이 빠져 죽고 별일이 다 생기지요. 또 흉년이 지면 두말없이 백성이 굶어 죽지요. 하나도 이익이 없는데 왜 그렇게 물을 내리쏟는가 말이오!

아이, 아이고 무서워라. 하느님이 제 욕한다고 벼락을 내려칠라. 히히히! 벼락이라니. 나는 암만 욕을 해도 마음속으로는 당신을 그리 밉게 여기지는 않는다오. 용서하시소.

아니다. 네 이놈 하느님아. 에이 빌어먹을 개새끼 같은 하느님아, 네가 분명 하느님이라면 왜 그 악하고 악한 도둑놈의 연놈을 그대로 둔단 말인고. 당장에 벼락 천둥을 내려 연놈을 한꺼번에 박살을 시킬 일이지. 아

---

1) 경 치게: 매우 놀랍게도.
2) 얌뚱마리: 얌통머리. 아주 체면 없이 하는 짓.

니올시다. 아이 무서워, 아니올시다. 거짓말이올시다. 일부러 하는 말이올시다. 그 연놈이 죄가 있을 리 있는가요. 다 내 팔자지요. 부디부디 벼락은 치지 말고 잘살도록 해 주시소.

하하하! 웃기는구나.

우스워서 죽겠네.

저 빌어먹다 낮잠 잘 하느님은 저를 위해 주고 겁내 하면 할수록 점점 더 건방이 늘고 심술이 늘어 가더라.

나를 영 사람으로 여기지 않더라.

내가 모두 팔자로 돌리고 좋으나 궂으나 좋다고만 하니까 아주 나를 바보로 아는 모양이지, 이 지경을 만드는 것을 보면…….

아이고 아이고 흑흑…….

하느님, 당신을 욕하면 무엇 하는가요. 당신도 이미 빤히 내려다봤으니 알 일이지마는 내 말을 다시 한 번 들어보소.

거짓말할 내가 아니지.

아이고 추워라. 오뉴월 무덕더위[3]라고 한창 더울 이때에 빌어먹을 비 까닭에 이렇게 추운 것이지.

아이참, 그놈의 다리는 경 치게도 노프다. 조금만 더 낮았다면 비가 조금 덜 들이칠 텐데, 아이 이것도 내 팔잔가.

어떤 연놈은 팔자 좋아 시원한 집에서 더우면 전기 부채 틀어놓고 비가 와서 이렇게 추워지면 안방에 따뜨무리하게 불을 때서 반드라시 드러누워 남편 놈과 우스개 놀이나 주고받고 하지마는…….

그뿐이겠나. 뭐 또 맛있는 것 사다 놓고 먹기 싫도록 처먹어 가면서.

아따 참, 그 빛 좋은 과실 한 개 먹어봤으면……. 아이고, 생각하면 뭣

---

3) 무덕더위: 삼복더위.

하나. 왜 이렇게 추운가. 옳지 바지가 이렇게 떨어졌구나.

아이고. 이것이 말이 저고리지 걸레나 다름없지 뭐…….

아이고 아이고 흑흑…….

오뉴월 궂은비는 처정처정 청승맞게 오는데 이 떨어진 옷을…….

이것이 옷인가, 걸레지. 벌벌 떨며 이 다리 밑에 혼자 쭈굴시고 앉았으니 거러지나 다름없지. 벌써 해가 졌는가. 왜 이리 침침하노. 대체 구름이 끼었으니 해가 졌는지 떴는지 알 수가 있나.

사람의 새끼라고는 하나도 없구나.

아이고 비는 몹시도 들이친다.

하느님아! 할 수 없구마. 당신하고 나하고 둘이서 이야기나 합시다.

그때 말인가요?

내 나이는 열일곱 살. 그이 나이는 열여덟이었지요. 그이가 나에게로 장가들게 되는 것을 아주 기뻐한다고 중매하던 경순이네 할머니가 나에게 말해 주더군요. 그래서 나도 속으로는 은근히 좋아서 어서 혼인날이 왔으면 싶어서 몹시 기다려졌지요. 그럭저럭 혼인식도 지내고 첫날밤이 되었지요. 히히히. 참…… 히히히, 무척도 부끄럽더라.

문밖에서 모두들 들여다보느라고 킥킥거리며 웃는 소리가 들리기도 하는데 그이는 부끄럽지도 않던지 온갖 재롱을 다 부리겠지요. 참, 술잔을 따라서 나에게 자꾸만 받으라고 조르겠지요.

"색시요, 이 술잔 받으시오, 어서어서."

하며……. 그렇지만 내가 얼마나 얌전한 색시였다고? 덥석 손을 냈을 리가 있는가요? 어림도 없었지요, 암!

아주 쪽 빼물고서 훗들치고 앉아서[4] 곁눈 한 번 떠본 일이 없었지요.

_____

4) 훗들치고 앉아서: 단단히 작정을 하고 앉아서.

히히히.

그래도 신랑 얼굴이 얼마나 잘생겼는지 보고 싶은 마음이야 어찌 다 말할 수 있소. 그래 그이는 권하다 못하여 한 손으로 남의 손목을 슬쩍 잡아당기겠지요.

"자, 술잔 받으시오."

하며.

그때 나는 손을 빼틀쳐 움츠리며 얼른 한 번 흘겨보니 머리는 빡빡 깎았지마는 우뚝한 코, 얌전스런 입, 눈도 그리 밉지 않게 생겼고, 눈썹이 새까만 것이 아주 맘에 쏙 들며 가슴이 짜릿해지고 어떻게 새삼스럽게 부끄러운지 눈물이 핑 돌았어요.

아이 참, 지금 생각해도 등에 땀이 납니다. 그이는 그날 밤에 왜 그리도 술잔을 받으라고 조르는지요. 중매한 늙은이가 아마도 신부는 술잔 깨나 마신다고나 했는지 기어이 술잔을 받으라고만 성화였어요.

"이 술잔은 우리 두 사람이 백년가약을 맹세한다는 뜻인데 당신이 받아 주지 않으면 나는 이대로 돌아가는 수밖에 없지요. 아마도 당신이 술잔을 받지 않는 것을 보니 나를 싫어하는 것이지요. 아마도 당신은 나보다 더 좋은 사람에게 시집가고 싶은가 봅니다."

하며 아주 성을 낸 것 같더군요. 그래서 나는 하도 딱하고 기가 막혀 말은 할 수 없고 그만 참다못하여 울어버렸지요.

그랬더니 그이는 갑자기 바싹 다가앉으며

"여보시오. 그래도 내 술잔 안 받을 터이시오?"

하며 내 손을 다시 잡아당기겠지요. 나는 흑흑 느끼며 못 이기는 체하고 그 술잔을 쥐어주는 대로 받아 들기는 했지마는 어디 마실 수야 있어야지요.

그래서 방바닥에 살그머니 놓았지요. 아이고머니, 그랬더니 창밖에서는 아주 킥킥하며 웃어 재끼는데 그 부끄러움이야 어디다 비할 수 있을까요.

그제야 그이가 벌떡 일어서더니 병풍으로 창을 가려서 삥 둘러쳐 버리고 내 곁에 와 앉더니 내 머리도 쓰다듬어 보고, 내 허리도 쓰다듬어 보고 머리를 굽혀 내 얼굴도 들여다보고, 온갖 아양을 다 부리더니

"색시요, 대답 좀 해 보시오."

하겠지요. 이때는 그에게 잡힌 내 손을 그대로 맡겨두고 있었습니다.

"당신은 나를 사랑하십니까?"

하고 묻겠지요.

허 참, 기막힐 일이 아닙니까. 무어라고 대답을 하는가요. 바로 말하면 아직 그의 얼굴도 자세히 쳐다보지 못했으니까 말이지요. 그러나 그때는 그이가 왜 그런 말을 물을까, 그런 말을 물어서 무엇 하려는가, 이제는 할 수 없는데 나는 당신을 사랑하지 않고 될 말인가. 나는 가슴이 짜릿짜릿하고 이만치 부끄러운데, 하는 생각만 가득하여 고개를 푹 숙였더니, 그는

"아, 감사합니다. 이 사람을 사랑하십니까."

하겠지요. 아마도 그는 내가 고개를 숙이니까 머리를 끄덕이는 줄 알았던 모양이지요. 하하하!

그래 하하하 참, 우습다.

그이가 먼저 옷을 벗고 나더니, 먼저 내 왼편 버선을 한 짝 벗기더니 내 치마끈을 잡아당기겠지요. 나를 홀랑 벗길 작정인 것쯤이야 내가 누구라고 모르겠소. 아무리 학교 공부는 못했지마는 그래도 귀한 딸이라고 한문 글도 배웠고 꽤 똑똑한 색시였으니까 말이지요.

아이고 참, 내 말이 거짓말인 줄 아나베. 내가 왜 한문을 몰라! 『소학』도 다 배웠는데. 할부정割不正이어든 불식不食하며 석부정席不正이어든 불

좌不坐하며.[5] 이것이 다 『소학』에 있는 글이라오.

그래, 참 내가 정신이 없구나. 하던 이야기나 마저 해야지.

하느님 당신 듣는가요? 참 재미있지요. 그래그래, 그래서 말이야. 그이가 아주 눈이 발칵 뒤집혀가지고…… 히히.

아주 숨 쉬는 소리가 황소 같더군. 제까짓 신랑 놈이 아무리 지랄을 한들 내가 가슴을 꼭 껴안고 있으니 어디 내 옷을 벗길 수 있어야지. 그렇지마는 너무 뺑순이[6]를 치면 또 성을 낼까 봐 겁도 나고 그뿐 아니라 옛날 어떤 신랑 놈처럼 첫날밤에 신랑은 색시를 벗겨야 한다니까, 아주 색시의 껍질을 벗겨놓더란 말도 생각이 나고 해서 슬그머니 못 이긴 체했더니 아 그놈의 신랑 놈이 그만…… 히히 참 우습다.

그뿐인 줄 알지 마소. 하하하, 지금 생각해도 가슴이 간지럽다.

"여보 색시! 당신 허리는 어쩌면 이다지 알맞게 생겼소. 아이고 이뻐라, 우리 색시. 오늘부터 우리 둘이 백 년이나 천 년이나 변함없이 한마음 한뜻으로 살자구."

"아이고 이쁜 우리 색시."

아이참, 그이는 어쩌면 그렇게도 내 간장을 녹이려고 드는지, 아주 나는 아 그놈의 신랑에게 그만 녹초가 됐지요. 하하하, 하하하.

참 그때는 무척도 좋더니……. 그이가 대체 무엇이라고 그이만 보면 그렇게 기쁘고 좋은지 참 알수 없지, 알 수 없어. 왜 또 부끄럽기는 왜 그리도 부끄럽던지…….

그때 생각에는 참말로 우리 두 사람은 천년만년 검은 머리가 파뿌리 되고 묵사발이 되도록 변함없이 살 줄만 알았지요.

---

5) 반듯하게 썰지 않은 것은 먹지 말고, 자리가 바르지 않으면 앉지 말며.

6) 뺑순이: 뺑소니. 몸을 빼쳐서 급히 몰래 달아나는 짓.

그러기에 그이에게는 내 살을 베어 먹여도 아깝지 않을 것 같았어요.

에이 빌어먹을 년, 이년이 아마도 멍텅구리 같은 미친년이야.

그렇게 좋고 좋던 우리 사이도 시집을 가고 보니 그 여우같은 시누이 년 까닭에 싸움할 때가 있게 되었지요.

그러다가 그이가 고등보통학교를 졸업하고 일본으로 공부 갈 때만 해도 나는 안타까워서 하룻밤을 뜬눈으로 새우면서 그이를 떠나서 그 무서운 시집에서 나 혼자 어이 살까를 생각하며 자꾸 울었답니다.

아이, 배고파라.

벌써 저녁때가 넘었나 보다. 아이 추워라. 비는 경 치게도 온다. 옷이 함빡 젖었네.

아이고. 빌어먹다 자빠져 죽을 년. 시어미, 시누이 그 두 년과 무슨 원수가 맺었던고…….

내가 밤마다 우는 것은 그이 생각에 가슴이 녹는 듯해서 운 것인데

"아이 재수 없어. 요망스럽게 젊은 계집년이 밤낮 울기는 왜 울어. 글쎄 서방을 잡아먹었나, 무엇이 한에 차지 않아서 저 지랄인고."
하고 시어머니는 깡깡거리지요.[7]

"에그 오빠도! 오늘도 언니께 편지 부쳤네, 내게는 한 번도 부치지 않으면서."
하고 그이에게서 온 편지는 모조리 중간 차압을 해서 나에겐 보이지도 않고 저희끼리 맘대로 다 뜯어보지요.

"아하하, 오빠가 저의 마누라 보고 싶어서 울었단다. 내 읽을게 들어 봐요.

'사랑하는 나의 사람아! 그동안 얼마나 어른들 모시고 고생하시는가?'

---

7) 깡깡거리다: 무언가 못마땅해서 까탈을 부리다.

라고 써 있구려. 글쎄 누가 오빠 사랑하는 사람을 못살게 굴었다고 이 래. 아마도 언니가 오빠에게 온갖 말을 다 꾸며서 편지질을 한 거지 뭐."

아이고 참, 기가 막히지요. 내가 벼락을 맞으려고 남편에게 시어미, 시 누이 험구를 했겠는기요. 이런 말이 어디 있어요?

"아이 참, 지금 생각해도 기절을 할 일이지……."

그 편지 온 후부터는 나날이 태도가 달라져 가더니 하루는 점심상을 받고 앉았던 시누이가 갑자기 밥을 한술 푹 떠들고 벌떡 일어서더니 내 게로 달려들며

"이것 봐, 이것. 나를 죽이려는 거지. 밤낮 제 서방 생각하느라고 밥에 다 파리를 막 집어넣어 삶았구나. 이러고도 시어른 모시느라고 고생하 는 건가?"

하고 나를 떠밀고 내 밥그릇을 동댕이치고 야단을 하는구려.

정말 밥에 파리가 들었는지 안 들었는지는 알 수가 없는 일이지마는 너무나 안타까워 나는 자꾸 빌기만 했지요.

아이고 하느님요, 내가 무슨 심사로 시누이 먹고 죽으라고 일부러 파 리를 밥에다 넣었겠소.

그뿐입니까. 시누이는 숟가락을 집어던지고 앙앙 울면서

"나는 밥 안 먹을 테야. 더럽게 파리 넣어 삶은 밥을 누가 먹어! 가거라, 가, 너희 집에 가려무나. 이러고도 시집 살기 무섭다고 오빠에게 고자질 만 하니 바보 같은 오빠는 그만 넘어가서 우리 모녀를 흉측하게만 여기 고 제 여편네만 옳다고 하니 저년을 두었다가는 아마도 나중에 우리 모 녀는 길바닥에 나앉겠구나. 남의 집에 윤기 끊는 년. 가거라. 가거라."

하며 방에 가서 발칵 드러눕는구려. 글쎄 나는 도무지 모를 소리지요. 죽으라면 죽고, 때리면 맞고 인형같이 있는 나를 이리 몰아세우니 기가 막히지 않을 수 있는가요.

그래서 시누이에게 손이야 발이야 빌고 빌었으나 앙앙 울며 나를 보기도 싫다고만 하는구려. 그래도 자꾸 빌었더니, 그만했으면 풀릴 일이나 굳이 듣지 않고 옷을 와르르 끄집어내어 보에다 하나 가득 싸더니,

"나를 업수이 여겨도 분수가 있지, 내 팔자가 기박해서 신행 전에 서방을 잡아먹고 열일곱에 과부가 되었지마는 이런 데가 어디 있단 말인고."

고래고래 고함을 지르며 옷 보퉁이를 마루로 끌어냅니다. 아이 고년이 그렇게 악독하니까 제 신세가 그 모양이지요. 신행 전에 서방을 잡아먹었다는 것도 거짓말입니다. 열일곱 되는 봄에 결혼을 했는데 아주 부잣집 맏아들이요 좋은 자리라고 알았더니, 웬걸 초례청에 들어선 신랑이 사십에 가까운 남자였어요. 전처에 아들이 없어 첩장가를 든 것이었지요. 그래서 우리 시누이는 첫날밤부터 신랑을 소박하고 아주 신랑과 인연을 끊었지요. 말하자면 머리는 올렸어도 실상은 숫처녀랍니다. 남에게 첩으로 시집갔단 말을 하기 창피하고 분해서 제 입으로 서방을 잡아먹은 과부라고 하는 거지요.

그러기에 나는 그에게 참으로 동정하고 위로해 주는데 저는 나를 이렇게 몰아세우니 기가 막히지 않을 수가 있습니까.

"가거라. 네가 안 가면 내가 갈란다."

하고는 옷 보퉁이를 이고 뜰로 내려갑니다. 이것을 보는 시어머니는 방바닥을 두들기며 대성통곡을 내놓는구려. 아이참, 할 수 있나요.

내가 우르르 내려가서 옷 보퉁이를 빼앗아 방에 갖다 놓고

"어디로 가십니까? 못 가요. 내가 가지요. 내가 가겠습니다."

하고 빌며 내 방에 뛰어 들어와 치마를 갈아입고 얼른 뜰로 내려섰지요.

물론 내가 그러면 시누이의 성이 풀릴 줄 알고 어쩔 줄 몰라 그런 것이지요.

아 그랬더니 말이오, 후유. 시어머니가 와락 마루로 뛰어나오더니

"어허 동네 사람들아, 이 일이 무슨 일이요. 철없고 속 시끄러운 시누이가 설령 성을 냈더라도 그걸 갈붙8) 게 무엇이냐. 친정 간다고 나선다. 시누이 성내었다고 시집 사는 년이 친정 간다고 나선다. 동네 사람아, 이 구경 좀 하소! 네 이년 바삐 가거라. 바삐 가."

하고 막 쫓아내는구려. 어느 영이라고 반항하나요. 할 수 없이 쫓겨났지요. 그래도 대문에 붙어 서서 성 풀리기를 기다렸으나 대문을 열어 줘야지요. 그날 밤이 되면 담이라도 넘어갈까 했더니 해가 넘어가니까, 시어머니가 대문을 열고 썩 나서더니 조그마한 옷 보퉁이 하나를 내 앞에 동댕이치며 이것 가지고 썩 돌아서 가라고 하더니 다시 대문을 꼭 잠그고 맙니다.

그래도 울며 자꾸 빌었지요. 빌고 빌어도 어디 들어주어야지요. 그래서 하는 수 없이 친정으로 향했지요.

친정까지 이십 리를 그 밤중에 혼자 걸어갔지요.

집에 가니 아버지가 또 영문도 모르고 야단이지요.

"나는 옷 보퉁이 싸가지고 밤길 다니는 딸을 낳은 기억이 없다. 아마도 너는 여우로구나. 우리 딸은 한번 시집가면 그 집에서 죽어서나 나오는 법이지 살아서 시집 못 살고 쫓겨 오지는 않는다."

라고 당장에 쫓아냅니다.

그놈의 옷 보퉁이가 또 대문 밖으로 튀어나옵니다.

어이 참, 그놈의 옷 보퉁이가 무엇이 그리 중한 것이라고 늙은이들은 그놈을 내 앞에 기어이 갖다 던지는지.

예전 사람들은 시집 못 살고 갈 때는 꼭 옷 보퉁이를 가지고 간다더니, 과연 옷 보퉁이는 중한 것인가 봐요.

---

8) 갈부다: 갈구다. 사람을 교묘하게 괴롭히거나 못살게 굴다.

아이고, 참 우습다. 히히히.

그래서 할 수 있나요. 할 수 없이 그길로 또 친삼촌 댁으로 갔지요. 이 집에서야 설마 또 쫓아내려고요. 그래서 숙모님이 아주 분기충천하여 나를 위로해 주더군요. 그래 나는 이 세상에서 우리 숙모님같이 좋은 사람이 없는 줄 알았지요. 그랬더니 뒤미처 어머니가 달려와서 또 나의 편이 되어 주는구려.

그러니까 세상에 무서운 사람은 우리 시어머니, 시누이, 우리 아버지 세 사람이지요. 시아버지도 살아 있었으면 이 세상 사람보다 더 무서웠을지도 모르지. 그리고 얼마 동안 숙모님 댁에 있다가 친정으로 불려 가서 있었지요.

어머니가 아버지에게 무슨 말을 했던지 그 후는 아버지도 말은 없어도 나를 꾸중하시지는 않더군요.

좌우간 내가 퍽 얌전한 색시였기도 했으니까 아버지도 내가 쫓겨 온 것이 내 죄가 아닌 줄을 아신 게지.

그리고 어느 날 내 이름으로 편지 한 장이 왔겠지요. 하도 반가워 받아 보니 바로 그이에게서 온 것이었어요.

그만 두 손이 와들와들 떨리고 가슴이 쿵덕거리더군요.

시누이년이 무어라 고자질을 했는가. 그이도 나를 꾸지람하면 어떻게 할고……. 그러나 편지를 뜯고 보니 웬일인가요. 참 놀랐지요. 그이는 도로 나를 위로하고 자기 어머니와 누이를 용서하라고 했어요.

그래서 나는 하도 기쁘고 감사하여 얼마나 울었어요.

그이의 은혜는 죽어도 못 갚게 될 것 같더군요.

실상은 아무 은혜랄 것은 없는 일이지마는 그래도 나를 알아주는 것이 하도 고마워서 말입니다.

그러는 중에 그이는 대학교도 그만두고 돌아오게 되어 그이의 주선으로 다시 시집으로 돌아가게 되었는데 그이가 있으니 또 별일 없이 살았지요.

그러는 중에 맏딸 년 정옥이를 낳았고, 맏아들 석주를 낳았고, 둘째딸 정희를 낳았던 것입니다. 세월이 참 빠르기도 하더군요.

그이와 내가 서로 만나 온갖 신고辛苦를 다 겪고 살아오는 중에 이십 년이란 세월이 흘러갔구려. 그러니까 그이 나이가 서른여덟이지요. 우리 살림은 누가 보든지 자리가 잡히고 아주 참 착실했지요.

아이고 하느님, 이렇게 말하니까 그이는 내 애를 태우지 않은 것 같지마는 알고 보면 그이도 상당했더랍니다.

그놈의 무슨 주의자9)라나 그것 까닭에 몇 번이나 감옥에 드나들었지요. 그뿐입니까. 몸이 약하여 밤낮 앓지요. 그래서 나는 엄동설한 추운 겨울에…… 그래도 추운 줄을 모르고 밤마다 냉수에 목을 감고 정성을 드렸지요.

"하느님. 부디부디 몸 성하게 해 주시고 주의자 하지 말게 해 주시기 바랍니다."

라고 밤마다 빌고 빌었답니다. 어떤 때는 빌고 나면 온몸이 얼음 덩어리가 되는 것 같더군요. 그래도 추위를 느끼면 행여나 정신이 부실하다고 하느님 당신이 비는 말을 들어주지 않을까 봐 한 번도 춥다고 여겨보지 않았습니다.

아이고, 맙시다.

아이고, 빌어먹을 도둑놈.

네가 하느님이야? 도둑놈이지.

그만치 내가 정성을 드렸으면 조금이라도 효험을 보여 주어야 되지 않

---

9) 주의자: 사회주의자.

느냐?

우리 시어머니나 시누이나 조금도 틀림없는 것이 하느님 당신이 아닌가?

그래 내 청을 하나인들 들었던가 말이다. 그이와의 살림 기둥이 잡혔다고는 하지마는 단 하루라도 내 마음을 놓게 한 적이 있었더냐 말이다.

그 주의자인가 하는 것은 버렸지마는 그것을 버리고 나더니 또 불 하나가 터지지 않았느냐 말이다.

휴우.

처음은 친구 집에 간다고만 속였으니 내가 알 리가 있어야지.

아마도 눈치가 다르니 또다시 주의자를 시작하는가 싶어서 간이 콩알만 했지요. 그래서 아무리 보아도 눈치가 다르고 때로는 밤을 새우고 들어올 때도 있었어요. 혼자서 생각다 못하여 나도 단단히 결심을 했더랍니다.

어느 날입니다. 저녁을 먹고 그때, 아들놈이 중학교에 입학시험 준비한다고 아버지께 산수를 가르쳐 달라고 하는데 그이는 급한 볼일이 있어 나가야겠으니 누나 정옥에게 배우라고 하고는 그만 핑 나가 버립니다. 맏딸 정옥이는 고등여학교 이학년이었지마는 저도 학기말 시험공부하느라고 석주의 산수를 가르쳐줄 여가가 없다고 합니다. 그래 나는 와락 성이 났지마는 꾹 참고서

"또 무슨 볼일이 있어요? 주의자 할 때는 자식새끼가 어렸으니 당신 할 일이 없었지마는 이제는 아이가 시험을 치는 때이니 그만 나다니시고 아이도 좀 위해 주어야지요."

하고 혼잣말 비슷하게 했지요.

아 참 기가 막혀.

그이는 휙 돌아서더니

"무엇이 어쩐다고? 무식한 계집이란 할 수 없다니까. 그래 네가 자식을 얼마나 훌륭하게 낳았기에 배운 것도 모르는 멍텅구리 같은 자식 놈인가 말이다. 계집이 건방지게 사나이를 아이새끼들 앞에서 꾸짖고 야단이야."

하며 아주 노발대발하여 방문이 부서지게 내려 밀치고 나가 버리는구려. 대체 이 때려죽일 놈의 하느님아. 내가 그 겨울 얼음을 깨고 목욕하며 빌고 빌고 하여 몸 건강하게 주의자를 그만두게 해 달라고 했더니 무슨 심청10)으로 글쎄 몸도 건강하고 주의자는 그만두었다 할지라도 사람을 이렇게 변하게 해 주었느냐 말이다. 주의자 할 때는 그래도 내가 잡혀갈까 봐 그것만 애를 태웠지 지금 같은 이런 말머리쟁이11)는 듣지 않았지요.

그이같이 마음이 바르고 굳세고, 어디까지나 정의를 사랑하던 사람도 없었는데 주의자를 그만두자 이렇게 기막힌 말이나 하는 인간이 되고 마니 딱한 일이 아닙니까. 나는 그 자리에서 성을 참지 못했지요. 이것도 내 욕심인지는 모르나 아이놈이 시험에 미끄러지면 첫째, 아이가 낙망할 것과 둘째, 시어머니께 내가 자식 잘못 낳았다는 꾸지람을 듣겠으니까 여러 가지로 여간 애가 타지 않는데. 글쎄 그이는 저대로 쑥 나가버리며 남기고 간 말이 그게 무엇이란 말이오.

그래서 나는 벌떡 일어나 빨리 집을 나섰습니다.

골목 끝에 나서 좌우를 바라보니 전등 빛에 그이가 걸어가는 뒷모양이 보이겠지요. 나는 두말없이 뒤를 따라갔습니다.

골목쟁이를 이리저리 굽어들더니 나중에 조그마한 대문을 밀고 쑥 들

---

10) 심청: 마음보. 심보.
11) 말머리쟁이: 말버릇. 말버르장이.

어가지 않습니까.

　아이고머니, 나는 가슴이 덜컥했습니다. 그이가 주의자 할 때도 저렇게 남의 눈을 피해가며 다니는 걸 보았기 때문입니다.

　'아이고, 주의자를 버린 줄 알았더니 아직 그대로 하는구나.'

　나는 입속으로 부르짖고

　"맙소 맙소, 하느님."

하고 한숨을 쉬었지요. 그래서 집으로 힘없이 돌아와서 아이들을 재우고, 나도 드러누워 혼자 곰곰이 생각하며 그이가 돌아오기만 기다렸습니다.

　밤이 새로 두 시나 되니까 그제야 돌아오는구려. 내가 자는 척하고 눈을 감으니 그는 살그머니 옷을 벗고 자기 자리에 가서 소리끼 없이 드러누워 그만 잠이 들어 버리더군요. 나는 잠이 오지 않고 그이가 순사에게 또 잡혀갈까 겁이 나고 정말 가슴이 졸여서 그 밤을 꼬박 새웠습니다.

　그 이튿날 새벽에 일어나서 아이들을 깨워 아침밥 때까지 공부를 하라고 한 후, 나는 부엌으로 나갔다 들어오니 그이는 한잠이 들어 자는구려.

　차마 일으키기가 안되어서 그대로 나가 아이들 밥을 거두어 먹여 모두 학교로 보낸 후 나는 다시 그이를 깨웠지요.

　"아이 곤해, 귀찮게 왜 이 모양이야!"

하고 화를 벌컥 내는구려. 그래도 나는 염려가 되어

　"밤늦게 제발 좀 다니시지 마세요. 몸에 해롭지 않아요."

하며 그에게 주의를 버려 달라고 애걸하려고 시작했습니다.

　"밤늦게? 누가 말이야? 간밤에도 내가 일쩍 돌아왔는데, 그래 날 보고 아이들 공부 가르치라고 하면서 저는 초저녁부터 잠이나 자는 거야? 무식한 계집이란 아무 소용도 없어. 자식 교육을 할 줄 아나…… 밥이나 처먹고 서방에만 밝아서…… 에이 야만이야, 천생 금수나 다름이 없지 뭔가."

어이구 하느님, 그이가 하는 그 말이 이렇습니다. 그이가 새로 두 시에 들어온 것을 뻔히 아는 내가 아닌가요.

그래 나는 하도 어이가 없어 그대로 또 참았지요.

또 그날 밤이 되니까 그이는 어제 저녁과 꼭 같이 아이들이 아버지, 아버지 하고 배우려고 애를 쓰는데 다 뿌리치고 나가버립니다. 나는 그이의 그러한 태도가 원망스러운 것은 둘째가 되고 그이가 이러다가 잡혀갈까 봐 겁이 나서 그날 밤도 또 따라나섰지요.

'내가 그 집 대문 앞에서 기다리고 있으면서 행여나 순사가 번쩍거리면 얼른 그이에게 알려주어야지.'

하는 염려로 따라갔지요. 과연 이날 밤도 어제의 그 집으로 쑥 들어갑니다. 나는 길게 한숨짓고 그 집 대문 앞에서 파수把守를 보고 섰지요. 그렇게 이윽히 섰다가 어둠 속에서라도 자세히 살펴보니까 대문이란 것은 겉 달린 것이고 담이 죄다 무너지고 말았으므로 그 집 안이 훤히 들여다보이겠지요.

그래서 나는 일변 기쁘고 일변 겁이 나면서도 나도 모르게 뜰로 살그머니 들어갔지요. 대체 그이의 동지가 몇 사람씩이나 모이는가 하여서 툇마루 아래를 살펴보았더니, 하얀 여인네의 고무신 한 켤레와 그이의 구두가 가지런히 벗어져 있지 않습니까. 나는 새삼스레 가슴이 덜컥하여 살살 집 모퉁이로 돌아갔더니 좁다란 뒤뜰이 있고 뒤창으로 불이 비치어 있는데 아마도 그 창 안에는 그이가 있을 것이 분명하므로 아주 쥐새끼처럼 기어가서 그 창 옆에 납작 붙어 섰습니다.

방 안은 잠잠합니다.

그러나 내 가슴은 생철통을 두들기는 것같이 요란합니다.

"여보, 이번에 당신 아들이 중학교에 수험한다지요?"

하는 고운 여인의 목소리가 새어 나옵니다. 나는 그 요란하던 심장이 갑자기 깜박 까무러치는 것 같더군요. 하하하, 하하하. 아이고 우습다. 우스워.

배가 고픈데, 아이 추워, 비는 경 치게도 온다. 에라, 고기나 좀 잡아먹을까…….

어디 보자. 옳지 이렇게 옷을 동동 걷어 올리고 나서 고기나 잡아먹자.

아이고. 한 마리도 잡히지 않네. 어이쿠, 요놈의 고기 안 잡히는구나. 네 이놈. 네 이놈, 아이구구, 하하하…….

고기는 잡히지 않네! 에라 이놈의 냇물을 죄다 삼키자. 그러면 고기도 죄다 따라 들어올 거지.

꿀떡꿀떡…….(냇물에 입을 대고 마십니다.)

어이구, 배 불러라. 내 뱃속에도 냇물이 하나 흐르고 있을 게다. 고기도 많이 놀고 있겠지. 어, 배 불러라.

이제는 그만 누워 잘까. 비는 들이치지마는 이 다리 아래서 자는 수밖에.

앗 참 하느님, 이야기하던 것 잊어버렸군. 에, 귀찮아. 그만둘까? 그만두면 뭣 하나. 그만해 버리지.

그래, 그래서 말이야. 그놈의 계집년의 목소리 경 치게도 이쁘더군요. 나는 와락 그 여인의 얼굴을 보고 싶었으나 꾹 참았지요. 그랬더니 이제는 바로 그이의 음성이

"에, 듣기 싫소. 그까짓 돼지 같은 여편네의 속에서 나온 자식새끼가 나와 무슨 상관이 있단 말이오. 사랑하는 당신과 나 사이에서 생겨난 자식이라야 참으로 내 사랑하는 자식이 되겠지. 여보, 어서 아들 하나 낳아주어……. 우리 사랑의 결정인 아주 영리한 아이를 낳아요."

합니다. 나는 눈이 확 뒤집혀지는 것 같더군요.

"하하 공연히 그러시지, 당신의 그 부인도 참 예쁘던데……."

"아니, 그 여편네 말은 내지도 말아요, 내가 열여덟 살 때 부모의 명령에 못 이겨 억지로 강제 결혼한 것이니까, 나는 그를 한 번도 아내로 생각해 본 적이 없어요."

"아이고 거짓말, 아내로 생각하지 않았으면 왜 자식은 그렇게 셋이나 낳았던가요?"

"허, 그러기에 말이지. 아마도 내 자식이 아니라는 것이지요. 아직까지 내 자식이라고 해도 손 한 번 쥐어준 적이 없었어요."

"호호호 거짓말."

"흥. 거짓말이라고 여기거든 맘대로 하구려. 오늘까지 아직 그 여편네와 말 한마디 해 본 적이 없다오. 그런데도 자식이 셋이나 있다는 건 정말 조물주의 장난이라고 하지 않을 수 없어요."

하느님! 그이가 이따위 소리를 하고 있구려, 우리 색시 이쁘다고 물고 빨고 하던 것은 다 어떡하고 저런 거짓말이 어디 있소.

"여보, 나는 정말로 불행합니다. 나는 노모를 위하여 참아왔고 또 그 여편네가 가엾기도 하여 나 자신의 삶을 희생해온 거랍니다. 그렇지마는 나는 아직 젊습니다. 아무리 억제해 와도 억제하지 못할 때가 있었어요. 나는 가정적으로 너무나 불행한 까닭에 성자가 아닌 이상 어찌 불만을 느끼지 않을 수 있나요. 너무나 모두들 무지하니까 나는 지적으로 너무나 목말랐더랍니다. 아내란 것이 나를 이해하지 못하고, 다만 나에게 맛있는 음식이나 먹여 주고 옷이나 빨아 주고 밤이 되면 야수 같은 본능만 아는 그런 여편네와 이십 년이란 세월을 살아왔구려. 아무 감격도 신선함도 이해도 없는 그런 부부 생활이었어요. 당신까지 나를 이해 못하고 그러십니까? 그 여편네는 나에게 무지하기를 원하고 생활이 평안하도록 일하는 남편이 되기 원하며 자식에게는 정신적으로 충실한 종이 되기 원할 따름이어요. 그러니 나라는 사람은 어느 결에 나를 위한 삶의 시간을 가지란 말인가요."

혹혹…….

나는 울었습니다, 울었어요. 그이의 하는 말이 용하게 꾸며내는 헛바닥 장난일 줄은 알지마는 그 순간 나라는 존재는 그이에게 그만치 불행한 존재임을 느낄 때 무척 슬펐답니다.

하느님, 당신 바로 판단하구려.

그이의 말이 옳습니까? 응? 대답해 봐!

암! 암! 그렇지. 그 말이 죄다 틀린 말이지, 틀렸고말고.

아예 당초에 인간이란 게 공부를 잘못하면 제 행동이 옳든 그르든 간, 아니 아무리 틀린 일이라도 교묘하게 이론만 갖다 붙여서 그저 합리화하려고만 하는 재주만 늘어갈 뿐인 것이라오.

그이가 그처럼 나를 무지 몰식한 돼지 같은 여편네라고 할 때는 아마도 그 여인은 상당히 학교 공부를 한 여자인가 봐요.

나는 단지 한문 글자나 배웠을 뿐인 무식쟁이지마는 그이의 하는 말에 반박할 말이 수두룩한데 웬일인지 그 여인은 생긋생긋 웃으며 고개를 끄덕이고만 있는 모양이구려.

아이고 아이고, 그 뻔뻔스런 년, 남의 남편을 빼앗아 앉아서…… 아이고, 분해…….

글쎄 하느님아 들어 봐요. 그이가 나를 얼마나 사랑해 왔던가는 다 별문제로 제껴 놓더라도 사람이란 건 천하없어도 제 혼자서는 살 수 없는 것이 아닌가요? 아무리 저 깊은 산속 멀리 인간 사회를 떠난 곳에서 제 혼자 있는 것보다는 낫다고 하지 않습니까?

우선 나 하나를 돌아보더라도 세상에 제 한 몸만 위하고 제 마음의 자유와 기쁨만을 위한다면 이렇게 미치광이가 되어야 하지 않는가요. 이렇게 세상을 다 떨치고 내 맘대로 살고 있는 나이지마는 불만이 많기가 끝이 없어요.

사람이 산다는 것은 이 인간 세상에서 미우나 고우나 한데 얽매이고 서로 엇걸려 있다는 뜻이 아닌가요.

그런데 그이는 제 혼자의 삶을 주장합니다. 아이고, 아니꼬워.

내 눈에는 아무리 보아도 그이가 한 아름다운 여인에게 반했다는 그것 뿐이에요. 이십여 년을 정답게 정답게 아들 낳고 딸 낳고 살아오다가 고운 여인을 보고 욕심이 나니까 마음대로 떳떳하게 욕망을 채울 수가 없으니까 별 지랄 같은 소리를 다 하는 것이지.

한 가정의 귀한 아들딸과 어머니와 아내를 다 버리고 한 개의 욕망!

결국은 계집에게 반한 그 마음 하나를 억제 못해서 사나이 자식이 온갖 거짓말과 괴로운 이론을 끌어다 붙이려고 애쓰는 그것이 어디 되었나?

아이고 아이고 귀한 우리 자식들!

아무리 나에게야 악했지마는 그래도 이미 죽을 날이 멀지 않은 시어머니…….

다 불쌍해라. 너희들의 간장을 녹여주면서까지 너희 아비는 제 삶을 산다고 저러고 있단다. 히히히…….

귀하고 중한 내 자식아, 너를 누가 만들었노! 너를 만들어 놓고 너에게서 아비를 거두어 간 그 아비…….

하느님, 아비 없는 자식은 불량자가 되기 쉽다지요. 아이고, 이 일을 어찌하노. 그러나…….

사랑한다는 것은 흐르는 물과 같아서 자꾸 변해진다고요? 참 잊어버렸군, 그런 것이 아니라 사랑이란 영원한 것이 아니고 찰나가 연장해 가는 것이니까 이 순간 아무리 사랑하지마는 다음 순간에는 어떻게 될지 모르는 거라지요.

그러니까 그이가 나를 사랑하지 않는다는 게 아닙니까.

보자보자, 그러니까 또 그이가 어느 순간에 이르러 그 여인과의 사랑이 변하여 나에게로 돌아올지도 모르는 일이다

아이고, 다 그만두자, 그까짓 것.

아이고, 또 배가 고프네.

아이고, 어두워졌구나. 하하하.

나는 참았다. 참았다.

나는 하도 많이 참아보아서 이제는 습관이 되었나 보다. 그래도 참고 집으로 돌아가자. 아이새끼들은 공부하느라고 나를 돌아보지도 않았어요.

딸년은 학기 말 시험공부 한다고, 아들놈은 중학교에 입학하려고.

작은 딸년은 숙제한다고…….

나는 참았다. 눈물을 참고, 밖으로 뛰어나가, 과실과 과자를 사다가 나누어 먹였더니,

"엄마, 엄마, 어디 아파요? 엄마도 먹어요. 아버지는 왜 이제껏 안 오시나. 또 감기나 들지 않을까."

아이들이 아버지와 어머니를 위하여 이야기하며 맛있게 먹는다.

시어머니 방으로 가보았다. 노인은 누웠다 일어나 앉으며

"석주 애비는 어디 갔나, 바람이 찬데."

하며 참으로 염려하였어요. 에이 도둑놈…….

아이들이 다 잠든 후 그이는 돌아왔지요.

나는 참던 눈물이 흘러내려 돌아앉았더니

"나 잘 테야. 요 깔아주오."

하지요. 그래서 나는 요를 깔아주었더니,

"여보, 이리 오오. 왜 노했소. 그러지 말고 이리 와요."

하며 자꾸 웃습니다.

아이고, 맙소사…… 남자란 게 이런 건가? 나는 모르겠다. 몰라. 어찌

된 셈인가요, 글쎄. 나는 참았지요. 입을 꼭 다물고 그이의 곁에 가 보았지요. 그이는 틀림없는 내 남편! 이십 년간 살아오던 그이였어요. 조금도 다름이 없이 나를 안고

"아이들 이불 잘 덮어주었나?"

하고 물으며…….

그리고 그이는 이십 년간 익어온 그 태도 그대로 잠이 들려는구려.

나는 더 참고 보았지요. 이윽고 그는 잠이 들다 말고 소스라치듯 미소하며 나를 다시 한 번 꼭 껴안겠지요.

"왜 새삼스레 이러는 거요? 이십 년이나 꼭 한가지로 변화 없이 이러는 우리 사이건마는 그리 내가 사랑스러운가요?"

하고 한번 시치미를 떼어보았지요.

"암. 나에게 너만치 충실한 사람이 없고 미더운 사람이 없으니까."

라고 그가 대답합니다.

나는 벌떡 일어나 앉았지요. 하도 놀라와서요.

하하하.

그래, 그 이튿날이었지요. 바로 그 밤이 새고 난 날이었어요. 나는 그 밤을 또 꼬박 새우고 난 터이라 머리가 횡횡 내돌리기에 아이들이 학교에 간 틈에 누워서 한숨 자 보려고 했습니다마는 잠이 와야지요. 그래도 누웠으려니까 그이가 내 머리에 손을 얹어보더니 깜짝 놀라며 병원에 가보라고 합니다.

아마 열이 높았던 게지요. 나는 별로 괴롭지 않아서 더 있어 보고 가겠다고 했더니 그이는

"그러면 있다 가 보오."

하고는 횡 나가 버립니다.

나는 벌떡 일어나 따라갔지요. 그러나 그이는 그 집으로 가지 않고 어

느 큰 상점으로 들어갔어요.

그래도 나는 그 상점 앞에 가 서서 지켰더니 그이는 그 상점에 들어가 전화를 빌려 어디다 전화를 걸고 나더니 다시 쑥 나오는구려. 하는 수 있소? 그만 딱 마주쳤지요.

"어디 가오?"

그이는 놀라며 물어요,

"병원에."

나는 엉겁결에 대답했지요,

나는 공연히 부끄러워서 집으로 다시 돌아왔더니, 그날은 토요일이라 아이들이 벌써 학교에서 돌아왔으므로 점심을 먹여 놓고 또다시 방으로 가 누웠더니 웬 머리통이 그리도 쑤시는지 가슴이 쏵쏵 소리를 지르고 너무 정신이 없었어요. 그러다가 나는 어떻게 된 셈인지 벌떡 일어나서 그 집으로 달려갔지요.

막 달려갔지요.

허둥지둥 달려가 보니까 틀림없이 그이의 신이 동그랗게 댓돌 위에 벗어져 있겠지요. 나는 와락 달려가 그이의 구두를 집어 들고 힘껏 그년의 창문을 향해 던졌더니 '와당탕' 소리가 나며

"악!"

소리가 들리더니 방문이 활짝 열리며 그이가 썩 나섭니다. 바로 그이의 어깨 너머로 하얀 얼굴이 나타나며 나를 놀란 눈으로 바라봅니다.

그 얼굴! 그 얼굴!

그는 내가 잘 아는 여인이라오. 그는 음악학교 졸업생이랍니다. 우리 친정으로 척당12)이 되는, 잘 따져보면 나에게 언니라고 불러야 되는 계

---

12) 척당(戚黨): 척속. 성이 다른 일가.

집애였어요.

하하하. 이 일을 내가 무어라고 해결하나요. 알 수 없어…….

대체 어떻게 된 셈인가. 지금 생각해도 알 수 없어. 나를 막 꽁꽁 묶어서 방 안에다 가두어 두고 의사란 놈이 별별 짓을 다 하였지마는 그것도 대체 왜 그 지랄들인지.

하도 갑갑하고, 그이에게 물어볼 말이 많아서 그만 그저께 밤에는 온갖 재주를 다 부려서 튀어나오고 말았겠다.

놈들이 어디 가서 나를 찾는지 모르지요. 내가 이 다리 밑에 숨어 있는 줄 저이들은 모를 거야.

하하하.

정옥아! 석주야! 정희야…… 아무리 사람들이 네 어미 까닭에 너희들이 불행해졌다고 하더라도 그 말은 믿지 마라. 너희 아버지가 이 어미에게 수수께끼 문제를 내놓은 까닭이다. 흑흑.

아이고, 보고 싶어.

너희들이 보고 싶다.

정옥이 너는 장조림을 잘 먹고

석주는 생선을 잘 먹고

정희는 시루떡을 잘 먹고…….

에라, 집으로 가야겠다…….

누가 너희들을 보호할꼬…….

비는 왜 이리도 많이 오노…….

비를 노다지 맞고 가면 모두 나를 미쳤다고 하지 않을까…….

≪조선일보≫, 1938년

소독부小毒婦

이 마을 이름은 모두 돈들빽이라고 이른다. 신작로에서 바라보면 넓은 들 가운데 백여 호 되는 초가집이 따닥따닥 들러붙어 있는데 특별히 눈에 띄는 것은 마을 앞에 있는 샘터에 구부러지고 비꼬아져서 제법 멋들어지게 서 있는 향나무 몇 폭이다.

마을에서 신작로 길로 나오려면 이 멋들어진 향나무가 서 있는 샘터를 왼편으로 끼고 돌아 나오게 되는데 요즘은 일기가 제법 따뜻해진 봄철이라 향나무 잎사귀들이 유달리 푸른빛이 진해 보인다.

마을 사람들은 이 샘이 아니면 먹을 물이라고는 한 모금 솟아나는 집이 없으므로 언제나 이 샘터에는 사람이 빌 틈이 없고 더구나 요즘은 겨울보다 더 옥신각신 분잡하다.

이 샘터에 나오는 사람은 거의 모두 여인들인데 요즘같이 따뜻한 봄철에는 붉고, 푸르고 노란색 저고리를 입은 각시 처녀 어린 계집아이들이 훨씬 늘어가는 듯하다. 겨울 추울 때 같으면 물이나 길어 재빠르게들 돌아갈 것을 요즘은 공연히 헤헤헤 종알거리느라고 샘터 어귀를 시끄럽게 하며 검푸른 향나무 가지 사이로 온갖 색 저고리 빛을 어른거리게 하여 길 가는 짓궂은 남정네들의 춘흥[1])을 자아내 주는 풍경이 되고 있다.

그런데 오늘도 기나긴 하루해 동안 무색 저고리가 끊일 사이 없더니 이제 햇발이 서쪽 산 저편 땅바닥까지 쑥 넘어가 떨어진 지도 한 담배 참

---

1) 춘흥(春興): 봄철에 절로 일어나는 흥과 운치.

이나 되자 겨우 샘터는 말갛게 비어졌다. 그래서 온종일 시달리던 샘터가 이제부터는 내일 새벽까지 숨을 내쉬리라고 생각되었더니 어디서 총총 발걸음 소리가 나며 '퐁' 하고 두레박을 샘 속에 떨어뜨렸다.

샘물은 내쉬던 숨을 놀랜 듯 채 거두기도 전에 두레박을 따라 조그마한 물동이 속으로 주르륵 부어졌다.

또 한 번 '퐁' 하는 소리가 샘 속에 울리며 연해 주르륵 주르륵 물동이는 찼다.

"보자! 아이구나, 가득하네. 혼자 일 수 있을까 모르겠네."

어둠 속에서 혼자 종알거리며 분홍 저고리 입은 어린 색시는 물동이와 씨름을 시작하였다.

그는 한참 안간힘을 주다가 물동이를 들어 샘터에 올려놓고 납작 몸을 굽히고 앉아 똬리[2] 얹은 머리를 샘 턱 아래 밀어 넣으며 두 손으로 물동이를 머리 위로 옮기려고 조심조심 애를 썼다.

"어이구, 한 번만 길고 말까 했더니 또 한 번 더 길어야겠구나."

라고 뽀루퉁한 소리로 종알거리며 다시 일어서 동이의 물을 절반이나 주르륵 부어 버린 후 이제는 쉽사리 건듯 머리 위에 올려놓았다.

"아이고 젠장 참, 또 너무 부어버렸구나."

하고 그는 다시 물동이를 내려놓고 '퐁' 하고 또 한 두레박 길어서 동이에 부어가지고

"보자. 이번은 좀 많지나 않을까."

하고 동이를 들어 가까스로 머리에 얹어놓자 머리 위에 놓였던 똬리가 뒤로 슬쩍 떨어지고 말았다.

"아이고 참 원수다. 도둑년의 또아리."

---

2) 똬리: 짐을 머리에 일 때 머리에 받치는 고리 모양의 물건.

하고 아주 골이 난 듯 혀를 쪽쪽 찼다.

"아무도 물 길러 오지도 않노."

그는 속이 상해 못 견디겠다는 듯 다시 동이를 내려놓으려 하자 동이
는 건듯 하늘로 올라갔다.

"아이고 아이고."

그는 질겁을 하며 동이 꼭지를 꼭 잡고 하늘로 올라가는 동이를 따라
벌떡 일어섰다.

"요까짓 것도 이지 못하면서……."

굵다란 사내의 음성이 바로 머리 위에서 들렸다.

"아이고 놀래라. 누구라고……."

색시는 동이 꼭지를 놓고 한 걸음 물러서며 그렇게 쉽사리 물동이를
머리 위로 건듯 집어 얹고 서 있는 사내를 놀랜 듯 바라본 후 떨어진 똬
리를 주워 머리 위에 놓으며

"이리 이여주세요."

하며 몸을 다시 앞으로 굽혔다.

"아이 글쎄 이까짓 걸 혼자 못 여서 깽깽거려? 저리 물러나. 내 하나 가
득 길어다 갖다 줄게."

하며 사내는 동이를 내려놓고 가득 물을 채웠다.

"아이고. 난 싫어요. 내가 이고 갈 테야."

색시는 동이를 잡아당기듯 하며 자기 힘에 알맞을 만치 찔끔 물을 쏟
았다.

"에, 왜 쏟나?"

사내는 와락 동이를 빼앗아 제 뒤로 옮기고 동이를 잡으려는 색시의
두 팔을 꽉 잡았다.

"네가 나를 죽이려느냐?"

사내는 어느 결에 색시의 어깨를 그 넓고 굳센 가슴 안에 파묻고 말았다.

"아이고 아이고."

색시는 기를 쓰며 두 팔을 뻗대고 두 발을 동동거리며 발악을 했다.

"그러지 마라. 너 때문에 나 죽는 줄 모르니."

힘찬 사내는 한 손으로 색시의 어깨를 휩싸 안고 한 손은 색시의 온몸을 남김없이 정복하려 들었다.

"아이고, 엄마! 엄마야, 도둑놈. 아이구."

색시는 숨이 막힐 듯 기를 썼다.

"떠들지 마라. 오늘 밤에야 설마…… 나는 네가 이렇게 좋은데 너는 왜 몰라주니."

사내는 색시를 건듯 안아다가 향나무 아래 놓인 커다란 바위에다 걸쳐 눕히고 한 손으로 입을 틀어막고 미친 듯 날뛰었다.

"네 나이 열다섯이나 먹었으니 인제는 내 속도 알아주어야지. 그까짓 네 서방 놈이야 내가 단주먹에 때려 죽여 버리지."

사내는 연방 색시의 귀에다 가쁜 입김으로 속삭였으나 색시는 두 손과 발로 죽을힘을 다하여 되는대로 꼬집고 되는 대로 박찼다.

"에잇, 물은 반 동이도 못 이면서 나를 꼬집을 때는……."

하고 후 한숨을 내쉬고 일어서며 색시를 꼭 잡고,

"내 말을 들어라. 내가 잘못했다. 네가 하도 내 간장을 녹이기만 하니 나는 참을 수가 없어 이렇게 너를 괴롭게 한 것이 아니냐."

하는 사내의 음성은 떨리며 색시를 잡은 손을 축 늘어뜨리며 간장이 녹는 듯 느꼈다.

"나도 당신 맘은 다 알지마는 할 수 없는 것을 어떻게 해요. 그런 말은 말아요."

색시는 싹 돌아서며 물동이를 찾았다.

"이리 봐. 내 말 조금 들어 글쎄. 나는 아무래도 죽겠다. 꼭 한 번만 내 말을 들어주어도 내가 이 지경은 아니 될 것이 아니냐. 너도 보듯이 이렇게 내가 속을 태우다가는 아무래도 죽지, 살지는 못하겠다. 그렇다고 내 맘대로 너를 실컷 어떻게라도 하고 나면 모르겠다마는 네가 마음 좋게 내 맘과 맞아서 그런다면야 꼭 한 시간만이라도 맘이 풀리겠다마는 네가 자꾸 이렇게 내 말을 안 들으니 아무래도 나는 죽겠다."

사내는 바위 위에 힘없이 걸터앉으며 색시를 무리로 잡으려고도 하지 않고 혼잣말같이 중얼거렸다.

"글쎄요, 나도 당신이 싫어서 그러나요. 당신이 좋기야 하지마는 그래도 나는 시집온 사람인데 어떻게 당신 말을 들나요. 우리 집에서 알아 보세요. 당장에 나 죽고 당신 죽지."

색시도 울 듯 사내에게 반항한 것도 자기는 남편이 있는 까닭이라고 변명하듯 말하였다.

"글쎄 말이야. 너희 집에서 그렇게 쉽게 너를 시집보낼 줄이야 어떻게 알았겠니. 나는 네가 열대여섯 되면…… 하고 침을 찍어놓고 있었더니 열네 살 먹은 너를 부랴부랴 최 가 놈에게 치워버릴 줄 꿈엔들 생각했겠니. 나도 너를 잊어버리고 장가나 갔으면 좋겠지만 어디 밤낮 눈으로 네 모양을 보고 있으니 다른 데 장가들 생각이 나야 말이지."

사내는 고개를 내려뜨리고 한숨을 지었다.

"그러지 말고 다른 데 장가드세요. 나 때문에 당신이 죽게 된다면 내가 먼저 죽어버릴 테야."

색시도 치맛자락으로 눈을 씻으며 음성이 떨렸다.

"아, 너 우는구나. 울지 마라. 내 간장이 더 녹는다. 공연히 내가 그랬지. 나도 오죽해서 무작스럽게[3] 달려들었겠니. 참 잘못했다. 요즘은 왜 그런지 자꾸만 너를 꽉 껴안고 맘대로 실컷 막 부비여 주고만 싶구나. 그래서 이제도 무작스럽게 대들었지. 용서해라. 잘못했다. 다시는 안 그러마. 나는 이대로 돌아가면 네가 최 서방하고 이 밤에 한방에서 안고 누워잘 것을 생각하며 밤새도록 한잠 못 자고 울기도 하고 화가 나서 뒹굴기도 한단다. 어떻게 해서든지 마음을 돌려 꼭 한 번만 내 마음을 풀어다오, 응."

사내는 색시에게로 가까이 가서 그 수그린 어깨를 가만히 흔들었다.

"……."

색시는 고개만 끄덕 해 보이고 눈물을 뚝뚝 떨어뜨렸다.

"아…… 아."

사내는 참지 못하여 색시를 다시금 꼭 껴안았다.

"가야지."

이윽고 색시는 고개를 들었다. 사내는 색시를 놓고 물동이를 건듯 들고 앞서며

"너희 집 앞까지 들어다줄게."

하며 걷기 시작하였다.

색시는 한 손에 두레박, 한 손에 똬리를 들고 사내 뒤를 따라 샘터를 떠났다. 애끓는 사랑의 한 막 비극이 멋들어진 향나무 선 샘터 풍경 속에 새겨졌다.

"물 이러 가서 웬걸 그리 오래 있었노."

색시가 사내에게 물동이를 받아 이고 집으로 돌아오자 그의 남편 최 서방은 꼬던 새끼를 밀쳐놓으며 말을 건넸다.

"……."

---

3) 무작스럽다: 보기에 무지하고 우악한 데가 있다.

색시는 잠자코 부엌으로 들어가서

"이것 좀 내려주소."

하고 방을 향해 말하였다.

"오."

최 서방은 얼른 일어서 나와 동이를 받아 내려 부뚜막 위에 놓고

"가득하구나. 어두운데 웬 물을 이렇게 많이 였어?"

하고는 다시 방으로 들어갔다. 색시도 덩달아 따라 들어가 콩 낱만 한 등잔불이 꺼질까 살며시 윗목에 주저앉았다.

"내일 아침은 일찍 해야 되니 그만 잘까."

최 서방은 슬그머니 아랫목에 가 비스듬히 누웠다. 색시는 꼬든 새끼를 뭉쳐놓고 빗자루로 방 안을 대강 쓸어놓고 난 후

"불 끌까요?"

하고 남편을 바라보았다.

"그래. 끄고 자지."

하며 싱긋이 웃는다. 색시는 불을 끄려고 입술을 오므렸다 말고

"내 바느질할 게 있는데⋯⋯."

하며 벌떡 일어섰다. 색시는 남편의 그 웃음이 무엇을 의미하는 것이며 또 얼마나 자기에게 고통이 됨을 잘 아는 까닭에 일부러 불을 끄지 않으려는 것이었다.

"바느질은 무슨 오라질 바느질이야. 다 그만두고 일찍 자지⋯⋯."

하며 허리를 쑥 펴 훅, 하고 불을 꺼 버렸다.

"왜 그리고 앉았소. 어서 와서 자지는 않고, 어서 이리와."

최 서방은 팔을 휘휘 내저어 어둠 속에서 색시의 치맛자락을 잡아끌어 갔다.

색시는 지난해 봄 지금으로부터 꼭 일 년 전인 삼월 달에 열네 살의 어

린 나이로 시집을 왔다.

키가 유달리 숙성하여 나이는 열네 살이라도 그리 꼬마 색시로는 보이지 않으나 그래도 분홍 인조견 저고리에 검정 물들인 당목 치마를 입은 허리는 한 줌이나 되어 보이며 두 귓불이 상큼한 맛이 말할 수 없이 어려 보였다. 그는 최 서방에게 시집오던 날부터 무섭고 괴롭고 하여 울며 이를 갈면서도 시집오면 으레 그런 것으로만 알고 조금도 반항하지 않고 꼬박꼬박 아내 노릇을 하여 왔다.

스물일곱 살인 최 서방의 무시무시한 성욕을 반항 없이 받아오는 색시의 가슴속은 최 서방이 무섭고 다만 키 크다고 시집보내 준 그의 부모가 원망스러웠다.

그러나 그는 남편이 무섭다는 말은 그의 부모에게라도 할 수 없었다.

"왜 무서워?"

하고 물으면 그 이유를 말할 수는 없는 일이라고 생각되기 때문이다. 그리고 최 서방에게도 그 무섭고 슬픈 뜻을 조금이라도 보이면 당장 쫓아보내든지 때리든지 할까 봐 겁이 났다.

그러므로 색시는 혼자 속으로 꼬게꼬게 앓으며 입술만 깨물어 왔으므로 나이는 한 살 더 먹어도 몸과 얼굴은 점점 곯아지듯 말라갔다.

그리고 또 한 가지 색시가 곯아지듯 말라 들어가는 이유가 있다. 그것은 김갑술이란 총각 까닭이다.

이 갑술이 총각은 색시의 친정인 옥천동에 사는 사람이었다. 색시와 앞뒤 집에서 자랐으며 그가 커서 남의 집에 머슴살이로 돌아다니면서도 이 색시에게는 마음을 두고 왔다. 색시 나이가 열대여섯 되면 그동안 돈을 알뜰히 모아서 장가를 들려니…… 하고 바랐던 것이 그가 석골이란 동네서 머슴살이하고 있는 동안에 색시는 시집을 가고 말았던 것이었다.

갑술이 총각은 기가 막혀 얼마 동안은 바람이 들어 살던 머슴살이도 집어던지고 핑글핑글 놀다가 나중에는 그의 홀어머니를 데리고 색시를 그려 이 돈들뺑이로 이사를 와서 그동안 모았던 돈으로 말 한 필과 수레를 사서 품삯 짐을 실어서 살아갔다.

그도 벌써 나이가 스물다섯 살이니 장가도 들어야 할 것이고 또 말 수레를 부리게 되니 돈벌이도 상당하니 아무래도 장가들 때가 꼭 되었는데 그는 색시만 그리워하였다. 최 서방이 낮에 일하러 나가면 색시를 찾아와서 멀끔히 바라보다간 눈물이 글썽글썽하여가지고는 핑 달아나고 하니 색시 역시 마음이 편할 리가 없었다.

색시는 남편에게 시달릴 때마다, 갑술이를 눈앞에 그렸다.

시집오던 전해인 여름 어느 밤, 색시는 뜰 한옆에 있는 샘가에서 동생들과 발가벗고 멱을 감는데 갑술이가 쭉 들어오다가 싱긋 웃고 돌아서 나가던 일이 생각나며 그때 최 서방이면 반드시 자기를 안아다가 못살게 굴었을 것이려니…… 갑술이는 점잖고 그런 몹쓸 짓은 하지 않으려니…… 라고 생각하는 것이었다. 그리고 또 봄철이 되면 산에 가서 참꽃을 꺾어다 나눠 주며 단옷날마다 뒷산에 그네를 매어 주던 것도 갑술이었다.

그러나 색시는 시집을 때는 갑술이 생각을 할 줄 몰랐다. 시집온 후 어느 날 혼자서 바느질 한다고 앉아 있는데 갑술이가 쭉 들어와서

"나는 네가 다른 사람에게 시집갈 줄 몰랐다. 나는 죽겠다."

하며 한숨 쉬고 눈물짓고 하다가 돌아간 그 후부터 갑술이 생각이 나기 시작한 것이었다.

날이 갈수록 갑술이 정열은 점점 졸아붙듯 뜨겁게 몰려오고 최 서방 요구에 대해서는 반비례로 점점 더 싫은 정이 더하여 갔다.

더구나 이날 밤 갑자기 갑술의 폭발된 열정에 휩싸여 정신을 잃을 뻔까지 한 뒤에 최 서방의 억센 요구에 색시는 참다못하여 눈물이 좌르르

흘러 내렸다.

'네가 최 서방에게 안겨 잘 것을 생각하며 나는 이 밤을 자지도 못하고 울며 뒹굴며 한단다.' 하던 갑술이 말이 생각나 처음으로 최 서방에게서 몸을 빼내며 반항하듯 허리에 감긴 커다란 손을 잡아떼듯 휙 내던졌다.

"요것이 왜 이래."

최 서방은 징그러운 웃음을 씩 웃으며 색시의 조그마한 몸뚱이를 내리누르고 말았다.

이튿날 아침 일찍 최 서방은 일터로 나갔다. 그는 제 이름으로 논이 닷마지기나 있고 밭도 열두어 마지기나 있어 농사만 짓더라도 단 두 내외의 생활이야 넉넉하겠지마는 그래도 농사에 틈이 있는 대로 날품팔이라도 하여 잠시도 놀지 않아서 마을 사람들에게 착실하다는 칭찬을 받는 터였다.

색시는 남편이 일터로 나가자 얼마만치 마음이 거뜬해진 듯하며 갑술이가 오면 실컷 울고 싶기도 하고 일변은 갑술이가 와서 또 못살게 괴로워하는 모양을 보이기만 하면 차마 어찌 보리요 하고도 생각되어 마음 갈피를 잡을 수가 없었다.

아직 열다섯 살밖에 되지 않는 소녀인 색시로서는 견뎌내고 판단해내기에는 너무나 무겁고 어려운 사랑의 갈등이었다.

그는 아침 뒤치움4)이 끝나자 방 한쪽에 쪼그리고 앉아 훌짝훌짝 울기만 하였다. 울다가 들으니 삽짝문 밖에 엿장수 가위 소리가 책각책각 들려왔다.

그는 어느 때부터 엿 사먹으려고 주워 두었던 헌 생철 물통이 생각나서 두 눈을 얼른 이리저리 닦으며 뛰어나와

---

4) 뒤치움: 뒷설거지.

"엿장수!"

하고 불렀다.

"어, 이 집이요? 색시, 엿 사시오. 많이 주지요. 깨어진 그릇이나 헌 누더기나 무엇이든지 가지고 오소."

하고 엿장수는 혼자 지껄여댄다.

"이것 줄게. 엿 많이 줘요."

색시는 조금 전까지 울던 일은 깜박 잊어버리고 헤헤 웃기까지 한다.

"보자, 생철통이로구나. 어디 엿 많이 드리지."

하고 엿장수는 엿을 다섯 가락 종이에 싸주었다.

색시는 한 가락 입에 넣어 딱 분질러 씹으며

"참 보소, 엿장수. 저, 사마귀 빼는 약 있소?"

하고 물었다.

"네, 있고말고, 크림, 분, 비누, 온갖 것 다 있소이다."

"아니 사마귀 빼는 약 정말 있어요?"

"있다니까. 이거 아니요, 이거."

엿장수는 샛노란 물이 든 병을 치켜들었다.

"아, 그것이 사마귀 빼는 약이요?"

색시는 옹크리고 앉으며 그 병을 들여다보았다.

"병 한 개 가져오소."

엿장수는 색시가 그 사마귀 빼는 약을 사기로 작정이 된 것 같이 말하였다.

"빈 병이 있어야지…… 그 병에 든 약도 얼마 되지 않는데 그 병째 모두 파세요!"

"어, 이거 아주 비싼 약인데…… 이것만 해도 모두…… 보자. 병 값이 삼전이고 약값이 오십 전이라…… 그렇지만 오십 전만 내소……."

"오십 전? 아이고 비싸라! 사마귀가 꼭 빠질까요?"

"암! 꼭 빠지고 말구."

"옜소! 오십 전."

색시는 치마끈에 매두었던 오십 전짜리를 풀어 엿장수를 주고 그 약병을 받아 들고 다시 방으로 들어왔다.

그는 두 팔과, 발과, 목과 가슴에 걸쳐 무사마귀가 많이 나 있으므로 그것을 빼 없애려는 것이었다. 그 어느 때 보니까 이러한 사마귀 빼는 약은 아주 꼭 사마귀 위에다 조금만 찍어 발라 두던 것을 생각하고 성냥 알맹이로 약물을 적셔 우선 발에 난 사마귀에다 조금 발랐다.

"아이고, 따거……."

색시는 깜짝 놀라 성냥 알맹이를 동댕이쳤다.

"뭣하나?"

그때 마침 갑술이가 방 안으로 얼굴을 쑥 들이밀었다.

"사마귀 빼지."

색시는 생긋 웃었다.

"웃기는. 나는 밤새도록 잠 한숨 못 자고 너 까닭에 이 모양인데 너는……."

갑술이는 말과는 딴판으로 얼굴은 조금도 색시를 원망하는 빛이 없었다.

"나는 뭐…… 잘 잔 줄 아나베."

색시도 입이 뾰족해졌다.

"흠. 너도 내 생각 좀 해야지…… 또 사마귀는 빼서 무엇에 쓰려노. 이보다 더 예뻐지면 또 누구를 죽이려고."

갑술이는 문턱에 걸터앉으며 약병을 들고 보았다.

"그 약 참 몹시도 독해요. 여기 조금 찍어 발랐더니 불이 펄쩍 나게 따가웠어요."

색시는 발등을 치마로 덮으며 아직 따갑다는 듯이 문질렀다.

"어, 그 약이 무엇인지 알기나 하나. 한 모금만 마시면 당장에 죽는 무서운 약인데."

갑술이는 약병을 한옆에 밀어놓았다.

"아. 그러면 비상5)인가?"

"비상? 그래."

"나는 사마귀 빼는 약이라고……."

"조금씩 찍어 바르기만 해도 사마귀가 빠지니까. 제법 한 모금 마시기만 하면 목이 송두리째 빠져 버리지."

"아이고머니, 목이 빠지면 어쩌나……."

"그러면 죽지."

"영 죽을까."

"암, 죽고, 말고."

"아이고! 그러면 어디 감춰 버려야지! 행여 누가 잘못 알고 마시면 큰일이지."

색시는 벌떡 일어나 병을 들고 밖으로 나와 툇마루 밑에 꿍쳐 박아둔 새끼 뭉치 옆에 끼워두었다.

"이리 좀 봐. 내 말 들어. 너희 남편만 죽고 없으면 너 나하고 살지? 너도 최 서방보다 나를 더 좋아하지."

갑자기 갑술이가 색시를 똑바로 보며 물었다.

"그런 말은 하지 말아요."

---

5) 비상(砒霜): 비석(砒石)에 열을 가하여 승화시켜 얻은 결정체. 거담제와 학질 치료제로 썼으나 독성 때문에 현재는 쓰지 않는다.

색시는 무서운 듯 머리를 흔들었다.

"그러지 말아라."

"아니요. 날 보고 그런 말은 말아요."

색시는 온몸이 떨렸다. 자기가 아무리 갑술이를 좋아한다고 하나 이미 최 서방 아내가 되었으니 이제는 할 수 없는 일이 아닌가 하는 생각만 할 뿐이었다.

갑술이는 색시가 이밖에 더 다른 생각을 할 줄 모르는 것이 안타까웠다.

색시는 어느 날 늦은 아침때가 되어 들로 나물 캐러 나갔다. 최 서방은 오늘 일자리도 없고 하여 집에서 가마니 칠 새끼를 꼬고 있었다.

이런 줄 모르는 갑술이는 이날도 색시를 보러 이 집에 쑥 들어왔다.

"어, 갑술인가?"

최 서방은 반갑지 않게 인사를 하였다. 이미 두세 번이나 갑술이가 일 없이 자기 집에 놀러 온 것을 보고 아는 터이라 속으로 짐작되는 바가 없지 않았던 터였다.

"네, 오늘은 일터로 안 가시오? 새끼는 꼬아 무엇에 쓰려고요."

갑술의 대답에는 어색한 빛이 나타났다.

"여기 좀 앉아서 내 말 좀 듣게."

최 서방은 새끼 꼬던 손을 멈추고 담배를 꺼냈다.

"무슨 말인가요?"

하고 대답하는 갑술의 가슴은 뭉클하였다.

"글쎄."

최 서방 입술도 떨렸다. 갑술이는 이미 최 서방의 속판을 알아차리며 이제까지 참고 견뎌오던 증오감이 불쑥 솟아올랐다.

그는 주먹을 단단히 쥐어보다가 말고 방 한옆에 있는 목침을 노려보다가 문득 그 어느 날 색시가 툇마루 밑에 숨겨두던 초산 병이 언뜻 머리에

떠오름으로

"무슨 말인가요. 천천히 합시다. 내 술 한 잔 받아올 테니 한 잔 잡숫고 말씀하세요."

하고 신을 고쳐 신는 척하고 마루 밑에 들어박힌 초산 병을 얼른 빼 들고 밖으로 휭 나갔다.

그는 바른길로 술집에 가서 술 한 되를 받아 술집 주전자에까지 도로 넣어가지고 최 서방의 집 문 앞에서 술은 거의 다 부어 버리고 한 잔 될 만치 남겨가지고 약병을 거꾸로 들고 부어 넣었다.

술 주전자를 들고 들어간 갑술이는 부엌에 가서 조그마한 양재기 대접 한 개를 가지고 방으로 들어갔다.

"술은 받아와도 나는 먹지 않겠다. 내 말이나 들어라."

최 서방도 이제는 갑술이의 모양이 수상하여 아주 도사리고 앉았다.

"아니, 그러지 말고 한 잔 마시고 말하세요. 내가 모두 잘못했으니 그만 다 무시하고 속을 푸세요. 뭐 그러실 것 있는가요. 나도 내일부터는 멀리 만주나 대판으로 갈 작정이니 그러지 마소."

하고 주전자의 술을 따라서 최 서방 앞에 내밀었다.

최 서방도 그렇게 안 먹겠다고 뻗쳐대기에는 너무나 술에 대한 욕심이 많은 터이라 못 이긴 체 받아 들고 한입에 쭉 들이마시다가 조금 남았을 때 술잔을 척 때며

"이 술맛이……."

하고 갑술이를 바라보았다.

"아니 그 술이 어떠한가요?"

갑술이는 일어섰다.

"아이고! 이것 술이, 술이 아니다. 이놈이 날 죽이는구나."

최 서방은 두 손으로 목을 쥐어뜯었다.

"이놈의 새끼……."

갑술이는 왈칵 최 서방에게 달려들어 방바닥에 넘어뜨린 후 두 손으로 목을 힘껏 눌렀다.

들에서 돌아온 색시는 그대로 부엌에 들어가 점심상을 차려가지고

"점심 먹겠어요!"

하고 소리쳐보았으나 대답이 없으므로 그는 혼자 부엌에서 점심을 먹은 후 물동이와 이제 캐가지고 온 나물 소쿠리를 끼고 샘터로 나갔다.

나가다 사립 거리에서 갑술이를 만났다.

"오늘은 집에 있는데……."

색시는 갑술이를 바라보며 말하였다.

"……."

갑술이는 두 눈이 새빨갛게 되어 허둥지둥하였다.

"왜 그래요?"

색시도 놀라 멈칫하였다.

"……."

갑술이는 사방을 휘휘 둘러보며 말문이 막힌 듯 손만 내렸다가 횡하니 달려가 버렸다.

색시는 어리둥절하여 그대로 샘터에 가서 나물을 씻고 물을 길어 집으로 돌아오니 남편은 아직 잠이 깨지 않은 모양이었으므로 방 안에 들어가 보았다.

"일어나 점심 먹어요."

색시는 두세 번 불러 봐도 대답이 없음이 이상하여 그제야 자세히 넘겨다보았다.

"아이고. 왜 저래……."

색시는 이상함을 못 이겨 가까이 가보았다. 그제야 가슴이 섬뜩하여

총알같이 방을 튀어나와 툇마루 밑을 들여다보고 약병이 없음에 벌떡 일어서자 갑술이 얼굴이 번갯불같이 혼란하게 눈앞에 어른거렸다.

"아이고 엄마 ……."

그는 저도 모르게 외마디소리를 치며 두 귀와 눈을 꼭 막듯이 가리며 푹 고꾸라졌다.

"아이고, 무서워라. 암창굿기도[6] 하지."

"글쎄 말이지, 열다섯 살밖에 안 먹은 계집년이 사내를 죽이다니"

"아니. 갑술이 놈하고 언제부터 붙었던고……. 서방질을 하다니……. 고런 죽일 년이 어데 있소."

"아이고 무섭고 독한 년."

"연놈이 의논하고 죽인 게지. 어린년이 어쩌면……."

동네는 물 끓듯 소란한 가운데 색시는 갑술이와 함께 꽁꽁 묶여 순사 두 사람에게 끌려 그 멋들어진 향나무 서 있는 샘터를 왼편으로 끼고 돌아 주재소로 갔다.

이리하여 간부와 공모하여 남편을 독살한 십오 세의 독부가 생겨났다.

≪조광≫, 1938년

---

6) 암창궂다: 앙큼스럽다.

멀리 간 동무

그래도 벌써 몇 년 전 일입니다.

우리 집 가까이 내가 참 좋아하는 동무 한 사람이 살고 있었습니다. 그의 이름은 웅칠應七이라고 부르는데, 나이는 그때 열두 살인 나와 동갑이었고 학교도 나와 한반으로 오 학년 일 반이었습니다. 이웅칠 군이야말로 씩씩하고 용기 있는 무척 좋은 동무였습니다.

웅칠 군의 아버지는 고기 장사를 하는데 사흘만큼 한 번씩 열리는 장날마다 고기 뭉치를 지고 가서 팝니다. 그의 어머니는 날마다 집에서 일을 하기도 하고 어떤 때는 남의 집에 가서 빨래도 해 주고 또 농사철에는 남의 밭도 매주고 모도 심어 준답니다. 그리고 그의 동생은 열 살짜리 계집아이 순금이하고 일곱 살짜리 웅팔이, 세 살 되는 웅구하고 도합 셋이었는데, 순금이는 날마다 놀 사이 없이 어머니 일을 거들어서 참 부지런한 것 같습니다만 거의 날마다 그의 어머니에게 얻어맞고 담 모퉁이에서 울고 있었습니다. 웅팔이는 웅구를 업고 길가에 나와 놀다가 무거우면 그냥 땅바닥에 웅구를 내려놓고 저는 저대로 놀고 있으면 웅구는 코를 잴잴 흘리며 흙투성이가 되어 냅다 소리를 질러 울기를 잘 했습니다.

웅칠이는 그래도 하루도 빠지지 않고 학교에 잘 다녔습니다. 공부는 나보다 조금 나을까요, 평균점은 꼭 같이 갑甲이었으니까요.

웅칠이는 마음도 좋고, 기운도 세고 한 까닭에 우리 반 생도뿐만 아니라 아무하고도 잘 놀았습니다. 아이들이 싸움을 하면 반드시 복판에 뛰어 들어가서 커다란 소리로 웃기고 떠들고 하여 싸움 중재를 일쑤 잘해주기도 했습니다. 그러나 선생님에게는 거의 날마다 꾸지람을 받았습니다.

"왜 월사금을 가져오지 않느냐. 왜 습자지를 가지고 안 왔느냐. 왜 공책을 사오지 않았느냐."

하고 벌을 서기도 자주였습니다.

그런데 어느 날 습자 시간이었습니다.

"응칠이는 왜 청서¹⁾를 한 번도 내지 않느냐."

하는 선생님의 말소리에 습자 쓰느라고 쨱 소리 없이 엎드려 있던 우리 반 생도는 모두 일제히 응칠에게로 고개를 돌렸습니다. 응칠이는 신문지 조각에 글자를 쓰던 붓을 멈추고 아무 대답이 없었습니다.

"응칠이 너 이리 오너라."

선생님은 웬일인지 몹시 노해 계셨습니다.

응칠이는 교단 앞으로 나와서 고개를 숙이고 섰습니다.

"왜 너는 월사금도 벌써 반년 치나 가져오지 않고, 잡기장도 습자지도 도화 용지도 아무것도 사지도 않고 학교에는 왜 다니느냐?"

하고, 선생님이 꾸지람을 하셨습니다.

"아버지가 돈이 없다고 안 주었어요."

응칠이는 얼굴이 새빨갛습니다.

"왜 아버지가 돈이 없어. 네가 돈을 받아가지고는 좋지 못한 데 써버리는 것이겠지."

"아닙니다."

"잡기장도 안 사줄 리가 있나. 네가 정녕코 돈을 다른 데 써버린 것이지?"

"아닙니다."

---

1) 청서(淸書): 정서. 초 잡은 글을 다시 바르게 베낌.

"바른 대로 말해."

선생님은 그만 웅칠이 뺨을 한 번 휘갈겼습니다.

"선생님, 용서하십시오. 아버지가 안 사줘요."

웅칠이는 뺨에다 손을 대고 금방 소리쳐 울 것같이 보였습니다.

그때, 나는 가슴이 터질 것같이 두근거리며 웅칠이가 가엾어 못 견디겠습니다.

그래서 그만 벌떡 일어나서

"선생님, 정말 웅칠이 집에는 돈이 없어요. 잡기장 사려고 돈을 달라면 학교에 못 가게 합니다. 웅칠이 아버지는 돈이 없어 밥도 못 먹는다고 야단을 합니다."

하고 나도 모르게 크게 소리가 터져 나왔습니다.

"그래, 너는 어떻게 아느냐?"

하고 선생님이 나를 노려보셨습니다.

나는 가슴이 막히는 것 같았습니다. 처음 웅칠이를 학교에 보낼 때는 웅칠이 아버지도 돈벌이가 좋으셨는데 웅칠이가 사 학년 때부터는 돈벌이가 조금도 없었으므로 그의 아버지는 웅칠이도 학교를 그만두고 집에서 무슨 일이라도 하라고 했습니다. 그러므로 월사금이나 학용품을 사려고 돈을 달라면 가지 못하게 하며 학교는 왜 자꾸 다니면서 돈을 달라 하느냐고 야단을 했습니다. 그래서 웅칠이는 오 학년에 오른 후로는 거의 돈 한 푼 아버지에게 얻어 보지 못했습니다.

돈을 달라면 학교에 못 가게 하고, 돈 없이 월사금도 바치지 못하니 선생님이 꾸지람을 하시고, 정말 웅칠이 사정은 딱했습니다. 나는 이 모든 사정을 잘 알고 있었으므로 웅칠이가 무척 가엾었습니다.

그러나 그 후 얼마 되지 않아서 웅칠이는 그만 학교에 오지 않았습니다.

그런데 어느 날입니다. 그날도 나는 형님이 사다 주신 잡지책과 그림

책을 들고, 어서 응칠에게 갖다 보이려고 집을 나섰습니다. 막 대문을 나서서 응칠이 집 가는 편으로 다섯 자국도 못 걸어갔을 때. 웬일입니까. 응칠이가 담 모퉁이에 붙어 서서 우리 집 대문을 엿보고 있지 않습니까. 나는 어떻게 반가운지

"너, 우리 집에 놀러 오는 길이냐?"

하고 곁으로 달려갔습니다.

"응."

웬일인지 응칠이는 몹시 기운이 없어 보였습니다.

'요즘은 저희 아버지가 아주 돈벌이를 못해서 밥을 못 먹나 보다.'

하는 생각이 들었습니다. 그래서 나는 응칠이 어깨를 잡고 우리 집으로 가자고 끌었습니다.

"아니, 너희 집에는 안 간다."

응칠이는 나의 팔을 뿌리쳤습니다.

"왜 문간까지 와서 안 들어갈 테냐. 이것 봐라, 이것. 형님이 사다 주신 건데 너하고 같이 읽자꾸나."

"아니."

응칠이는 그렇게 좋아하던 잡지와 그림을 보고도 기뻐하지 않았습니다.

"나는 인제 너하고 같이 놀지 못한단다."

응칠이는 멍하니 서 있는 나를 바라보며 금방 울 것같이 말했습니다.

나는 응칠의 이 한 말에 깜짝 놀랐습니다. 얼마 전부터 만주로 돈벌이 간다고 하던 응칠이 아버지 말이 생각났습니다.

"너 만주 가니?"

응칠이는 대답 대신 머리를 끄덕였습니다.

"아니, 만주에는 마적[2]이 많아서 사람을 막 죽인다는데, 얘야 가지 마라."

하고 나는 웅칠에게 다가섰습니다.

"내 맘대로 할 수 있나. 우리 아버지가 기어이 가신다는데 머."

"그러면 언제 가니?"

"오늘 저녁에 간단다."

나는 어떻게 했으면 좋을지 몰랐습니다. 어느 사이엔지 우리들은 어깨동무를 해가지고 느껴 울고 있었습니다. 울면서 걸어온 것이 웅칠이 집 앞이었습니다. 다 찌그러져가는 그의 집 방 안에는 시커먼 커다란 보퉁이 한 개가 놓여 있고 건넌방에 곁방살이하는 순덕이네 방에는 웅칠이 집 식구가 모두 둘러앉아 밥을 먹고 있었습니다.

"웅칠아, 너 어디 갔다 오냐. 어서 밥을 먹어야 가지."

하는 순덕이 어머니 얼굴을 바라본 나는 눈물이 자꾸 더 흘러내렸습니다.

"인제 이 집은 순덕이네 집이 됐단다. 우리가 간다고 순덕이네 집에서 밥을 했다나."

하고 웅칠이는 삽짝에 붙어 섰습니다.

"어서 들어가거라."

"잘 있어라. 나는 밥 먹고 곧 간단다."

하고 웅칠이는 순덕이네 방으로 들어갔습니다. 나는 얼른 눈물을 씻고 집으로 달려와서 어머니 보고 웅칠이 이야기를 했습니다. 그리고 돈을 좀 주어서 웅칠이 아버지가 만주에 가지 않더라도 돈벌이할 수 있도록 하자고 떼를 써 보았습니다마는 어머니에게 무척 꾸지람만 듣고 집을 쫓겨났습니다.

나는 하는 수 없이 정거장 가는 길인 서문 거리에서 웅칠이 집 사람이

---

2) 마적(馬賊): 말을 타고 떼를 지어 다니는 도둑. 주로 청나라 말기에 만주 지방에서 활동하였다.

오기를 기다렸습니다.

이윽고 커다란 짐을 진 응칠이 아버지와 응구를 업은 어머니, 아무것도 가지지 않은 응팔이, 보퉁이를 인 순금이, 또 조그만 궤짝을 걸머진 응칠이가 순덕 어머니, 아버지와 함께 걸어왔습니다.

"너 여기서 뭣하니? 잘 있거라. 이제 언제나 또 만나겠니."

하며 제일 앞선 응칠이 어머니가 나를 보고 말했습니다. 나도 제일 뒤떨어져 가는 응칠이 뒤에 따라 걸었습니다.

"어서 돈벌이하거든 돌아오너라. 또 같이 학교에 다니게, 응."

하며 나는 응칠이가 걸머진 궤를 만졌습니다.

"이 궤 속에는 내 책이 들어 있단다. 만주 가서도 틈만 있으면 공부할 터이다."

하고 응칠이는 힘 있게 말했습니다. 나도 가슴속으로 '어서 공부를 해서 훌륭한 사람이 되어 응칠이와 다시 만나게 할 테다.' 하고 굳게 결심했습니다.

"자, 그만 들어가소."

벌써 서문 고개를 넘어섰으므로 응칠이 아버지는 돌아서서 순덕이네를 보고 하직했습니다.

"그러면 잘들 가소. 죽지만 않으면 다시 만나리."

순덕이네 엄마는 그만 울어 버렸습니다.

나도 응칠이 목을 안고 터져 오르는 울음소리를 억지로 참으며 느껴 울었습니다. 응팔이도 커다란 눈에 눈물이 고였습니다.

나는 가슴이 터져 나가는 것 같이 아팠습니다.

그래서 서로 목을 안은 채 참다못해 소리쳐 울고 말았습니다.

응칠이 아버지는 내 어깨를 쓰다듬으며 달래주셨습니다.

그의 눈에도 눈물이 고여 흐르고 있었습니다.

"…… 울지 말고 어서 돌아가거라."

하며 웅칠이 팔을 잡아끌었습니다.

나는 발버둥을 치며 웅칠이 뒤를 따르려 했으나 순덕이 어머니가 나를 꼭 붙잡고 놓지 않았습니다.

한 걸음, 한 걸음 우리 사이는 멀어져 갔습니다.

≪소년중앙≫, 1935년

백신애(백무잠·백무동·박계화, 1908~1939)
소설가, 여성운동가.

1908년 경상북도 영천군 창구동에서 출생.

1915년 8세 때부터 집에서 이모부 김 씨에게 한문을 배움.

1918년 백무잠(白武潛)이라는 이름으로 영천보통학교 2학년 편입.

1919년 건강이 좋지 않아 영천보통학교 중퇴, 3년간 집에서 한문을 배우며 일본의 중학 강의록으로 공부.

1922년 이름을 무동(戊東)으로 바꾸고 영천보통학교 4학년 편입.

1923년 영천보통학교 4년 졸업, 경상북도 공립사범학교 강습과 입학.

1924년 사범학교 강습과 졸업, 영천공립고등학교에 경상북도 최초 여교사로 부임.

1925년 경산군 자인보통학교로 전임, 백신애(白信愛) 이름 사용.

1926년 조선여성동우회 영천지회를 조직하였다가 탄로 나서 권고사직을 받음. 상경 후 조선여성동우회와 경성여성청년동맹 상임위원으로 활발한 여성운동 전개.

1927년 '근우회' 강사로 전국 순회강연 활동. 시베리아를 방랑하고 귀국하다 두만국경에서 왜경에게 잡혀 고문을 받고 병원 입원.

1928년 퇴원하여 영천으로 돌아와 문학 수업 겸 여성 운동 전개.

1929년 필명 박계화(朴季華)로 쓴 단편『나의 어머니』로 ≪조선일보≫ 신춘문에 당선, 등단.

1933년 은행원 이근채(李根采)와 결혼.

1934년 단편『꺼래이』,『복선이』발표, 중편『정조원』1회 연재, 단편
　　　　『채색교』,『적빈』,『낙오』발표.

1935년 소년소설『멀리 간 동무』발표, 콩트『상금 삼원야』발표, 장편
　　　　『의혹의 흑모』1회 연재, 단편『악부자』,『정현수』발표. 그해
　　　　12월 아버지가 일본에서 사망.

1936년 ≪삼천리≫ 초청 여류작가 좌담회 참석, 단편『학사』,『식인』
　　　　(1939년『호도』로 개작),『어느 전원의 풍경』발표.

1937년 중편『정조원』2회 연재, 콩트『가지 말게』발표.

1938년 남편과 별거하여 친정으로 돌아옴. 단편『광인수기』10회 연재,
　　　　단편『소독부』,『일여인』발표. 중국 상해로 여행을 떠난 뒤 이
　　　　혼 수속 진행.

1939년 수필『나의 시베리아 방랑기』, 여행기『청도기행』, 단편『혼명
　　　　에서』발표. 5월 말경 위장병 악화로 경성제국대학병원 입원, 6
　　　　월 23일 사망. 7월 ≪국민신보≫에 유작 수필『여행은 길동무』
　　　　발표, 11월 ≪여성≫에 유작 중편『아름다운 노을』3회 연재.